山女日記

湊　かなえ

幻冬舎文庫

山女日記

目次

利尻山（北海道）
妙高山（新潟県）
火打山（新潟県）
白馬岳（長野県・富山県）
金時山（神奈川県・静岡県）
槍ヶ岳（長野県・岐阜県）
北穂高岳（長野県）

トンガリロ（ニュージーランド）

本文イラスト
牧野千穂

妙高山

午後一一時、新宿駅バスターミナルに集合。ここから夜行バスで長野駅に向かう。一〇分前に到着した。まだ、誰も来ていない。いつものことだ。

数メートル先にいるおばさんたちのグループは四、五人集まっていて、切符やアルミホイルに包んだおにぎりらしきものを配り合っている。チェックのシャツに裾をしぼった八分丈パンツ、という姿。足もとには、脇にストックを差し込んだ二五リットルから三〇リットルサイズのリュックを置いている。

あの人たちも山に向かうのだろう。「山ガール」とは言えそうにないけれど。しかし、さ来月には三〇歳になるわたしも、他人のことを言えた立場ではない。おばさんたちは全員お揃いの藍染《あいぞめ》のスカーフを巻いている。けっこうかわいい。

気持ちはガールなのかもしれない。

待ちあいのベンチは、さらに高齢の登山ウエアを着た人たちで埋まっている。リュックも靴も、登山はライフワークだ、といわんばかりの年季の入りぶりだ。

こうなると逆に、全部新品を身につけている自分の姿が、いかにも初心者ですといった空気を醸し出しているようで恥ずかしい。「山ガール」という流行に乗っかっている、と言われればそれまでだけど、「山ガール」と呼べそうな子はここにはいない。

本当に流行《はや》っているのだろうか。

今回の登山のために、リュックも靴もストックも、シャツもパンツもナイロンパーカもソックスも、全部新品、有名メーカーのもので揃えた。一五パーセントの社員割引を使い、夏のボーナスで買ったとはいえ、かなり痛い出費だ。だけど、素人《しろうと》が初めて山に登るのだから、多少ふところは苦しくなっても装備は万全な方がいい。ネットで見つけたかわいい帽子は予算オーバーで泣く泣く諦めた。贅沢《ぜいたく》が許されるのは一品だけだ。

山へ向かうのは、当然、そこに山があるから、という理由ではない。日常生活で山が視界に入ることはほとんどなく、山へ登るためには、こうしてなんらかの交通手段を用いなければならないのだから。

わたしの勤務する丸福デパート、初夏の催しは「アウトドアフェア」だった。そこで、うっかりひと目ぼれをしてしまったのだ。ダナーの登山靴に。

実直な職人が丹誠こめて作った編み上げ靴といった雰囲気の、素朴だけど丈夫そうな形。

服の色を選ばない、落ち着いたカーキ色の生地にこげ茶色の革のふちどり。かわいらしいアクセントとなっている、フラッグ模様のミニタグ。

一度目に留まるとそこから離れることができなくなり、登山靴であるということを深く考えないまま、買うことを決めた。

——江藤さんも登山をするの？

買った靴を更衣室のロッカーに入れていると、一つ年上の牧野しのぶさんに声をかけられた。わたしは二階の婦人服売り場で、牧野さんは六階の贈答品売り場の担当なので、催事場のヘルプに入るまではほとんど話したことがなかったけれど、一つしか違わないとは思えないような落ち着いた雰囲気が素敵だな、といつも思っていた。

——いいえ、ひと目ぼれして思わず買ってしまったんですけど、山なんか登ったこともないので普段用にするつもりです。牧野さんは登山をされるんですか？

牧野さんはお父さんの影響で子どもの頃から登山をしていて、今も年に一度は趣味として山に行っているのだと教えてくれた。

——いいですね、趣味が登山なんて。

——せっかくいい靴を買ったんだから、江藤さんも一度、山に登ってみたらいいのに。

——そんな、素人がいきなり無理ですよ。遭難しちゃうじゃないですか。

——誰でも最初は素人じゃない。難しく考えなくても、普通の体力があれば夏山はいけるわよ。何かスポーツはやってなかったの？

——社会人になるまでは、剣道をしていましたけど。

——ああ、そんな感じがする。今でも十分に体力がありそうだし、大丈夫よ。

牧野さんにそう言われ、同じフロアの同期三人で山に行くことになった。

催事場のヘルプに入り、二週間、朝から晩までアウトドア用品に囲まれていると、どれもこれも欲しくなってくるし、キャピキャピとした様子で登山ウエアを買いに来る、自分たちとあまり年の変わらない女の子たちを見ていると、それほど難しいことではないのかもしれない、という気もしてきたからだ。

せっかくなら「日本百名山」に行きたい、ということになり、素人でも登れる百名山はどこですか、と牧野さんに訊《たず》ねたところ、新潟県にある「妙高山《みょうこうざん》」と「火打山《ひうちやま》」を続けて登る、縦走なるものを勧めてくれた。それほど厳しい行程ではないうえに、一度で百名山を二つ制覇できるおすすめのコースらしい。

——梅本さんと、芝田さんと、江藤さんの三人で行くのね。江藤さんが一番はまりそうだわ。

牧野さんがそう思う根拠は、なんとなく、らしいけれど、多分、三人の中でわたしが一番地味だからだろう。オシャレなウェアやグッズがたくさん並んでいても、登山にはマリンスポーツのようなはじけた印象はない。商品を購入した人たちからとったアンケートでは、登山の目的として「自分探し」という辛気臭い理由が目についた。

だけど、わたし自身としては、山にはまるような予感はしていない。

自然をそれほど愛していないからだ。

父親が転勤族のため、田んぼが広がる田舎町に二、三年住んだことがあったけど、小学校まで徒歩四〇分もかかることをうらめしくは思っても、空気がおいしいとか、景色が美しいとか、感動したことは一度もなかった。次に越したところには徒歩圏内に公園すらなかったけれど、社宅の向かいにコンビニがあったので大満足だった。

だけど、山に登って価値観が変わるのだとしたら、それに結論を委《ゆだ》ねてみたいことはある。

結婚するか否か——。

将来の夢はお嫁さん、というほど結婚に憧れたことは子どもの頃から一度もなかったけれど、三〇歳までにはしようと決めていた。いや、しなければならないと思っていた。じいちゃん、ばあちゃん、そのずっと前のご先祖様から受け継いできた血を、深い理由もないままにわたしが絶やしていいはずがない。

結婚して、家庭を築き、子どもを産んで育てる。

それがわたしの生まれてきた意味だと思っている。偉業を成しとげることだけが人間としての価値ではない。デパートに就職し、理不尽なクレームに耐えながらも笑顔で接客し、給料をもらう。税金を納め、選挙に行く。選挙が行われる日曜日はたいがい出勤日で、仕事が終わってからだと間に合わないため、不在者投票をすることも多い。

そんな人生は誰に恥じるものではないけれど、自慢するようなことでもない。

では、婚約中である野村堅太郎《けんたろう》が偉業を果たせるような人物で、わたしには彼をサポートする使命があるのかといえば、そうでもない。

堅太郎も同じデパートに勤務しているのだから。

堅太郎が担当するバーゲン商品に通常価格を示す青タグがついて送られてきたことを、バーゲン前日の勤務終了後に気付き、まっ暗な催事場で一人で必死に赤タグに付け替えているところを見かねて手伝ってあげた夏から、もう五年経《た》つ。

あのときもひと目ぼれだった。堅太郎にではない。ワンピースにだ。

夕方、催事場で陳列しているときに見つけたもののひと晩考えようと見送り、やはりあきらめられず、終業後、催事場に戻ると、タグと格闘している堅太郎がいたのだ。

今では五階の紳士服売り場で係長と呼ばれているけれど、出世と呼べるようなものではない。それでも、結婚しても二人で丸福デパートで働きながら、納税し、選挙に行き、そのうち子どもも生まれて、楽しく過ごしていくのだと思っていたのに――。

「おまたせ、りっちゃん」

芝田由美がやってきた。一一時ちょうどだ。ただし、彼女には集合時間を一〇時半だと伝えてある。

山へ行くというのに、売り場に立つのと同じメイクをしている。おまけに、靴は普通の運動靴だ。スポーツウエアではあるけれど、ジョギング仕様。完全に山を舐《な》めている。三〇リットルのリュックには荷物がパンパンに詰まっていて、いったい何泊するつもりでいるのだろう。化粧品をボトルのまま入れてるのかもしれない。

先が思いやられる。どうして、舞子は由美なんか誘ったのだろう。同期三人でアウトドアフェアの売り場に立っていたとはいえ、由美はそれほど興味がなさそうだったのに。

「あとは、舞子か」

待ちあいを見渡してみる。

「そうだ、舞ちゃん、行けなくなったんだって。さっきメールが来てた。昨日の晩、熱が出たみたい。りっちゃんによろしく、だって」

由美が証拠を見せるように、ケータイをこちらに見せながら言った。

まさか、舞子が。いや、想定外のことではない。彼氏より友情を大切にできない女なんて最低だよね、とことあるごとに言われ、クリスマスも堅太郎を断って女同士のパーティーに毎年出ていたのに、昨年、自分に彼氏ができてからは、手のひらを返すように女同士の約束をキャンセルしまくっているのだから。

熱が出たという理由だって怪しいものだ。それにしても。

「なんで、わたしには連絡してこないんだろ」

メールくらい、わたしにも寄こしていいはずだ。わたしの方が早く待ち合わせ場所に来ることは、舞子もわかっているのに。先に切符を買っておかなくてよかった。

「りっちゃんに怒られるからじゃない？」

毛先まできれいに巻いた髪を指でいじり、ふふっと笑いながら由美が言った。

確かに文句の一つは返すだろうけど、それを由美に言われるのは癪《しゃく》にさわる。そりゃあ、わたしはルーズなことが大嫌いだ。他人にも厳しいところがあるかもしれない。きつい言い方になるときだってあるだろう。

だからといって、由美がえらそうに指摘できる立場ではない。

あんたはわたしが最も軽蔑するようなことをしている人間なのだから。

このままこの場で解散しようかとも思ったけれど、山小屋の予約も入れているし、揃えた服や道具を一度も使わないというのももったいない。切符を購入する。

バスの乗車受付が始まった。

「じゃあ、行こっか」

踏み出した一歩は、気分とは裏腹に、心地よい反発として足裏に吸い込まれていった。

ダナーの靴を履くために山に登る。それでいいではないか。

おばさんたちのグループは総勢六名で、二人がけの椅子縦三列から身を乗り出して、しょうゆせんべいの袋をまわし、バリバリとかじりながら大声で話している。

留守中の旦那の食事について。二日分、全部作って冷凍してきたわよ。作るはずないでしょ。結婚当初、インスタントラーメンもろくに作れなかったくせに、今ではそばを打てるようになって、それがなかなか美味なのよ、とかなんとか。

修学旅行みたいに楽しそうだ。かたやこちらは――。

由美は席につくなり熟睡した。夜行バスだし、起きていたからといって特に話したいことはないけれど、いきなり寝なくてもいいのではないか。リュックの中身が何なのかも聞けないままだ。いっそ消灯時間まで、おばさんたちのグループに入れてもらいたいような気もする。

結婚するとき、迷いは生じませんでしたか？

いや、あの人たちはどちらかといえば、親世代だ。まさか、家のことを全部嫁にまかせて出てきている、なんてことはないだろうか。

堅太郎はのんびりして少し抜けたところはあるけれど、長男だ。だけど、実家から離れて就職しているし、普段の会話にほとんど家族のことが登場しないため、あまりそれを深く考えることはなかった。

結婚式をこちらですることも、あっさりと決まった。式や披露宴の内容に関しても、二人で好きなように決めればいいと言われ、式場を仮予約して、それらの報告も兼ねて、先月、夏のバーゲンが始まって忙しくなる前に二人で挨拶《あいさつ》に向かった。

近くにコンビニはなかったけれど、案内された家は、田舎の家、という古臭い感じはなく、サラリーマンのお父さんが三〇年ローンを組んで建てたと思われる、こぢんまりとした二階建ての家だった。

お父さんもお母さんも温かくわたしを迎えてくれた。「こんなにしっかりした人がお嫁さんになってくれるなら、安心だわ」というお母さんの言葉に、わたしの知っている堅太郎とご両親の知っている堅太郎は同じなのだ、と安心感が込み上げてきた。

食事の席には同居している堅太郎のおばあちゃんも一緒につき、民謡を一曲披露してくれた。が、堅太郎が自分の孫であることは認識できていなかった。堅太郎もその辺りは理解している様子で、「どなたさんですか？」と何度訊《き》かれても、「孫の堅太郎だよ」と愛想良く答え、わたしのことも「お嫁さんになる、律子さんだよ」と紹介してくれた。

おばあちゃんは、堅太郎の名前はなかなか出てこないのに、わたしのことは「りっちゃん」と呼んでくれ、少し嬉しく感じたときだ。

——おばあちゃん、これからは賑《にぎ》やかになっていいわね。

お母さんがそう言った。これからは？　年に一度、帰るかどうかなのに？　そんな疑問などとっぱらうように、お母さんは続けた。

——二階をね、リフォームしようと思うの。やっぱり、若い人は畳よりもフローリングの方が生活しやすいでしょ。

作り笑いをしながら堅太郎を見た。彼も作り笑いを返してきたけれど、意思の疎通はまったくできていなかった。作り笑顔を解いたのは、帰りの新幹線の中でだ。

——リフォームって、どういうこと？

——いずれは、帰ろうかな、って思ってるけど、そんなにすぐってわけじゃない。母さんは気が早いんだ。このことは、さらっと受け流しておいて。

——はあ？　流せるはずないじゃん。いずれは、って何？　わたし、そんなの一度も聞いたことないいんだけど。結婚したあとで、言おうと思ってたわけ？

——あとで、っていうか、二、三年経ってからって思ってた。

——それって、詐欺じゃん。

——どうして？　俺、長男だし、りっちゃんには弟が二人いるからご両親のことは心配ないって思ってたんだけど、何か、間違ってるかな。

間違っているか、と他人から訊かれたのは初めてだった。世の中の役に立つようなことはできなくても、間違った行いをしない、というのがわたしのモットーだ。何が正しくて、何が間違っているか、自分ではその分別もつくと思っていたのに。

しかし、仕事はどうする。丸福デパートは全国に五店舗あるけれど、堅太郎の実家から通えるところにはない。仕事を数年後に辞めるつもりでいるのに、結婚前にそれを伝えないのは、やっぱり詐欺ではないか。

と言い返すつもりが、堅太郎は行政書士の資格を持っていて、親戚のおじさんがやっている事務所を継がないかと誘われている、ということをついでのように言い添えた。

それ以上に反論することができない。となると、間違えているのはやはり、わたしなのか。

騙《だま》されたと感じるのは、何に対してなのか。

デパートを辞めることか、便利な街を離れて田舎に移り住むことか、親と同居することか、認知症のおばあちゃんの介護を手伝わなければならないということか。

これらに抵抗のあるわたしは、人として大切なものが欠けているのか。愛する人と結婚するためなら、この程度のことは誰でも受け入れるのだろうか。この程度のことで結婚をためらいだしたわたしは、わたしがこれまで軽蔑してきたわがまま女と同類ということになるのだろうか。

いや、……普通は悩むだろう。

だから、堅太郎はわたしに言わなかったのだ。お母さんが同居をほのめかすようなことを言ったときも、どうにかごまかそうと作り笑いを浮かべていたに違いない。

それで、下山して何時の便で帰ってくるんだ、と訊いてきたのか。

下山した後は温泉のあるホテルに泊まって打ち上げをする、と言うと、翌日そこまで迎えに行く、と言い出した。駅に着くまでが登山なのだから途中で割り込んでほしくない、と断ると、駅まで迎えに行く、と言い張るので、それは断らずにおいた。

堅太郎は、わたしが結婚するか否かを迷い、山で結論を出そうと考えていることに気付いたのだろう。

わたしのアパートに来て、テーブルの上に山雑誌を置いているのに気付いたはずなのに、こちらが山に行くと言い出すまでは、見えてもいないかのようにふるまっていた。ダナーの靴を見せても、堅太郎も好きそうなのに、ああいいね、くらいの反応しか示さず、何やら神妙な顔をして空《くう》を見つめていた。舞子と由美と行くと言っても、舞ちゃんは元気だからなとも、由美さんは大丈夫なの？　とも言わなかった。

だけど、山に登ったくらいで、人生の決断を下すことができるのだろうか。

おばさんたちの笑い声が響く。あの人たちは同居も介護もしていないのだろう。だから、友だち同士、登山に行くことができるのだ。

ガールのままでいられるのだ。

人生は長い。結婚相手は堅太郎でなくてもいいはずだ。

由美がなまめかしい声を出しながら、寝がえりを打つ。

「ううん……」

待て待て、結婚を決める基準を、わたしは根本的に間違っていやしないだろうか。同居や介護よりも一番つらいのは、旦那に裏切られることではないか。

そう思いませんか、おばさんたち。

おばさんたちは小腹も満たされたのか、おのおの寝る準備に取り掛かっている。空気を入れてふくらませる首用の枕を持ってくることなど、わたしは思いつきもしなかった。

次は持ってこよう。……もし、次があるとしたら、だ。

長野駅から信越本線に乗り、妙高高原駅に向かう。由美はバスが長野に到着する頃に目を覚ました。ぐっすり寝て満足したのか、電車に乗ってからは修学旅行生のようにはしゃいでいる。午前六時過ぎ、缶コーヒーは買ったけど、いつものペースに合わせると、朝食の時間にはまだ早い。

「おなかすかない？　いろいろ持ってきたから一緒に食べようよ」

由美はかろうじて蓋《ふた》ができている状態のリュックを開け、座席前の小さなテーブルにジップロックの袋を三つ出した。「新月」の豆羊羹《ようかん》、「宝珠庵」のもなか、「うさぎ堂」のいちご大福……。どれも丸福デパートの地下食料品店街に趣のある店舗を構えている、高級和菓子店の看板商品ばかりだ。しかも、三人で三個ずつの計算なのか、九個ずつ入っている。

「グリーン車気分でしょ」

確かに、目指す場所は妙高山ではなかったのか、藍染スカーフのおばさんたちの姿は見えなくなったけど、彼女たちがバスでひろげていたお菓子とは格が違う。

「じゃあ、これ。いただきます」

包みをひろげて、手のひらにすっぽりと納まる大きさのいちご大福にかぶりつく。

「おいしい」

存在は知っていたけれど、食べるのは初めてだった。一つ五百円もするのだ。それならケーキだろう、と気になりながらも素通りしていた。やわらかい生地とあんこは口の中で甘く溶けるように広がり、いちごの甘酸っぱさと一緒にのどをするりと通っていく。

「でしょう。あまおう、使ってるんだって」

由美もいちご大福の包みを開けた。

緑色が徐々に濃くなっていく窓の外の景色を眺めながら、ふた口で食べ終えた。贅沢だなあ、とシートにもたれる。こころなしか、最初に座ったときよりもやわらかく感じた。

「おやつ代、割って。けっこうしたでしょ」

わたしもおやつは持ってきているけれど、じゃがりこやコアラのマーチでは、わけてあげても割りに合わないはずだ。

「いいの、いいの、全部もらいものだから。どれも、賞味期限が今日明日のものばかりだから、食べてくれるだけで助かる」

なんだ、貢物だったんじゃないか。今日の日のために準備したのではなく、貢物を消費しきれなくて持ってきただけ。

「他のも食べて。もなかは四種類あるけど、みそ餡《あん》がおすすめかな」

みそ餡もなかは大御所俳優がテレビで紹介したことで有名になり、丸福デパートでも開店と同時に行列ができ、午前中には品切れになってしまう貴重な品だ。当然、これも食べたことがない。けれど。

「ありがと。でも、いちご大福でおなかいっぱい」

貢物だとわかった途端、何の魅力も感じなくなる。絶対に食べるか、とすら思ってしまう。登山は初めてとはいえ、山は神聖な場所だとわたしは思う。窓の外、はるか向こうに連なる山々は遠目に見ても美しい。あれは人間の作ったものではない。そこに足を踏み入れさせてもらうのに、不倫をしている女が、不倫相手からの貢物を持っていくとは、不謹慎極まることではないのか。

やはり、舞子が由美を誘おうと言い出したとき、きっぱりと断ればよかった。だけど、舞子は由美が不倫していることを知らない。

そして、由美もわたしが不倫に気付いていることを知らないはずだ。

妙高高原からバスに揺られること一時間弱、笹《ささが》ケ峰《みね》に到着した。

午前八時。手頃な座る場所を確保し、おにぎりと地図を出す。高級和菓子を朝食にするという由美に、六つ握ってきたおにぎりのうち、いちご大福のお礼を兼ねて二つをわけてあげた。

「わあ、雑穀ごはんだ。梅干しも入ってる。りっちゃんいい奥さんになりそうだよね」

由美の言葉は聞き流す。不倫をしている女の口から出る「奥さん」はどこか見下しているようで、ムカつくだけだ。地図を広げた。

今日は妙高山を目指す。北峰、南峰とあるうちの、百名山標柱の立つ北峰の方だ。初心者がいきなり縦走など大丈夫なのだろうか、と心配になったけど、無理だと判断したらルート変更も可能だから、と牧野さんは回避する際のポイント地点などを教えてくれたし、ネットで検索してみると、小、中学生もけっこう訪れているようなので、どうにかなるのではないだろうか。

道に迷ったらどうしよう、という一番大きな心配も、周囲で準備運動などをしている人たちを見れば、解消された。熟年夫婦や家族連れ、バスで再び一緒になった藍染スカーフのおばさんたちもいる。だけど、「山ガール」はやっぱりいない。

登山口で情報を確認する。雨の確率一〇パーセント、お天気マークは「快晴」だ。入山手続きをして、ゲートをくぐる。

いよいよ出発、まずは黒沢出合《くろさわであい》を目指す。林の中のゆるやかな登り坂だ。

「見て、りっちゃん、この花きれい」

由美が道端に花をみつけ、足を止めた。紫色の可憐《かれん》な花。小さな札が立っていて……、トリカブトと書いてある！

「こういうの、髪に飾って歩くと楽しくない？」

　由美が花に手を伸ばす。

「ダメ！」

「厳しいなあ、りっちゃんは」

「南の島にリゾートで来てるんじゃないんだから。山でとっていいのは写真だけ、ってゲートにも紙が貼ってあったでしょ。それに、トリカブトは猛毒があるの。推理小説でおなじみじゃない」

「知らない。わたし、本なんて読まないもん。りっちゃんって物知りだね」

「でも、名前しか知らなかった。札がなかったら、トリカブトだってわかんなかったよ」

「かわいい花なのにね。猛毒があるなんて、信じられない」

　由美はケータイを出して、トリカブトを撮った。わたしも記念に撮っておく。

「なんか、あっちにもこっちにもいっぱい咲いてるね」

　由美は花にケータイを近づけながら何枚も写真を撮っている。

　こっそり抜いて、袖の中に隠していやしないだろうか。トリカブトに猛毒があることなんて教えなければよかった。不倫相手の奥さんがもし殺されでもしたら、わたしも協力したことになってしまう。いや、奥さんがいるから不倫は楽しいのか。

経験はないけれど、不倫をするような女には二パターンあるのではないかと思う。一つは、他人のものを奪う喜びに浸っている女。由美がこっちだと、奥さんに殺意など抱かないはずだ。もう一つは、好きになった相手に家庭があろうがなかろうがとにかく突っ走ってしまう、恋に盲目な女。この場合は、奥さんがいなければと思うかもしれない。

いずれにしても、最低な女だということには変わりないけれど。

しばらくすると、トリカブトは見えなくなった。晴れていても、ブナ林の中は涼しくて心地よい。道幅が徐々に狭くなり、一列で歩くことにした。地図を持っているわたしが前だ。

「りっちゃん、結婚式の準備すすんでる？」

背中越しに訊かれた。

「ぼちぼち、かな」

ここにきて迷いが生じていることは、二人きりでもくもくと歩くこの状況にあっても、由美に打ち明けることはないだろう。

「仲人さん、立てるんだよね」

「……うん」

「元原部長でしょ。仲人って夫婦でやるんだよね。奥さんにも会った？」

「……うん」

「どんな人？」

「ものすごく、きれいな人。優しくて、でもちゃんと自分を持っている聡明な人。音大を出ているらしくて、バイオリンがすごく上手なの。音大仲間とときどきチャリティーコンサートを開いているんだって。部長もかっこいいし、お似合いの夫婦だと思う」

返事はなかった。疲れてきたから、ではないだろう。振り返らずに、足を進める。

意地の悪い言い方だったかもしれない、とは思うけど、あきれる気持ちの方が強い。不倫相手の奥さんがどんな人かなんて、よく訊けたものだ。

こっちが何も知らないと思って——。

由美と元原部長を目撃したのは、式場を仮予約するために訪れたホテルのロビーでだ。ふた月前、割引適用期間最終日だったことに気付き、仕事が終わったあと、わたしだけでホテルに行った。ブライダルサロンが閉まっていたため、ロビーの片隅のテーブルで申込書を書いていると、元原部長の姿が目に留まった。

挨拶をしにいこうかどうかと迷っているうちに、元原部長はルームキーを受け取り、少し離れたところで待っていた女性のもとに向かった。奥さんではなかった。それでも、知らない人なら無理やりにでも、よい解釈をしようとしたかもしれない。妹さんと泊まる、娘さんと泊まる。たとえ、相手の腰に手を回していてもだ。

だけど、相手は芝田由美だった。

由美は線の細いはかなげな美人で、年配の男性社員からのウケがよい。時間にルーズだし、仕事のペースも遅いので、先輩女子社員からはきつくしかられることが多いけど、由美が涙ぐんだ目でうつむいているだけで、先輩女子社員の方が悪者であるかのような雰囲気ができあがってしまう。

女子社員同士の噂《うわさ》で、由美が不倫をしている、と入ってきたのなら、すんなりと信じることができただろう。動揺することもない。だけど、直接、目撃してしまったうえに、相手は仲人を頼んでいる人物とくれば、思考はフリーズしてしまう。

よい解釈などできるはずがない。若い女子社員と不倫をしているような上司に仲人をしてもらうなど、縁起が悪いだけではないか。

最初から、わたしは仲人を立てることに乗り気ではなかった。結婚情報誌のアンケートでも、仲人を立てている人の方が少ないという結果が出ている。わたしの両親は古風なところがあって、立てるべき派だけど、堅太郎の両親は好きにすればいいと言ってくれているのだから、立てなくてもいいではないかと提案はしてみた。

そもそも、わたしと堅太郎は見合いをしたわけでも、誰かの紹介で付き合うことになったわけでもない。とりもってくれたのは、青タグだ。披露宴でそのエピソードを公表するだけで十分ではないかと思う。

しかし、堅太郎にとってはそうはいかなかった。元原部長と出身大学、おまけにラグビー部だったことまで同じであるため、入社試験の段階から目をかけてもらっていたらしい。そのうえ、結婚相手が同じ職場の社員で結婚後も仕事を続けるのであれば、部長にお願いしておいた方がいいと、彼にしてはめずらしく譲らなかったのだ。

仕方なく同意し、結婚後もお中元やお歳暮を送ったり、子どもの成長などをいちいち報告するのは面倒だなあ、とは思っていたけれど、元原部長の奥さんに会って少し気持ちが変わった。

とても素敵な人だったからだ。奥さんが作ったローストビーフを、「妻の自慢の料理なんだ。他にも得意なものはたくさんあるが、僕はこれに目がなくてね」と家長である部長が取り分けてくれる姿は、わたしの理想の夫婦像と重なった。なのに。

まさかの不倫。あの奥さんのどこに不満があるというのだろう。由美の方が勝っているのは、若さくらいではないか。

このことは誰にも言っていない。堅太郎にもだ。ご両親に挨拶に行ったあとで打ち明けようかと思っていたら、リフォーム問題でそれどころではなくなってしまった。

どうせあと数年で丸福デパートを辞めるのなら、仲人など立てなくてもいいのではないか。

部長に理由を訊かれたら、あの晩、ホテルのロビーにわたしがいたことを伝えれば、それだけで察してくれそうだ。

おいおい、なんで堅太郎が仕事を辞めることを受け入れてるんだ。むしろ、不倫のことには目をつむり、部長に仲人までしてもらったのだから、丸福デパートに忠誠を誓うことを促す、という路線に持っていった方が賢明かもしれない。

披露宴には由美も招待することになるだろうか。同じフロアのたった三人の同期なのだから、舞子はよんで由美は外すというのも、感じ悪く思われそうだ。理由を訊かれても困る。となれば、そこで由美は不倫相手の妻と対面することになる。誰にも気付かれていないと思っているのは当人同士だけで、もし、奥さんが気付いていたらどうしよう。

いや、あの聡明な奥さんが気付かないわけがない。相手はわからないにしても、旦那が不倫をしていることくらいは薄々感づいているはずだ。それも知らずに、部長と由美はアイコンタクトをとったりして、奥さんは浮気相手はこの女だったのか、と気付く。

修羅場？　おもしろそうだ。絶対に、おもしろい。だけど、舞台がわたしの結婚式というのはいかがなものか。人生一度の晴れ舞台なのに、バラエティ番組のハプニング映像に投稿されてはたまらない。

やっぱ、結婚するの、やめようかな。

黒沢出合に到着した。出発してから五〇分。地図に記載されているのと同じペースだ。林の中の木道をゆるやかに登るのは、ウォーミングアップにちょうどいい。リュックを降ろして、ペットボトルの水を飲む。由美は少し息が上がっているようだ。

「りっちゃん、いちご大福食べてくれない？」

ジップロックの袋のまま差し出してくる。

「嬉しいけど、一度にこんなにいっぱいくれなくてもいいのにね」

「でも、彼はこれが誠意って思ってるから。お願い、荷物軽くするの、協力して」

由美がニコッと笑う。彼、やはり元原部長か。何が誠意だ。でも、バテられても困る。袋の中から一つ取り出した。

「トリカブト、さわってないよね」

つい、訊いてしまう。

「猛毒なんでしょ、さわるはずないじゃん。それとも、わたし、りっちゃんに警戒されるようなことした？　心配しないで、わたし、野村さんみたいな見た目がっちり系はタイプじゃないから。……もう、仕方ないな」

由美はいちご大福を取り出して、先にひとかぶりした。

心配しないで？　なんだそりゃ。タイプだったら堅太郎を落としてた、とでも言いたいのだろうか。バカにしてる。そうやって、部長の奥さんのこともバカにしているはずだ。

いちご大福を口に放り込み、水で流し込んだ。リュックを背負う。

「え、もう行くの？」

由美があわててリュックを背負った。

「疲れが出る前に、距離をかせいでおいた方がいいでしょ」

そう言って、足を踏み出した。

次に目指すのは富士見平《ふじみだいら》だ。沢に出て、黒沢橋《くろさわばし》を渡る。

急階段が現れた。十二曲りの始まりだ。しばらく急坂が続くはずだけど、階段を一歩上るごとに、足裏に心地よい弾力を感じる。

もしも、うっかり目撃してしまったのが、元原部長ではなく堅太郎だったら、わたしはどうしただろう。二人のもとに猛然と向かい、「何やってんのよ」と言葉が出る前に、堅太郎の頬に張り手をくらわしていそうだ。

当然、その場で別れを告げて……。翌日の仕事はどうするだろう。みじめだな。由美を殺してやりたい、とか思うだろうか。いや、殺してやりたいのは堅太郎の方だ。わたしを裏切ったのだから。由美だって裏切ったことになるのだろうけど、もともとそれほどの信頼関係は結ばれていない。不倫のことを知る以前も、わたしはあまり由美を好きではなかった。

同期にもう少し人数がいるか、舞子がオープンな性格でなければ、確実に距離をおいていたはずだ。時間にルーズとか考えなしの物言いとか、嫌いなところはいくつもあるけれど、簡単に言えば、波長が合わないのだ。

そんな女と二股をかけられるなんて、やっぱり許せない。

タグの付け替えのお礼にと、後日、居酒屋に連れていってくれたはいいけれど、その店で堅太郎は酔い潰《つぶ》れ、結局、わたしがお金を払い、アパートに連れて帰って介抱することになってしまった。

なんだ、このダメ人間は。と、あきれてしまったのに、翌朝、「りっちゃんといると、ホントにラクだなあ」とのんびりした口調で言われて、キュンときた。ラク、などと言われたのは初めてだったからだ。それまでに付き合った人は数人いたけれど、別れるきっかけになるのは決まって「おまえといると疲れるんだよ」という言葉だった。そう言って捨てられたり、そう言われてわたしが腹を立てて別れを切り出したり。

堅太郎の言う「ラク」とは「便利」という意味ではないだろうか、と訝《いぶか》りもしたけど、そうではなく、感情表現がはっきりしているから気持ちいいのだ、と言われ、この人のことが大好きだ、と思ったのに……。由美と浮気をするなんて。

許せない、許せない、許せない、許せない、許せない——。

岩だらけの道を登りきると、一気に視界が開けた。山の稜線《りょうせん》に出たようだ。怒りに身をまかせているうちに、急坂を登りきってしまった。振り返ると、由美はかなり後方にいた。はあはあと顎を上げて息をしながら、ゆっくりと足を進めている。

リュックを降ろし、空を見上げた。もう少し登れば、空に手が届きそうだ。それにしても、結婚をやめてしまおうか、と悩んでいるのに、想像だけの浮気でこんなに腹が立ち、悲しくなるなんて。バカみたい。

この景色を堅太郎にも見せてあげようか。

ケータイを開く。圏外表示だ。初めて見た。地上から離れてきたという実感が湧いてくる。早く山頂に立ちたい。

ようやく由美がやってきた。

「りっちゃん、わたし、もうダメ」

リュックを降ろし、よたよたと座り込む。

「じゃあ、引き返したら」

ここならそうした方がいいはずだ。牧野さんが教えてくれた回避ルートにすら到着していないのだから。

「え？　いや、そういうのじゃないから。お水飲んで、ちょっと休憩したら大丈夫」

「あ、そう」

まぎらわしい。由美が休憩しているあいだに、藍染スカーフのおばさんたちが「お先です」と追い越していった。急坂を登ってきたとは思えないほど、足取りはしっかりしているし、息が上がっている様子もない。「いい眺めねえ」と雑談し、景色を楽しみながら歩いている。

こんなところでバテていると思われるのが恥ずかしい。

「まだ休む？」

「ううん、もう平気」

由美はペットボトルをリュックに押し込み、立ち上がった。

ここからは眺めのいいなだらかな道が続く。

「りっちゃんって、スパンと切り捨てるよね」

背中越しにおもしろくない言葉が聞こえてきた。

「わたしがだいぶ後ろにいることも、気付いてくれてなかったでしょ」

すねるような口ぶりだ。わたしが男で由美が恋人なら、足を止めて振り向いて「ゴメン」

とか言わなければならないのかもしれないけれど、そんな立場にはないので、無視をして足を進める。

「わたし、りっちゃんのことは好きだし、同い年なのにしっかりしてるなって尊敬もしてるけど、りっちゃんと二人だけでいるのはちょっと不安。だって、りっちゃん、わたしのこと、受け入れてくれてないんだもん」

うるさい、と一喝してやりたい気分を必死でおさえる。

「冷たいな、りっちゃんは。気が利かないと、いいお嫁さんになれないぞ」

「ああ、もう、鬱陶《うっとう》しい」

足を止めて振り向いた。

「どうして、登山靴を履いてこなかったの」

「何で今、そんなこと……。一回限りの登山かもしれないのに、買うのってもったいないじゃない。一番安いのでも一万円以上するのに」

「エレベーターも使ってたよね」

山に登ることが決まり、牧野さんのアドバイスで、トレーニングのためにエレベーターを使わないことにしていたのに、階段の上り下りの最中に由美に会うことはなかった。

「だって、時間が……」

「そもそもね、そこがわかんないの。どうして、いつも、時間を守れないの？　他人に迷惑かけるのを悪いと思ってないからでしょ。わたしだって、あんたが装備万全で、トレーニングもちゃんとしていたら、いたわりの言葉の一つもかけたよ。それに、距離があいてペースおとしてほしいなら、そう言えばいいんじゃない。なに、わたしが全部悪いみたいな言い方してんのよ。じゃあ、ここからは由美が前を行ったら？　わたし、ペース合わせてついていくから」

「……でも、わたし、道わかんないし」

「はっ、地図だって用意してないもんね。何でもかんでも人まかせ。冷たくて結構。気が利かなくて結構。時間の無駄だからもう行くよ」

由美に背を向け、足を踏み出す。腹が立つ。けれど、視界いっぱいに広がる景色は澄み切っていて、こんなところで腹を立てている自分がなさけなくなってきた。

堅太郎に会いたい。会って思い切り愚痴りたい。

りっちゃんが正しい、っていつもみたいに言ってほしい。

会いたいな、会いたいな、会いたいな、会いたいな——。

「りっちゃんは強い、っていうか、自分に自信を持ってるよね」

心地よいペースができてきたと思ったところに、また、由美の恨みがましい言葉が聞こえた。

「怖くなったり、不安になったりしないのかな。りっちゃんだって、バテちゃうかもしれないし、転んで足をくじくことだってあるだろうし、急におなかが痛くなったりとか、へびにかまれたりとか、歩けなくなっちゃう可能性はあるかもしれないのに、自分がそうなったときに切り捨てられたらどうしよう、とか思うことはないの？」

足は止めない。振り返りもしない。だけど、考えてはみる。山で起こりえる危険を想定して、消毒や湿布、頭痛、腹痛の薬はリュックのポケットに入れてある。でも、そうなったときに、由美や舞子に助けてもらう想像はしなかった。二人にどれくらい迷惑をかけるか、という想像も……。

自分が他人から切り捨てられるという想像など、したことがない。

だけど、所詮、できない人間のかざす正論ではないか。

丸福デパートに就職してから七年半、困った状況に陥ったことは何度もあった。客の家までお詫《わ》びに行ったり、徹夜で伝票を書き直したり、全国の店舗に電話をかけて商品をかき集めたり……、数え上げればきりがない。そのうち、由美のミスが原因というのはいくつかある。だけど、わたしがミスをして生じてしまったことを、由美が助けてくれたことなど、ただの一度もない。

足を止めて振り返った。

「言いたいことはわかった。わたしは、他人の立場になって物事を考えたり、相手のペースに合わせるっていう感覚が抜けているのかもしれない。だけど、不倫している人に言われることじゃない」

言ってしまってよかったのだろうか、という後悔はほんの少しだけある。由美は、あっ、と小さな声を上げげただけで、否定の言葉はない。バツの悪そうな顔をしている。

熟年夫婦が「お先に」と追い越していく。

いったいわたしは何をしに来たのだろう。

「なんか、もう、こういう話やめようよ。せっかく山に来たんだから」

これにも返事はなかった。

「右手に見えるのが、三田原山《みたはらやま》。左手に見えるのは、白馬連山《しろうまれんざん》。その向こうにちょこっと見えてるのが、劔岳《つるぎだけ》だって」

地図を片手にガイドのマネをやってみる。

「大きいね、きれいだね」

由美が言った。目に涙がたまっているけれど、気付かないふりをする。

「ホント、大きいね、きれいだね」

自分がちっぽけな人間に思えてくる。なんだか切ない。

眺めのいい富士見平からゆるやかに下ると、鮮やかな緑色の湿原が広がっていた。アップダウンは少なく、散歩感覚で歩くことができる。

「ワタスゲだって」

見慣れない植物を見つけては、二人で足を止めて写真を撮る。

「なんか、森の住人になったみたいだね。空気がおいしい」

由美が大きく深呼吸をした。わたしもおなかいっぱいに空気を吸い込んだ。不満をためこんだまっ黒な腹の中が、ほんの少しきれいになっていくような気がする。

「夏が来れば思い出す……」

由美が不安定な音程で口ずさんだ。「夏の思い出」だ。確かに、この景色と合っている。なんとなく、はるかな尾瀬、と続けると、「すごい！」と由美が声を上げた。

「りっちゃんがどうしてこの歌知ってるの？」

「だって、小学校で習ったじゃん」

「えー、うちは習ってないよ」

由美にリクエストされ、一曲続けて歌った。由美はここで覚えて帰りたいのか、たどたどしく繰り返し歌いながら歩いている。

「ほら、見て。ちっちゃい花が咲いてる」

名前を調べるのはわたしの役割だけど、小さな花や虫に気付くのは由美の方だ。最初から、こんなふうに山を楽しみながら歩けばよかったのかもしれない。

黒沢池《くろさわいけ》ヒュッテが見えてきた。今夜、泊まる場所だ。

少し疲れていたけれど、目的地が見えると俄然《がぜん》、元気が湧いてくる。由美もちゃんとついてきている。


黒沢池ヒュッテに到着した。一一時半ちょうど。途中でペースダウンしたものの、ほぼ定刻通りの到着、イライラすることなどなかったのだ。

リュックを降ろした途端、背中がふわっと軽くなる。肌で感じる解放感か。

「りっちゃん、ビールがある」

ヒュッテの前では氷水に浸した缶ビールや酎ハイ、スポーツドリンク、ジュースなどが売られていた。ああ、飲みたい。だけど。

「妙高山の山頂に行ってきてからにしようよ」

「そうだね。ここで飲むと、もう歩けなくなりそう」

簡単に話がまとまり、お昼ごはんを食べることにした。ヒュッテ前のテーブルにつき、二つ残っているおにぎりの一つを由美に渡す。

「ごめんね、りっちゃん。わたし、デザートはいっぱい持ってきてるから」

由美はリュックからジップロックの袋に入った和菓子と……、マンゴーを二つと、ネットに六つ並んだみかんを取り出した。こんなものが入っていたとは。リュックも相当重かっただろう。マンゴーには有名ブランドのシールが貼られている。ひとつ、三〇〇〇円から五〇〇〇円はするのではないか。みかんも、今の季節、それなりにしそうだ。

これも、元原部長からの貢物なのだろうか。愛人への贈り物は宝石のついたアクセサリーやブランド品のバッグというイメージがあったけれど、意外なものばかりだ。

由美はリュックから果物ナイフを取り出して、するするとマンゴーの皮をむき始めた。花柄の紙皿と先っぽにハートのついたピックも用意されている。

「どうぞ、食べて。わたし、マンゴーはあんまり好きじゃないんだ」

好きでもないものをどうして？　と言いたいけれど、これが本当に部長からの貢物だとしたら、また鬱陶しい話が始まりそうで面倒くさい。あまり深く考えずに、いただくことにする。

「おいしい」

濃厚な甘ったるさがゆったりと口いっぱいに広がっていく。思わずうっとりして空を見上げると、真っ青な空にこれから目指す山の頂がくっきりと浮かんでいた。贅沢だ、本当に贅沢だ。ハートのピックも持って帰りたいほどにかわいい。そういえば、堅太郎と付き合い始めたときは、こういうのを使っていたな。今じゃ爪楊枝《つまようじ》が当たり前になってるけど。

「これも、お菓子も、部長がお母さんに買ってあげたものなんだ」

みかんをむきながら由美が言った。やはりそうだったか、で、またやっかいな話か、っていうか、お母さん？　不倫話にはあまり似合わないフレーズだ。

「お母さんって、元原部長のお母さん？」

「そうよ。老人ホームに入っていて、週に一回、会いに行ってるの」

不倫とは、ホテルのバーや高級レストランの個室など、華やかで少し薄暗い、隠れ家的なところで行われるものではないのだろうか。

「二人でそんなところに行くの？」

「ううん、わたし一人で」

「はあ？　何それ？」

由美がみかんを食べながら語るところによると、由美は部長に、ホームに定期的に母親の様子を見に行ってほしい、と頼まれているらしい。それは息子である部長や奥さんのやることではないかと思うのだけど、部長は母親の老いていく姿を見るのが耐えられないから、奥さんはチャリティー活動に忙しく、そんなことに時間をかけている暇はないから、という理由でどちらも行くことを拒んでいるそうだ。

完全介護の高級なホームに入れてやっているのだから、会いに行く必要などないではないか、と。

「なんか、酷《ひど》いね、それ。だからって、なんで由美が行かなきゃいけないの」

「ホームの職員の人にね、たまにはお話をしにきてあげてください、って言われたんだって。それで行かないのも無責任だけど、自分には無理だから、わたしに頼んだみたい。接客の場できたえた会話術があるからね。ホームの人にはお母さんの妹の子って自己紹介してるんだ」

「そういうので、納得できてるの？」

「わたしね、お母さんのこと好きなのよ。だって、好きな人を産んでくれた人でしょう。それだけで大切にしてあげなきゃって思うじゃない」

チクッと、胸が痛んだ。

「でも、お母さんは由美が来ることをおかしいって思わないの？」

もしかして、母親に取り入って正妻の座に収まろうという作戦だろうか。

「お母さんはなーんにもわかんないの。部長のことも。自分に子どもがいるってことさえも。わたしも毎回初対面扱いだし」

「イヤにならない？」

「最初はね。時間の無駄だなって思ってた。でも、このあいだ、ふっと、昔話をしたの。こうちゃんが犬にかまれて、痛いよー、痛いよー、って一晩中泣いてたから、おんぶしてずっと歌い続けてたって。わたしにも歌ってくれた」

それを部長に話すと、部長は左手に残っている犬にかまれた傷痕《きずあと》を見せてくれたらしい。

そして、由美にどんな歌だったかと訊ね、由美が出だしの箇所を思い出しながら歌ってみると、涙を流し始めたそうだ。

「夏が来れば思い出す……、って」

「ああ、だからさっき」

「そう。でね、あの人ったら嬉しくなって、お母さんに丸福デパートご自慢の品々をこれでもかってほど送ったんだけど、お母さん、糖尿病の気があるし、去年あたりから果物アレルギーが出るようになって、仕方なく、ここに持ってくることにしたんだ。あ、でも、わたしがお菓子や果物を持ってきたことは、野村さんとかに言わないでね。あの人にバレたら、がっかりするだろうから」

由美は二個目のみかんの皮をむきながら、「夏の思い出」を口ずさみだした。

いつまでも座っていると、椅子に歩く気力を吸い取られてしまいそうで、一二時半には妙高山の山頂を目指して出発することにした。荷物をヒュッテに預け、牧野さんから持っていくようにとアドバイスを受けていた簡易リュックに、水とお菓子とタオルだけ入れた軽装で、気分はもうピクニック状態だったのに。

やはり、百名山の山頂を目指すというのはたやすいことではない。ヒュッテから見た妙高山はお皿にのったプリンのような状態で、一度、皿のふちを登って、下り、そこからプリンの頂上を目指すというコースになっているのだ。

皿のふちの内側にあたる崖を下り、山の中腹を歩いていると、目の前に妙高山の姿がせまるように見えてきた。頂上が平らでもっさりとした稜線、まさにプリンの形だ。わたしたちはプリンを目指すありんこのようなものか。

足元は徐々にごろごろとした岩場へとなっていく。由美はあの靴で大丈夫だろうか。振り返ると、苦しそうな顔をしながらも、OKサインが返ってきた。少しだけ、ペースを落とす。

愛人の親の見舞いをする女。

ステップ1の愛人は倫理的に許せないけれど、仮になったとして、ステップ2の見舞いがわたしにできるだろうか。しかも、たいした見返りもなく。……バカか、わたしは。結婚相手の親との同居やそれに伴う介護がイヤで、結婚自体をやめようかと悩んでいる時点で、できるわけがないのは確定ではないか。ということは、部長夫婦と同類か。親の見舞いを愛人まかせにする、部長の無神経っぷりには心底あきれる。お母さんの記憶が少し戻って嬉しかったのなら、高級品を一方的に送るのではなく、直接会いに行け、ってんだ。

奥さんはチャリティー活動にいそしむのはかっこいいけど、それを見舞いに行かない理由にするのはいかがなものか。身の回りの世話をしなければならないわけではない。ほんのひととき話し相手になるだけではないか。

もしかして、奥さんはこのことを知っているのではないか。二人して、由美を利用しているのではないか。

山頂まであともう少し。だけど、どうしても由美に訊きたいことがあって、足を止め、振り返る。着いてからじゃダメだ。今訊きたい。

「由美はどこを目指しているの？」

「……は？　妙高山の山頂でしょ」

「じゃなくて」

「あれ？　もしかして、今日が火打山で明日が妙高山だった？」

「ううん。今向かっているのが妙高山。だけど、わたしが訊いてるのは、部長と最終的にどうなりたいの？　ってこと」

「……わかんない」

「奥さんと離婚して自分と結婚してほしいなとか、今の関係のまま続けたいなとか」

「どっちも、深く考えたこと、ないな。じゃあ、りっちゃんのゴールは何？」

「わたしは当然……」

結婚だろうか。わたしが目指しているところはそこなのだろうか。

「いや、わたしもわかんない。ゴメンね、足止めして」

再び前を向き、足を踏み出す。岩に足をかけるごとに、ダナーの靴が目に入る。ひと目ぼれをした相手はわたしをもうすぐ山頂に導いてくれる。空が近い。かなり高いところまでやってきた。振り向くと、お皿のふち、外輪山の向こうに火打山が裾をひろげているのが見える。明日はあそこに向かうのか。

妙高山が標高二四五四メートル、火打山が二四六二メートル。明日の山の方が少しだけ高い。だけど、わたしはまた次にもっと高い山を目指すのではないか。

山頂に到着した。

由美を待って、二人で百名山標柱に向かう。

「バンザイをしよう」

そう提案すると由美が笑顔で頷《うなず》いた。

頂上の空気を腹いっぱいに吸い込み、バーゲンセールのときより大きな声で万歳三唱をする。これが、達成感か。

気持ちいい。とにかく、気持ちいい――。

「若い人は元気があっていいわね」

声のする方を見ると、岩陰に藍染スカーフのおばさんたちが座っていた。

「お湯を沸かしてるんだけど、コーヒーを一緒に飲まない？」

お誘いに、ありがたく便乗させてもらうことにした。由美がお菓子を出す。

「こんなところで、こんなに素敵なものがいただけるなんて」

おばさんたちが嬉しそうな声を上げた。

「近所の人にもらったことがあるのに、姑《しゅうとめ》が隠してしまって、食べられなかったのよ」

もなかを片手に、ポツリと恨み節をこぼすおばさんがいる。

「そういうもんよ」

「自由に外出できるようになったのは、みんな、ここ数年じゃない」

「これからも、どんどん登ろうね」

そう言って、皆で元気に笑い合う声が耳に心地よい。

ありきたりなインスタントコーヒーを一口飲むと、疲れた胃にゆっくりとしみ込んでいった。コーヒーとはこんなにおいしいものだったのか。羊羹をかじる。からだが溶けてしまいそうだ。

ああ、贅沢だ。なんて素敵なゴールなのだろう。いや、まだこれから下山して、外輪山を越えて、ヒュッテに向かわなければならない。でも、ヒュッテには冷えたビールが待っている。

どこがゴールかなんてわからない。何がゴールかなんてわからない。

結婚するか否か、そういうことではないはずだ。

火打山

空に向かい歩いてきたはずなのに、星空は地上にいるときよりも、高く遠いところにある。それでも、星の数は地上で見るよりはるかに多い。

午後八時。山の夜は早いとはいえ、ヒュッテ宿泊者の半数は夕飯を済ませても部屋には戻らず、外に出てきている。夕飯はカレーとハンバーグだった。いかにも山小屋といったメニューだと、当たり前のように食べてみたが、神崎さんは、口直しにコーヒーを飲みましょう、とわたしを外に促した。

ヒュッテの横には木製のテーブルとイスがいくつかランダムに設置されており、わたしたちは星空を一番よく見渡せる湿原側の一つについた。神崎さんは持参したガスストーブと鍋で湯を沸かしている。どちらもこだわりの品のようで、軽くてこんなに小さくたためるとか、チタン製とか、スペック披露をしてくれた。

周囲には、昼間、妙高山《みょうこうざん》の山頂で見かけた人たちもいるが、皆、それほど疲れてなさそうだ。おしゃべりの声が賑《にぎ》やかに響いている。

　季節外れのみかんを食べながら、缶ビール片手に結婚について語っているOL二人組。昼間は慣れた手つきでお茶を沸かして、持ち寄ったお菓子を広げているおばさん六人組。昼間は揃いのスカーフを巻いていた。お菓子はどれもパーティー仕様に広げているため、片付けにくいのではないかと思うが、きっと、あっという間になくなってしまうのだろう。旦那の愚痴でも言い合ってそうな雰囲気だが、意外にも、白山《はくさん》が、薬師岳《やくしだけ》が、と過去に訪れたらしき山の話題で盛り上がっている。

「眠くないですか？」

　神崎さんがアルミカップを二つ並べながら訊《たず》ねる。一つは新品、わたしのために買ってくれたのだろうか。

「いいえ」

「ですよね。慣れないことをしたとはいえ、まだ八時過ぎだ」

　神崎さんは目をしばたたかせながら言った。眠いのは彼の方だろう。

　昨夜、役場の仕事を終えて午後九時に出発し、一晩じゅう運転していたのだから。仮眠も途中のサービスエリアで二時間ほどとっただけだ。わたしはほとんど寝ていたのだから、労《いた》わられる筋合いなどどこにもない。むしろ、コーヒーくらいはこちらで淹《い》れた方がいいのではないかと思うが、見慣れない道具を前に、まかせておいた方が良さそうだと思い直す。

「足、痛くないですか？　冷却スプレーや湿布薬もあるので、遠慮なく言ってください」

「大丈夫ですよ」

「明日、筋肉痛が出なけりゃいいけど……。僕が無理やり誘ったんだから、ちょっとでも気になることがあれば無理しないで」

神崎さんは尚《なお》もこちらを気遣いながら、アルミパックを開けた。香ばしいコーヒー豆の匂いがプンと広がる。取っ手の付いた布製フィルターに、目盛り付きのスプーンですり切り一杯入れ、沸騰した鍋の湯を少しずつ慎重に注いでいく。

全部が落ちきる前に、お湯を注《つ》ぎ足す……。そんな独り言をつぶやきながら。アルミカップにコーヒーがたまるにつれて香りもやわらかく広がっていき、コーヒー専門店の扉を開けたような気分になる。インスタントコーヒーを飲んでいる人たちは数人いるが、ドリップ式はわたしたちだけだ。

「お待たせしました。入りましたよ」

「どうも」

カップを受け取った。鼻先に近づけると、コーヒーの奥からサクランボのような香りが漂ってきた。

「先に飲んでください」

神崎さんは自分のを淹れながら言った。

「じゃあ、お先に」

味見をするように、口にふくませてからゆっくりと飲み込む。香りと同様、サクランボに似た酸味の強い味がする。飲めないことはないが、あまり好きな味ではない。

「薄かったですか？」不安そうに訊《き》かれる。

「いえ、ちょうどいい濃さだと思います。ただ、酸味が強いのが少し苦手なので」

「ええっ」

神崎さんは漫画のような驚き方をし、ちくしょう、とこれまた大袈裟《おおげさ》にテーブルに突っ伏した。

「最上級の赤ワインを彷彿《ほうふつ》させる、大人の女性に大人気の味じゃなかったのか……」

店員からそう勧められたのか、店のポップにそう書いてあったのか。言われてみれば、その表現は的を射ている。サクランボではなく赤ワインだ。

「気にしないでください。ワインと思えば切り替えできます。けっこう好きですから」

「そうですか！」

嘘泣きをしていた子どものように嬉しそうに顔を上げ、湯がすっかり落ちきったフィルターに、残りの湯を注ぎ足した。

「砂糖とミルクをもらっていいですか？」

「ええっ」

またもや大袈裟に驚かれ、わたしは彼のイメージしていることがだいたい予想できた。

「なければいいです。ブラックの方が飲み慣れているので」

「やっぱり。美津子《みつこ》さんはブラック派だと思ってました」

神崎さんはしたり顔で頷《うなず》いた。

「でも、疲れてるときはからだが糖分を欲しますからね。ご心配なく。チョコレートを用意してありますよ」

神崎さんはコーヒーセットを入れていた巾着袋から、縦長の箱を取り出した。ゴディバだ。妙高山の山頂で、ＯＬとおばさんたちが高級和菓子を食べていたが、それにひけを取らない逸品だ。一般的に山で高級品を食べるのが流行《はや》っているのか、神崎さんのこだわりなのか。どちらにしろ、チョコレートがゴディバなら、コーヒーも相応のものなのだろう。

「このコーヒー、すごくいい豆なんじゃないですか？　ブルーマウンテンとか」

「さすが、美津子さん。お目が高い。でも、ブルーマウンテンよりもさらにいい豆です。スペシャルティコーヒーって知ってますか？」

首を振ると、神崎さんはスペシャルティコーヒーについてレクチャーしてくれた。カップの中の風味が素晴らしい美味《うま》さであるコーヒーの生産を目指す理念に基づいて作られ、テイスティングにおいて一定水準以上の評価を得たコーヒーで、デパートなどで一般的に高値で扱われているコーヒーよりも高品質なものとして分類されるそうだ。

「ちなみにこれはニカラグア産で、カップ・オブ・エクセレンスという世界的な品評会で今年二位になった豆です」

「すごい。ネットで注文するんですか？」

「いや、シロウトがネットで手に入れるのは難しいみたいですよ。これは、行きつけのコーヒーショップのオーナーが、現地まで買い付けに行ってきたものなんです」

行きつけのコーヒーショップ。地味な神崎さんの、憩いの場なのだろう。

「チョコレートもコーヒーに合わせて、いつも、こういうのを食べてるんですか？」

「まさか。チョコは大好物だけど、コンビニで売ってるようなのばかりですよ。特に好きなのはチョコボールのピーナッツの方で、なんと、僕、おもちゃのカンヅメを二個持っているんです」

わたしはキャラメルの方を子どもの頃よく食べていたが、エンゼルマークが出たことなど一度もない。いったい、どんなものが入っているのだろう。

「……って、興味ないですよね、そんなもの。すいません、つまらないこと言って」

勝手に打ち切られてしまう。

「登山のときだけ、いつもと違う贅沢《ぜいたく》をしているんですか？」

「まさか、そんな。コーヒーは山でもこだわってるけど、おやつはチョコボールが定番ですよ。今回は、美津子さんのお口に合いそうなのを選んでみたんです。僕が無理やり誘ったんだから、少しでも楽しんでもらわなきゃ、と思って」

チョコレートはゴディバじゃなきゃ嫌っ！　という女だと思われているのだろうか。バブルが崩壊して、もう二〇年経《た》つというのに。こんなところまで、わたしはいったい何をしに来たのだろう。それでも、六個入りのチョコレートがそれぞれどんな味なのか、見ただけで思い出すことができる。一つ選んでつまんだ。

「リキュールに漬けたチェリーのビターチョコと酸味の強い赤ワインは相性がいいから、このコーヒーにも合いそうね」

一粒三〇〇円を口の中に放り込んだ。バカじゃなかろうか。しかし、神崎さんはあきれた顔をしていない。

「いやあ、さすがだな。よかった、喜んでもらえて」

満足そうにそう言って、オレンジリキュールの入ったチョコレートを口に放り込んだ。そのままコーヒーを一口ふくんで、少し顔をしかめる。魚の骨でも詰まらせたように、チョコレートをあまり咀嚼《そしゃく》しないまま、ごくりと飲み込んだ。

——やっぱり、チョコボールの方がうまいな。

その言葉を待ってみた。そうしたら、おもちゃのカンヅメのことを訊いてみようと思っていたのに……。互いにコーヒーを飲み干し、チョコレートの箱もからになり、道具をまとめて、男部屋と女部屋とに分かれる階段前にさしかかっても、聞くことはできなかった。

「寝心地は悪いかもしれませんが、そこは我慢して、ゆっくり休んでください」

「じゃあ、また明日」

そっけなく挨拶《あいさつ》をして二階の女部屋に上がったが、お高くとまった感じの悪い女だとは思われていないのだろう。予測通りの行動はそれほど不快感を与えないことは、何度も繰り返し、学習できている。

部屋は両端がロフト式になっており、わたしの荷物は東側上段の奥に置いてある。隣は先に戻っていた高級和菓子のOL二人組だ。クレンジングシートで顔を拭《ふ》いている。

「ああ、気持ちいい。りっちゃん、ホントに準備いいよね」

山に登るというのにマスカラまでびっしり塗った子が、豪快に顔を拭《ぬぐ》っている。

「むしろ、その顔をどうするつもりだったのか、見たかったけどね」

「入んなかったから、りっちゃんに借りようと思ったの」

「そういう発想が、ムカつく。……あ、よかったら、どうぞ」

りっちゃんと呼ばれた薄化粧の子が、いきなり、シートケースをわたしに差し出した。おまえの厚塗りもどうにかしろ、ということだろうか。

「りっちゃん、失礼だよ。こんな安物」マスカラがりっちゃんの腕を引く。

「ありがとう。持ってるから大丈夫よ」

わたしもリュックからクレンジングシートを取り出した。

「あれ？　同じ種類」マスカラが拍子抜けしたように言う。

「海外ブランドものでも、出てくると思ってたの？」

「思ってました。一枚わけてもらえないかなって。でも、山にはこういう安物で十分ですよね」

「由美、失礼でしょ」

りっちゃんがマスカラを窘《たしな》める。由美というのか。互いの物言いがストレートすぎて、漫才を見ているようだ。りっちゃんがわたしに向き直る。

「これって、安くてコンパクトで、なのに、さらっとしていて、UV対策もできるんですよね。もしかして、同じサイトを検索しました？　『山女日記』」

「何、りっちゃん、そのダサい名前は」

「山ガールが集《つど》うウェブサイト。ベテランも初心者もいて、いろんな情報交換ができるの。そこに、一般的な持ち物リストに載ってるもの以外で、お勧めの品はありますか？　っていう質問があって、回答に、このクレンジングシートが載ってたの」

「へえ、超役立ちサイトじゃん。お姉さんも、そこを見たんですか？」

「え？　ええ……」

いきなりお姉さんは引いてしまう。しかし、職場では慣れた呼ばれ方だ。

「わたしたちも、山、初めてなんです。でも、けっこう楽しいですよね」

由美が言った。わたしたちも？　と腑《ふ》に落ちずにいたが、自分の服装を思い出して納得した。すべて新品だ。彼女たちのと同様に。由美はランニングっぽい格好だが。

「リュック、小さいですね。二〇リットルですか？　旦那さんが荷物を持ってくれるなんて、うらやましいな。やっぱ、りっちゃん、結婚しなよ」

由美がはしゃいだ声をあげた。しかし、二人の隣で横になっているおばさんに咳《せき》ばらいをされ、肩をすくめる。

「すみません」りっちゃんがおばさんに謝った。

由美が暴走し、りっちゃんはフォローしたあとで文句を言う。二人はそれほど仲が良さそうに見えないが、山は決して親しい者同士で来るところとは限らない。りっちゃんが職場で登山同行者を募ったところ、由美が勢いだけで賛同し、結局二人で来ることになってしまったのではないだろうか。

化粧を拭きとり、新しいシートで首と耳を拭き、すっきりした気分になったところで、お先に、と二人に声をかけて布団に入る。連れの男性は旦那ではないと否定するのを忘れていた。彼氏でもない、とも。しかし、今更起き上がり、そんなことを言う必要もないだろう。疲れている自覚はなかったのに、目を閉じた途端、すとんと頭の中に幕が下りた。

――美津子さんって、ボディコンとか着ていたんですか？

――お立ち台の上で踊っていたんですか？

――アッシーくんとか、メッシーくんとか、いたんですよね。

――やっぱ車はＢＭＷじゃなきゃダメですか？

そんな時代にはまだ赤ん坊だったはずの、今年入ってきたばかりの後輩、小花《こはな》は、バブル期を題材にした映画のＤＶＤを見た翌日、そんな質問を矢継ぎ早にわたしに投げかけてきた。わたしと同じ四〇代の女性職員は他にもいるのに、彼女らにそれを訊ねようとするそぶりはない。

――憶《おぼ》えてないわよ。そんな時代はとっくに終わってるんだから。

きっぱりと言ってやったのに、小花は引かなかった。

――まただ、バブルの雰囲気が美津子さんにはまんま残ってるじゃないですか。

腸《はらわた》が煮えくりかえりそうになるのを抑えながら、小花にどこがバブルなのか訊いてみた。

――髪型とか、化粧とか、服とか、バッグとか、時計とか、靴とか……。

もういい、と遮った。

小花に言われ、何年も新しいバッグや時計を買っていないことに気が付いた。肩パッド入りのスーツはさすがに着ないが、二〇代の頃からサイズが変わらないため、違和感のない服は今でも着ている。靴は踵《かかと》を張りかえながら履いている。髪は手入れが楽だから、ゆるいロングのウェーブにしている。

端《はた》から見れば、バブルが残っているように見える、などと考えてみたこともなかった。

五年前に、見合いをしたときのことを思い出した。何度かしたことはあったが、年下の相手は初めてだった。興味がないからと断ったのに、仲介者の顔を立てるためにと親に頼み込まれ、仕方なく会ってやると、その日のうちに向こうから断りの連絡が入った。相手側から断られたのは初めてだった。

仲介者のおばさんは母に、先方から伝えられた理由を一〇倍希釈《きしやく》しながら説明していたが、要は、金銭感覚が違うため、だった。わたしのロレックスの腕時計に引いたらしい。だからといって、ロレックスの腕時計をバブルと結びつけて考えることはなかった。三〇万程度の腕時計ごときにビビる貧乏人など、話にならない。そうあきれ果てただけだ。

それ以来、見合いは年齢に関係なくすべて断ると心に決めたのだが、あれが最後の話だったようだ。毎月一件は必ず持ち込まれていた見合い話は、四〇歳になった途端、ぷつりと途絶えてしまった。それならそれで構わなかった。

結婚しなくていい。子どもが欲しいとも思わない。

しかし、そう思えていたのは大学時代の独身仲間がいたからだ。年に一度会えるか会えないかという付き合いだけでも、仲間がいるという安心感が気持ちに余裕を与えてくれた。だが、それが一人、二人と減っていき、今年の五月、ついに最後の一人として取り残されてしまってからは、これでいいのだろうかという不安が、時折、顔をのぞかせるようになっていた。

そんなときだった。

「美津子さんって、占いなんて信じませんよね」

小花に頼んでいた書類を請求するため席まで行くと、小花は膝の上でファッション誌を広げていた。注意する前に、悪びれた様子なく「わーん、美津子さん、最悪です」と甘えた声をあげられ、つい、どうしたのかと訊いてしまった。

「今月のラッキーカラーがピンクなんです」

「意味わかんない」

訊くと、数日前、駅前のショッピングモールでお気に入りのブランドバッグの新作が出ているのを見つけ、ピンクか水色かどちらにしようかと一時間近く悩んだ挙句《あげく》、水色を購入したらしい。

「バカバカしい」

そう言い捨て、返ってきた言葉が占い云々《うんぬん》だった。小花は尚も続けた。

「そりゃあ、美津子さんなら両方買えばいいじゃない、とか思うかもしれませんけど」

一個、五八〇〇円。思わなくもなかった。

「どうでもいいけど、これは書類が仕上がるまで没収」

小花から雑誌を取り上げ、席に戻った。占いを信じていた時期もあった。おまじないをしたこともある。そんなものはふわふわの格好をした、夢見る女たちの専売特許というわけではない。二〇年前には、屋内にプールのあるバーの片隅で、心理テストをしたがる男は片手で数えきれないほどいた。狭い小屋の中で手相占いや、タロット占いをしてもらったこともある。

ただし、占いが楽しいのは、恋人がいるか、片思いをしているか、百歩譲って、恋をあきらめていないか、という生活の中心に恋愛がある人たちであって、それがどうでもいいと思うようになった途端、占いもどうでもよくなる。金運と健康運を必死で見ても仕方ない。なのに、小花が熱心に読んでいたせいか、折りぐせのついたページが勝手に開き、つい、かに座の欄を見てしまった。

心機一転を図りましょう——云々。ラッキーカラー「グリーン」、ラッキーアイテム「とんぼ玉」。

ため息しか出てこなかった。グリーンはわかるが、とんぼ玉って何なんだ、と。

しかし、世の中には不思議な引きよせが、ごく稀《まれ》にある。

占いから二日後、朝刊の折り込みチラシに、自治体が主催するお見合いパーティーの案内が入っていた。ひやかし程度に見てみると、その中に「とんぼ玉」という言葉があったのだ。バーベキューや釣りなど、趣向を凝らしたパーティーが増えていることは知っていたが、とんぼ玉パーティーは聞いたこともなかった。

『美しいとんぼ玉作りを通じて、理想の相手を探しましょう』

募集人数は男女二〇名ずつ。バスに乗って隣の市にあるガラス工芸館に行き、美しいガラス工芸品に囲まれながらランチをとり、その後、とんぼ玉を作る。参加費、三〇〇〇円（材料費込み)。男女とも年齢不問。

お見合いパーティーに申し込むなど、売れ残りだと自己申告するようなものだ。そう思い、これまで避けてきたが、占いには「心機一転を図りましょう」とも書いてあった。ガラス細工にも興味はある。それよりはやはり、このままではいけないという不安が後押ししたのだろう。何もなければ死ぬまで占いは信じない、と心に決めて、とんぼ玉パーティーに申し込んだ。

参加するからには、いい人がいたら、という軽い気持ちではなく、絶対に相手を探す、という強い意志を持って挑むのだと自分に言い聞かせた。大勢の前で、誰にも申し込まれず惨めな思いをするなど、あってはならないことだ。五月に結婚した友人に電話をかけ、アドバイスを求めた。友人は、まずはわたしのその姿勢に驚き、褒めてくれ、誠意をもってこんなことを言ってくれた。

美津子はね、相手に要求する条件が多すぎるの。身長一八〇センチ以上、国立大卒、スポーツ万能、ハゲだめ、デブだめ、記念日を忘れない、電話を自分から切らない、他にもいろいろあったよね。趣味が同じ、とか。運がいい、なんてわけわかんないし。それらを全部満たす人なんてこの世に存在しないことに、まずは気付かなきゃダメ。いても、とっくに結婚してる。見た目は悪くないなと、最低ラインで合格する人を見つけたら、その人の中に、数ある条件の中のたった一つでも該当するところを見つけて、あとは、そこだけを見続けるの。一つでいいんだからね。

そこまで妥協しなければならなくなったのか、と虚《むな》しくも感じたが、結果が悪ければ占いと友人のせいにすればいい、と開き直ることにした。

だからといって、当日、参加男性全員をじろじろと観察していたわけではない。集合場所のバスターミナルには、三〇代半ばを中心とした男女が定員いっぱい四〇名集まっていたが、わたしは初めから神崎さんに目を留めていた。

ひと目ぼれではない。彼が緑色のポロシャツを着ていたからだ。

ラルフローレンのポロシャツに、トレーナーを肩からかけ、袖を胸のところで結んでいた。イマドキ、とわたしでもあきれたが、一歩下がると、若い参加者たちから見れば、わたしたちは同じグループに分類されているのではないか、とも思えた。パーティーと名が付くからにはと、ロペのスーツを着てきたが、ほとんどの人たちがカジュアルな普段着姿だったからだ。バッグはヴィトン、時計はロレックス、靴はフェラガモ。

バブルを引きずっているわけでもないのに、そう見える。神崎さんのような人がいてよかったのかもしれない。初めての合コンで、方言をからかわれて恥ずかしくなっていたところに、男性側にも同じ方言を使う人がいてほっとした。そんな気分だった。

わたしが積極的に神崎さんのところに行かなくても、実行委員の誘導を受けていると、バスの中も、ランチの席も、神崎さんと隣になった。しかし、時代に取り残された者同士が肩を寄せ合うためという、みすぼらしい要素だけで、ずっと一緒にいたわけではない。

ラッキーアイテムは「バブル」ではない。「とんぼ玉」だ。

ガラス棒をあぶるガスバーナーのゴーッという音が頭の奥で響き、先ほどのガスストーブの音と重なる。コーヒーの味はあまり好きではなかったが、香りはとても好きだとくらい言えばよかったかもしれない。

山の朝は早い。午前五時に起床し、五時半から朝食をとり、六時にはヒュッテを出た。まずは準備運動を行う。神崎さんは朝食が不満だったらしい。

「朝とはいえ、やっぱり、火を通したての温かいものが食べたいなあ」

足首を回しながらそんなことを言い出した。ロールパン、ハム、チーズ、牛乳、りんごといった給食のようなメニューは、わたしの自宅での朝食とさほどかわらない。

「美津子さん、アキレス腱《けん》はしっかりと伸ばしておいた方がいい」

「わかりました」

健全な付き合いをしているとはいえ、お見合いパーティーで出会ったのだから、ささいな会話をきっかけに、いきなり核心をついてくる可能性はある。味噌汁《みそしる》を作ってくれ、と言い出す前振りだとしたらどうしよう。いや、マニキュアを欠かさないこの爪を見て、料理などまったくできないと思われているに違いない。

「山小屋は軽装ですむから、最初のうちは利用した方がいいけど、やっぱりテントをかついで自炊する方が楽しいですよ」

味噌汁の「み」も出ないまま、神崎さんはストレッチを続け、わたしもそれに倣《なら》い、出発することになった。

今日の目的地は火打山《ひうちやま》だ。頂上まで登り、そこから車を停《と》めてある笹ヶ峰《ささがみね》まで下山する。

まずは高谷池《こうやいけ》ヒュッテに向かう。

黒沢池《くろさわいけ》と湿原を眺めながらの、ゆるい散歩道のようなコースだ。朝靄《あさもや》がまだ低いところにあり、からだ全体が浄化されていくような気分になる。神崎さんが前を歩き、わたしは少しあいだをあけてついていく。

「ライジング・サンでは、毎回、山頂料理対決があるんです」

歩きだした早々、神崎さんは役場の山岳同好会の話を始めた。昨日からずっと、ゆるやかなコースになると神崎さんは山の話をしている。登山のきっかけとして、同じ課の一つ上の先輩に誘われて同好会に入ったとは聞いたが、八ヶ岳《やつがたけ》、木曽駒ヶ岳《きそこまがたけ》といった、これまでに登った山のエピソードばかりが続いていた。

――でも、山をやるなら、やっぱり槍ヶ岳《やりがたけ》から穂高《ほたか》を縦走したいし、剱岳《つるぎだけ》にも行ってみたいなあ。

そう言ったあとで、今回の、妙高山・火打山も、難度は低いが見どころは多く、おまけに百名山を二つも制覇できると、わたしに対するフォローもしてくれた。

「一度の登山でだいたい三度、自炊をするから、誰がやるかをくじで決めるんです」

なるほど、とわたしが返事をする必要はない。昨日のかなり早い段階で、気を遣って返事をしてくれなくてもいい、と言われた。美津子さんは初心者なんだから、呼吸を乱すようなことをしてはいけない、と。

それに従い、黙って神崎さんの話を聞いている。

「同好会のメンバーは二〇人だけど、一度の登山に集まるのは、毎回六人くらいです。メニューを決めて、全員分の材料を準備して持って登らなきゃいけないから、いかに軽くて少ない材料でおいしいものが作れるかというのがミソなんです」

山に来て驚いたのは、神崎さんがいつもの一〇倍はしゃべっているということだ。パーティーを含めて、会うのはまだ六回目だが、天気の話をしたあとは、新聞の一ページ目に載っている出来事をポツリポツリと話して、口をきかなくてすむ映画館に逃げ込む、といった流れができあがろうとしていたのに。

山こそが本来の自分に戻れる場所なのだ。この姿を見てくれ！　と中肉中背の少し丸い背中が自信満々に語っているようで、思わず蹴りを入れたくなってしまう。

自分ばかり楽しんで、ずるいではないか。

「前回、木曽駒ヶ岳に行ったときは僕が優勝したんです。といっても、負けたメンバーからビールをおごってもらっただけなんですが。でも、僕の作ったみそやきそばを定番メニューにしようと意見が出るほど、好評だったんです」

「みそやきそば？」

想像できない単語に、つい口を出してしまった。神崎さんは足を止めて振り返り、それがどういうものか説明してくれた。サッポロ一番みそラーメンを、インスタントやきそばの要領で作るらしい。それなら、普通のやきそばでいいのではないか。

「麺が水分を吸いきったところで、粉末スープを入れてかきまぜながら炒めるんです。やきそばよりもスープの味が濃いから、もやしとソーセージを山盛りに入れても、全体にしっかりと味が付くんですよ」

前言撤回、おいしそうだ。昼食は山頂で神崎さんが作ってくれることになっているが、これを準備してくれているのなら、かなり楽しみだ。

「あ、でも、美津子さんにはわからないか。インスタントラーメンなんて、食べませんよね」

「そんなことないですけど……。あまり好んで食べることはありませんね」

「だろうな。でも、ご心配なく。昼食はレトルトだけど、ネットで評判のハッシュド・ビーフを注文したので」

「楽しみです」

神崎さんは嬉しそうに前を向き、歩きだした。

「少し登りになるので、しんどくなったら遠慮せずに言ってください」

湿原が終わり、登り坂にさしかかったが、稜線《りょうせん》沿いの歩きやすいコースだ。

疲れはしないがイライラする。

インスタントラーメンは子どもの頃、土曜日の昼食の定番メニューだった。どこの家でもそうだったはずだ。決まった品を箱買いしていて、うちは出前一丁、うちはサッポロ一番、などと言い合うことはしょっちゅうあった。

出会ったのがひと月前でも、わたしも神崎さんと同じ、バブルの恩恵など受けたことがない寂れた田舎町で生まれて、高校を卒業するまで育っているのに、どうして、インスタントラーメンを食べないなどと思うのだろう。

それほどに、わたしは浮いているのだろうか。同年代の人から見ても、ひと昔前にとどまっているように思えるのだろうか。

神崎さんが歩くのに合わせて、リュックのファスナーにつけたとんぼ玉が揺れる。紫、黒、白、どうしてこんな色を選んだのだろう。

初心者コースのとんぼ玉作りは、ガラス棒を三色選び、ガスバーナーであぶりながら水あめのようにステンレス棒に巻きつけて丸形を作るだけだった。ガラス棒は約二〇色用意されており、各自好きな色を選ぶことができた。

迷わず紫を取り、それを引き立たせる色として、白と黒を選んだ。同じ色合わせの女性など誰もいなかった。ピンク、水色、オレンジ、黄緑、そのあたりのパステルカラーを選ぶ人が多かった。

神崎さんは緑、白、黄、の組み合わせだった。

ガスバーナーの扱いが参加者の中で一番うまく、他の参加者たちが絵の具を混ぜ合わせたような丸いかたまりを作る中、炎とガラス棒の距離に微妙な変化をつけながら、緑地に白と黄色の細い線を交互に均等に入れていた。

きれいですね、と声をかけると、よかったら作りましょうか？　とわたしのガラス棒でさらに線の細かい、売り物になりそうなとんぼ玉を作ってくれた。前にも作ったことがあるのですか？　と訊ねると、初めてだけど、ガスストーブを使う料理を研究しているからですかね、と照れたように頭をかいていた。

笑顔が魅力的、という項目はわたしの理想の条件の中の一つに入っていた。それに新しく、手先が器用、という項目を加えることにした。二つもいいところがあれば十分だ。

とんぼ玉作りが終わったあと、実行委員から配られた用紙に神崎さんの名前を書き、封筒に自分の作ったとんぼ玉と一緒に入れて提出した。

お見合いパーティーの告白は「ちょっと待った！」などと言いながら、男性からするものだと思っていたが、このパーティーではそうではなかった。提出した封筒を実行委員から返却され、その中に自分が作ったとんぼ玉が入っていれば、カップル成立ならず、相手のとんぼ玉が入っていれば、カップル成立、という形式になっていた。誰が誰に振られたかわからないため、成立しなくても恥をかくことはない。

緑、白、黄——。封筒の中にグリーンが見えたときは、胸をきゅっとつかまれたような気分だった。神崎さんに選ばれた嬉しさよりも、占いが当たったことに興奮していたのだと思う。

カップルは三組成立していた。うまくいかない方が当たり前、といったほのぼのとした雰囲気の中、成立した三組は前に出され、温かい拍手を受けた。司会者にマイクを向けられ、何が決め手でしたか？ と訊かれ、とんぼ玉作りが上手だったからです、とありのままを答え、笑い混じりの拍手が起きた。

神崎さんはなんと答えていたのか。

——クールビューティーなところです。こんなに素敵な人が、とんぼ玉くらいでどうして僕を選んでくれたのか信じられないけど、癒し系として受け入れてもらえたらいいなあと思います。

バリバリと仕事をこなすキャリアウーマンとでも思われていたのだろうか。仕事はそここそ忙しいが、老人ホームの事務員にキャリアウーマンという言葉は似合わない。

そもそも、こんな言葉はとっくに死語と化しているはずだ。では、今は何と呼ばれているのだろう。大人女子？ これでは仕事をしている人としていない人の区別がつかない。区別してはいけないのか。一流、二流、そういった言葉も最近聞かない。

のんびりとした世の中になっていたのだな、と今更ながらに気付いても、それでどうすればいいのかは、わからない。

高谷池ヒュッテに到着した。湿原の中にぽつぽつと小さな池が見える。

「池塘《ちとう》です」

神崎さんが池を指差しながら言った。高層湿原に小さな池が点在することを池塘というのだ、と。

「浮島もある」

池の中に小さな島が浮かんでいるのが見えた。

「浮島まで見られるところは限られているみたいですよ。百名山の頂を二つ目指すだけでなく、こういった珍しい景色を楽しめるのも、今回のコースの魅力なんです」

絵本に出てくる外国の森の中のような風景だ。水面が空と同じ色に青く輝いている。

「こういうの、初めてです」

「ホントですか？　やっぱり、ここにしてよかった」

神崎さんはガッツポーズをとりながらそう言うと、コーヒーを淹れますよ、とヒュッテの脇にある炊事場で、昨夜と同様にコーヒーの準備を始めた。

「しまった、チョコレートを残しておけばよかったな」

そうつぶやくのを聞きながら、出そうか出すまいかと考える。しかし、これからまだ頂上を目指さなければならないのだから、おいしく飲めた方がいい。二つのアルミカップにコーヒーが注がれたところで、わたしはリュックからチューブを取り出した。

「練乳ですか？」

手品でも見せられたかのように、神崎さんが言う。

「昨日、部屋で隣になったＯＬの二人組にもらったんです。『山女日記』っていう山ガールが集まるウェブサイトに、持っていくと便利なものとして、チューブ入りの練乳が書いてあったんですって。砂糖とミルクがこれ一本で代わりになるみたい」

「なるほどなあ。チューブだから手も汚れないし、ゴミも出ない。でも、美津子さんはブラックがお好きなんじゃないですか？」

「まあ、そうですけど。ベトナムではコーヒーに練乳を入れるのは日常的らしくて、最近では日本でもカフェのメニューにベトナムコーヒーがあるところが多いみたいですし、一度、試してみたいとは思ってたんです」

「ベトナムコーヒーか。おいしそうですね。入れてみましょう」

カップ・オブ・エクセレンスには申し訳ないが、練乳を二重に円を描くように入れた。軽く混ぜて、一口飲む。さすが、カップ・オブ・エクセレンス。味負けしていない。練乳を上《う》手《ま》く包み込み、上質なリキュール入りチョコレートのような味に変化している。

「やや、これは大発見だ」

神崎さんもおいしそうに飲んでいる。

「いいものを教えてもらいました。次から欠かさず持ってきます。……ライジング・サンの連中にも教えてやらないと」

駆け引きらしきものが神崎さんの中にもあるのだろう。また、この人と山に行くことはあるだろうか。どちらが、いつ、それを確認することになるのか。

「そろそろ、行きますか」

神崎さんに言われ、片付けをした。

下山後もここを通るため、わたしだけ山小屋に荷物を預ける。

火打山、標高二四六二メートルの頂を目指す。

「ここからだと、標高差は四〇〇メートル弱なので、無理せずゆっくり行きましょう」

神崎さんはそう言って、足首を回した。わたしも倣う。この人はどうして気付かないのだろう。わたしがここまでにまだ、一度も弱音を吐いていないことを。

「靴、なじみましたか」

「ええ。とてもいい履き心地です」

「よかった」

神崎さんはわたしの靴紐《くつひも》がきちんと結ばれていることを確認すると、高谷池に向かって歩きだした。池を回り込むと、木の板を渡した岩場に当たる。

「気をつけてください。大丈夫ですか？」

振り向いた神崎さんに手を差し出されたが、手など引いてもらう方が危ない。

「これくらい平気です」

「わかりました。この辺りは高山植物もきれいだし、ゆっくり行きましょう。目に留まった花は名前を言っていきますが、全部答えられなかったら、すみません」

見た目よりたいした岩場ではない。ハクサンコザクラ、チングルマ、ワタスゲ……。神崎さんは可憐《かれん》に咲く花たちの名前をあげながら、足を進めていく。

彼がわたしにこの靴をプレゼントしてくれたのは、自分のこういう姿を見せたかっただけだからだろうか。


お見合いパーティーのあとで二人で話すことといえば、やはり自己紹介だが、誕生日を訊かれてわたしは少しとまどった。ほんの二週間後だったからだ。誕生日を一緒に過ごす相手が欲しくてパーティーに参加したと思われたくないな、と思ったが、誕生日を楽しむような年齢ではない。普通に答えて、それがどうしたという顔をしてみせた。

しかし、やはり、平日ではあったが、誕生日には神崎さんと会うことになった。ネットで評判のいいフレンチ懐石の個室を予約してくれ、食事の終盤、プレゼントの箱を差し出された。キラキラと光る小さな石がついたアクセサリーが入っているような箱ではない。両手で抱えなければならない大きさだった。店に来たときからあの丸福デパートの紙袋は何だろうと思っていたのだが、それがプレゼントだとは思っていなかった。

バッグかもしれない、と思いついたが、それにしては少し重かった。

「開けていいですか？」

「どうぞ」

神崎さんは緊張した面持ちで答えた。わたしが気に入るかどうかわからない、アナスイなどの個性の強いブランドのだろうかと予想しながら開けると、靴が入っていた。

ダナーの登山靴が。茶色のボディに黄色と赤を織り込んだ紐のついたシンプルなデザインは日常で履けないこともない。

どう反応すればいいのかわからず、しばらく黙っていた。

「……引きますよね、こういうの」

「いえ、嬉しいです。シンプルなのに、存在感があって、すごく好きです」

「本当ですか？　僕は職場の山岳同好会に入っていて、休みができると仲間たちと山に登っているんです。もう四〇年以上生きてきたのに、まだ身近に僕の知らないこんなに素晴らしい世界があったのかって、感動と驚きの連続です。だから、美津子さんも一度行ってみないかとお誘いするつもりで、これを選んだのですが……」

「行きたいです」

「本当ですか？　ああ、よかった。どこかリクエストはありますか？　女性だと富士山や屋久島に人気があるらしいけど、そのどちらかにしますか？」

「ごちゃごちゃしているようなところはちょっと……」

「だよなあ。美津子さんにはそういうミーハーチックなところは似合いませんからね。じゃあ、僕にまかせてください」

そうして選んでくれたのが妙高山・火打山の縦走だった。初めての山だ。

神崎さんにどれほど伝わっていたかはわからないが、登山靴をプレゼントされたのは嬉しかった。見合い相手にも職場の人たちにも、わたしがそういうことに興味を持つ女だと思ってくれた人など、一人もいなかった。

山ガール、なるものに興味を持った小花が、お洒落《しゃれ》なウエアが載った通販カタログを片手に仲間を勧誘していたが、わたしにはちらりと目をやっただけで、声をかけてくることはなかった。わたしの方からカタログを見せてくれと言ったときには、目を見開いて驚いていた。そういうのが趣味の彼氏ができたんですか、と突っ込んできたが、カタログを見たいだけだと言うと、ですよね、とあっさり納得していた。

——美津子さんが登山なんかするはずないですよね。

カラフルなタイツや巻きスカートなどが載っていたが、色合いが気に入らず、オーソドックスなものを注文した。紫のリュックが目に留まったが、ストラップをつけたとんぼ玉がなじむよう、グリーンを選んだ。


岩場を登りきると、眼下に湿原が広がった。

「天狗《てんぐ》の庭です」

緑色の湿原に、白と黄色の高山植物の花が咲き乱れている。

「とんぼ玉みたい」

「え？　ああ、僕が作ったぶんですね。本当だ。好きな色を三つ選んだだけなのに、偶然にもこんなきれいな景色と同じになるなんて。でも、今度また作るとしたら、青も加えます」

神崎さんの言いたいことはわかった。さっきよりも大きな池塘が見える。真っ青な水面に映っているのは、火打山の頂だ。

「あそこを目指すんですね」

言いながら、笑ってしまった。神崎さんが眉をひそめる。

「上を目指すのに、下を見ながら言うのって、おかしいと思いませんか？」

「なるほど。でも、目的地は過去の中にあるのかもしれません」

何かとても深いことを言ったように聞こえたが、意味はいまいちピンとこない。美しい景色の中では、なんでもありだということか。

「じゃあ、あそこを目指しましょう」

神崎さんは大きな手振りで水面を指差して、からだを火打山の方へ向けた。

少し歩くと、尾根筋に出る。神崎さんは山岳同好会の話も、他の山の話もしない。それどころではないのだろう。からだ全体を目にして、映るものすべてを脳裏に焼きつけながら歩いているに違いない。わたしが今そうしているように。振り返ると、はるか向こうに天狗の庭が見えた。

クマザサが繁る灌木帯《かんぼくたい》に入る。ひたすら歩き続ける。抜けるとまた岩場だ。突き進み、階段を上る。

「雷鳥平《らいちょうだいら》です」

神崎さんが声を落として言った。ライチョウを探しているのだろう。いてほしいような気もするが、フルコースすぎると、勢いに押されて結婚話になり、気持ちがあやふやなまま頷いてしまう恐れがある。実際に、昨晩は少しがっかりしていたのに、ここにきて急激に神崎さんの印象がよくなっているような気がする。わたしに対する扱いは何も変わっていないというのに。

とんぼ玉、などとつい口にしてしまったが、歩いているあいだじゅう目に入るのが、自分が作ったとんぼ玉の方でよかった。神崎さんの作ったとんぼ玉はこの景色を凝縮したかのようで、頂に近づくにつれ、さらに濃く、深く、ここに満ち溢《あふ》れている静かなエネルギーを吸い込み、蓄えているように思えるからだ。

これを持っていたら幸せになれる。そんな勘違いをしてしまいそうな。

もしや、神崎さんはそれを狙って、わたしを山に誘ったのか。バブルの残骸をまとったわたしに、自然の美しさを教え、改心させようとしているのではないか。改心、なのだろうか。だが、それはないだろう。クールビューティーなところがいいと言っていたではないか。その言葉自体、いかがなものかとは思うが、神崎さんはバブルの残骸をまとったわたしが好きなのだ。

山に連れてきたのは、わたしを変化させたかったのではない。自分の勇姿を見せたかっただけなのだ。見た目はパッとしない自分に、ガスバーナーを器用に扱い、とんぼ玉を上手に作れるからと寄ってきた女に、さらなる得意なことを見せつけて、すごい、と言わせたいのだろう。

「いませんね」

神崎さんが足を止め、残念そうに振り向いた。

「美津子さんに見せてあげたかったのに」

「わたしのためにだったら、お気遣いなく」

「鳥は興味ありませんか？」

「ないこともないけれど……。残念とは思っていません」

「なら、よかった」

神崎さんは前に向き直り、足を進めた。木製の階段のついた登り斜面に行きあたる。

「これを登れば、頂上です。休憩しますか？」

「水だけ飲めば、大丈夫です」

「じゃあ、一気に登りましょう」

神崎さんに渡され、立ったままペットボトルの水を飲んだ。からだ全体に血液が流れるのを感じる。頭の中が透明になる。何も考えずに階段を上がる。膝が、重い、と泣き言を言い出さないのは靴のおかげだろうか。踏み込むごとに足にかかる体重を靴が吸収してくれているように感じる。

「神崎さん」

神崎さんが足を止めて振り返る。少し息があがっているようだ。

「休みますか？」

「いいえ。疲れていません。……どうして、わたしの靴のサイズを知ってるんですか？」

「誕生日の前の週、寿司屋の座敷にあがるときに、こっそりサイズを確認しました。というよりは、そのためにあの店を選びました」

「そこまでして登山靴を買って、もしわたしがいらないって言ったら、どうするつもりだったんですか？　どう見ても、山に登るタイプじゃないでしょう？」

「別のプレゼントも用意していました。これは妹に頼まれたぶんで、ちょっと驚かそうと思っただけです、っていう言い訳まで考えて。だから、受け取ってもらえたときは、嬉しかった。それに……」

「何ですか？」

「靴を選びながら、美津子さんって、意外と山が似合うんじゃないかと思ったんです」

言葉を返せずにいると、神崎さんも、じゃあ、と前を向いて階段を上り出した。

山が似合う――。残骸の隙間《すきま》からそんな姿を感じ取ってくれたのか。

視界が開ける。山頂だ。妙高山の頂よりも広く、景色がパノラマ状に広がっている。眼下には高谷池が、少し目を遠くにやると妙高山が、方角を変えれば日本海が見える。奥に浮かぶ島は佐渡島《さどがしま》だろうか。風の流れが速く、雲がグラデーションを描いていく。

「お疲れ様です」神崎さんが言った。

「ありがとうございました」

「え？」

「あまりにもきれいなので、お礼を言ってしまいました」

「よかった。僕は天気には自信があるんです。北アルプスもとてもきれいに見える。噴煙を上げているのが、焼岳《やけだけ》。その向こうに見えるのが……、あれ？　何だっけ」

神崎さんはリュックを降ろして、地図を取り出そうとした。その前に、

「白馬岳《しろうまだけ》です」

口にしたあと、唇をかみしめた。そうしなければ、堰《せき》を切ったように言葉が溢れ出してしまいそうだ。それなのに、もういいんじゃないか、と風が背を押す。北アルプスの山々が、言ってしまえ、と遠くからはやしたてる。

「わたしが初めて登った山です」

神崎さんがポカンとした顔でわたしを見る。

「わたし、大学生の頃、山岳部に入っていたんです。四年間、山ざんまい。劔岳も、槍ヶ岳も、穂高も、北、南、中央、全アルプス、主な山は制覇しています。ライチョウも、何度も見ました」

「どうして、言ってくれなかったんですか？」

「だって、訊いてくれなかったじゃないですか。はなから、わたしを初心者だと決めつけて」

「でも、さっきも池塘を見ながら、こんなの初めてって」

「最初が白馬岳、それ以降は、難度の高いところばかり挑戦していたので、池塘があるようなのんびりした山は初めてだったんです」

「……おかしかったでしょう。僕の姿が」

「そんなことはありません。感謝してるんです。ここまで連れてきてくれたことに」

「僕がいなくても、あなたなら、一人で登れるじゃないですか」

「山を登ることはできます。でも、山に行こうという気持ちは、わたしの中にはこれっぽっちも残っていませんでした」

「どうして？」

「……多分、飲み込まれてしまったんじゃないかな」

わたしが今でも残骸を背負っている、バブルに。

田舎から出てきた女子大生に東京の大企業に入れる親戚筋のコネはなかったが、就職活動はそれほど苦しいものではなかった。面接時に山岳部での活動を意気揚々と語っているうちに、事務職ながら大手証券会社に就職することができた。田舎の人たちも、テレビのコマーシャルでその会社名を知っていたため、親は鼻高々に自慢してまわったが、何もないところに住む人たちの反応などどうでもよかった。

社会人になっても山は続けるつもりでいた。

山で培われた強い精神力と体力で、ＯＬなど簡単に勤まると思っていた。しかし、入社後、予想もしていなかったことが起きた。新人研修の一週間後だった。

終業後、更衣室で先輩女子社員による私服チェックが突然行われた。就業中は制服のため、わたしは学生の延長のような綿のシャツとパンツ、その上から安物のカーディガンを羽織った姿で通勤していた。先輩たちは合格者と不合格者をわけていった。初日の合格者はお嬢様女子大を出て、親のコネで入社した二名だけだった。

「あなたたちには日本を代表する一流会社のＯＬである自覚が欠けている。こんな姿であなたたちが会社から出てくるところを見られたら、会社が恥をかくのよ。明日からちゃんと、一流にふさわしい格好をしてきなさい」

そう言われても、一流の意味がわからず、同期入社の子たちと会社を出てそのままデパートへと向かい、なけなしの貯金をはたいてニコルのスーツを買った。しかし、それだけでは、合格とは認められない。服に関しては、コムサ、ワイズ、ニコル、ロペ、といった手頃な価格のブランドが主流だったのだが……。

靴やバッグ、腕時計といった付属品に関しては一流ブランドを持たなければならなかった。ヘアスタイルやメイクも口うるさく指示された。口紅とマニキュアは同じ色で。マスカラは服の色に合わせて。あなた毎日同じ色の口紅とマニキュアじゃない。〝わたし色〟を三つは覚えてもらえるようになりなさい。シャネル、クリスチャン・ディオール、ランコム……。なんなのよ、この財布は。ノーアクセサリーは裸と一緒。ティファニー、カルティエ、ブルガリ……。

終業後に説教をされなくなるまで、半年かかった。ただ、そうできるようになると、華やかな場所にどんどん誘われるようになって、自分の中にも特別な意識が芽生えるようになっていった。そんなある日、取り引き先とのお酒の席で趣味は何かと訊かれた。迷わず、登山と答えると耳を疑うような言葉がとんできた。

「そんな野蛮なことをするの？」

野蛮とか、変人とか、不潔とか、見下す言葉ばかりがとびかい、肯定する言葉は何一つ返ってこなかった。

「楽しいですよ。テントを背負って、自炊しながら何日も山の中を歩いていると、自然の一部になれるような気がするんです。日の出とか、虹とか……」

「いい加減にして！」

山のよさを伝えたかっただけなのに、わたしは先輩に腕を引かれてトイレに連れ込まれた。

「やっとマトモになったと思ってたのに。わたしたちの言葉が通じてなかったの？　あなたがおかしなことを言ったら、取り引き先の人たちにわたしたちまで変人の仲間だと思われるでしょ。山の話なんか二度としないで」

そうやって山を封印し、同じ会社の男性と付き合うようになり、マンションの玄関ドアを通り抜けられないくらいの花束をもらい、カクテルの底に指輪が沈んでいて、ホテルのスイートルームに泊まり、後輩ができると、かつての自分の思いなどまったく忘却の彼方《かなた》に置いて、更衣室で一流ＯＬ講座を開くようになり、山岳部の友人から、山へ行ってきたという絵葉書が届いても、まったくうらやましいと感じなくなった頃――。

バブルが崩壊し、会社が倒産した。

「地元に戻って、職安に通って、紹介された中で一番給料が高かったのが、今の職場。老人ホームの事務、月に手取り一二万円也《なり》です」

しゃべり疲れて、ゴロゴロとした石の上に座り込んだ。もう、取り繕うことなど何もない。

ポケットからチューブ入りの練乳を取り出して、ふたを開け、口にくわえた。チュッと吸い込むと濃縮された甘さが口いっぱいに広がる。

静かに話を聞いてくれていた神崎さんが、少しあきれた顔をしたように見えた。

「エネルギー・チャージです。OL二人組にもらったなんて嘘。自分で持ってきてたんです。山登りの必須アイテム。バブルから都落ちのなれの果てが、今のわたしです。それに気付かないよう、自分を騙《だま》しながら生活してきたのに、たった一回山に登っただけで、このザマです。だから、無意識のうちに山を避けていたのかもしれません」

「……すみません」

「神崎さんが謝る必要はありません。せっかく、スペシャルティコーヒーやゴディバを用意してもらったのに、それに見合わない女でホント、申し訳ないです」

「チョコボールを持ってくればよかった」

そう言いながら、神崎さんも少しあいだをあけて隣に座った。

「僕も同じです。地元の大学を出て、そのまま役場に就職して、バブルで浮かれる人たちをテレビでしか見たことなかったけど、やっぱり、あこがれていたんじゃないかと思う。理想なんて、時代の流れでそうそう変わるもんじゃないでしょう。インパクトが強いものほど、長く残り続ける。だから、封筒に美津子さんのとんぼ玉が入ってたときにはすごく嬉しかった。なのに、嫌われないように、カッコつけて、カラ回りして、美津子さんが思い出したくなかったことまで、言わせてしまった」

「お互い、みっともないですよね。だけど……」

遠くに広がる北アルプスを眺める。バブルより前の過去。眼下の湿原に目を移す。これが現在。緑が心地よい。緑があたたかい。緑が優しい。神崎さんを見る。この人そのものじゃないか。空を仰ぐ。色鮮やかな未来はすぐ近くにあるようで、手を伸ばすのが怖い。届かないとわかっているから。だけど、感じることはできる。

「すごく今、気分が楽です。天狗の庭を見ながら、神崎さん、言いましたよね。目的地は過去の中にある。それって、わたしにとっては、山に戻ることなんでしょうかね」

神崎さんも空を仰いだ。涙ぐんでいるように見えるのは、気のせいだろうか。

「その山に、一緒に登っていいですか？」

静かな声で言われた。なんと答えるべきなのか。石に置いた神崎さんの手の上にわたしの手を重ねれば、言葉にしなくてもわかってもらえるだろうか。迷うまま、練乳のチューブをくわえてしまう。

——着いた！　着いた！

後ろから大きな声が響く。高級和菓子のＯＬ二人組だ。標柱に駆け寄り、日本海側に向かって万歳三唱をしている。

――部長のバカ〜。由美が叫ぶ。

――同居はいやだ〜。りっちゃんが叫ぶ。

――離婚しろ〜。由美が叫ぶ。

――結婚してやる〜。りっちゃんが叫ぶ。

うるさくて、迷惑で、叫んでることは支離滅裂で、でも、気持ち良さそうだ。あの子たちは恰好《かっこう》をつけようなんて、これっぽっちも思っていない。山を楽しんでいるのだろう。何が野蛮だ、変人だ、不潔だ……。案外、あの先輩たちも今頃どこかの山に登っているかもしれない。流行の中心にいないと気が済まない人たちだったのだから。

くだらない、くだらない、くだらない、残骸なんか脱ぎすてろ！

チューブのふたを閉めて、立ちあがる。神崎さんが、えっ？　とわたしを見上げる。

「わたしも、叫んできます。覚悟しておいてください」

二四六二メートルの頂から、叫ぶ言葉はもう決めてある。

槍ヶ岳

槍《やりが》ヶ岳《たけ》頂上を目指すのは三度目だ。

標高三〇八〇メートル地点にある槍ヶ岳山荘、槍の肩までは二度も登ったことがあるのに、どちらも、頂上に挑戦するのをあきらめなければならなかった。

三度目こそは、おそらく叶《かな》うに違いない。

上高地バスターミナルから川沿いの遊歩道を上流に向かって歩く。空が青い。上高地の青は特別だ。しかし、これから目指す先にはもっと濃い色たちが待ち受けている。

午前五時。山では決して早い時刻ではないけれど、人の姿はまばらにしか見えない。六〇代くらいの夫婦らしき二人組と五〇代くらいのおばさん三人組が私の少し前を歩いている。皆、山には慣れた様子で、使い込んだリュックを背負い、なだらかな道を足取り軽く歩いている。

夏のバーゲン明けにとった三連休。こんなとき、デパートに就職して良かったと思える。

つい数日前も、学生時代の山仲間、永久子《とわこ》さんから電話がかかってきたばかりだ。

――山ガールか何か知らないけれど、とにかく人だらけで、前に進めたもんじゃないのよ。たらたら歩いているくせに道を譲らないし、狭いところでも平気で立ち止まって休憩しているんだから。山小屋に着けば、狭いだの、汚いだの文句言いながら思いっきり荷物を広げてるし、なんで登山ブームになんかなっちゃったんだろ……。

せっかくの週末登山が台無しだった、と愚痴を並べる永久子さんに相槌《あいづち》を打ちながら、丸福デパート、夏のアウトドアフェアのことを思い出した。ここ一年間に催された、貴金属フェア、生活家電フェア、ウインタースポーツフェアなどは、どれもノルマ達成のために自腹を切らなければならなかったのに、今回に限ってはその必要がなかった。それどころか、登山ウエアや帽子といった小物など、気に入った品はとり置きしておかなければならないほどだった。

販売をする身としては有難いブームだ。だけど、それ以前から登山をしている身としては、あまり歓迎できることではないのかもしれない。一つ上の階に行くのにもエレベーターを使いたがる軟弱な後輩女子社員ですら、登山を始めると言い出し、実際に、妙高《みようこう》、火打山《ひうちやま》と縦走してきたのだから、世の中は私が想像する以上に登山ブームで、週末はごった返しているのだろう。

アウトドアフェアには私の親世代の中高年もたくさん訪れていた。多分、こちらは大半が昔から登山をしている人たちだ。ヘッドライトの場所を訊《き》かれて案内すれば、どこそこのテント場は岩が崩れやすくなっていて……、靴のサイズを調べている間も、なんとか山を縦走したときは……、などと山の体験談を語り出す人がほとんどだったのだから。

登山ブームには周期がある。あの人たちが学生だった頃などは、今よりもっと盛り上がっていたのではないか。私の父も同世代で登山にはまった一人だ。

おかげで私の登山歴は年齢のわりには長い。

父は男の子が欲しかったらしい。男同士で一緒に山に登るのだとはりきっていたのに、生まれてきたのは残念ながら女の子だった。女の子でも登山をさせればいいではないかと言う昔の山仲間もいたようだけど、父には「山に登るのは男、女は下で待っているもの」という古臭い思いが強くあった。

母は三六五日スカートをはいて過ごし、石に躓《つまず》いて転んだだけで骨折してしまいそうなくらい華奢《きゃしゃ》な体つきをした人だった。

転機が訪れたのは、母が二人目を妊娠したときだ。つわりで苦しむ母をゆっくりと休ませてあげるために、父は仕方なく三歳になったばかりの私を連れ出した。これといった目的もなく、家から車で一五分ほどのところにある市内で一番高い山（とはいえ、六〇〇メートルほどだけれど）の麓《ふもと》にある公園に行き、散歩がてら登山口までやってきたついでにどこまで歩けるか試しに登り始めたら、頂上まで着いたのだという。

これが私の山デビューになるのだろうか。泣きごとも言わず、さほど疲れた様子も見せずに山に登った私に、父は本格的に登山を教えることにした。いや、教えるというよりは、単に、父が山に行きたかったのだろう。身重の妻を放って出かけるのは気が引ける。しかし、私を連れていくことにより、上の子の面倒を見て妻の負担を軽減してやる、という大義名分ができるのだから、このチャンスを生かさない手はない、といったところか。

おまけに二人目も女の子だった。ならばこのまま長女を鍛えてみよう。きっと、そういった開き直りも手伝って、父は年に二、三回、私を山に連れていくようになった。

そうして、小学校に上がってからは、夏休みに二、三〇〇〇メートル級の山へ二人で登るのが恒例行事となったのだ。

その間、母と妹は登山口に近い高原のペンションや温泉で私たちが下山するのを待っていた。転んだり、汗をかいたりで、どろどろになった体で下山すると、疲れたでしょう、と母はお風呂でしっかりと体を洗ってくれ、妹とおそろいのふわふわとした、今で言うところの森ガールが好みそうなワンピースを着せてくれた。たまに、妹がドライフラワーで作ったコサージュやとんぼ玉のペンダントをつけていることがあり、私たちが登山をしていたあいだ、二人でこんなことをしていたのか、と羨《うらや》ましく感じたこともある。

だけど、私の分は母が作ってくれていたし、登山と手芸のどちらかを選べるのなら、やはり登山だろうなと思っていた。

森の中を出たり入ったりしながら明神《みょうじん》に到着した。まだ、登山というよりはピクニック気分だ。しかし、目の前にいる人、人、人におののいてしまう。たとえ平日でも、やはり登山ブームなのだと実感せざるを得ない。ツアーだと思われる団体が二組もいるのだから。どちらも男女交ざった中高年の団体だ。仕事を退職した、平日、休日、関係ない人たちなのだろう。

この人たちの後をついていくのはペース的に辛い。少し休憩するつもりだったけど、足を止めずに、団体の横を通り過ぎる。と、きんきん声が耳をついた。片方の団体の引率者は三、四〇代くらいの女性だ。親ほど年の離れた年長者たちに向かい、大声を張り上げている。

「靴紐《くつひも》はしっかりと締めて。飴《あめ》とチョコレートは取り出しやすいところに二個ずつ入れておくように。選ばないでさっさと袋をまわしてください。……ああ、もう、シャツの袖は折り曲げずにちゃんと伸ばして。ケガしますよ！」

こんな言い方、デパートなら、即、クレームをつけられるはずだ。高齢者の山での事故はテレビで先日も聞いたばかりだ。年齢など関係なく、厳しく注意しなければならないことはあるだろう。多人数を率いるのだから、女だ、年下だ、と舐《な》められないように、毅然《きぜん》とした態度を取ることが必要なのかもしれない。だけど、こんなつまらないことまで、けんか腰なきつい言い方をしなくてもいいんじゃないだろうか。

川を眺めながらゆるゆると歩いていると、大学の山岳部を思い出す。

――一年生、全員靴紐をほどいてもう一度締め直しなさい。終わった人から、飴かチョコを食べるように。

女子大ゆえの、女だけ一〇人足らずの集団で、たった一つ、二つしか変わらない先輩たちに、意味なく怒鳴られるのが嫌で、一年生の夏の終わりには山岳部をやめた。どうして、堅く結べている靴紐をもう一度ほどかなければならないのか。欲しくもない飴やチョコを食べなければならないのか。

そして、一人脱落者が出れば、皆で登頂をあきらめなければならないのか。槍の頂上は目の前にあるというのに。このために登ってきたというのに。

八人で登り、途中のルート上で誰か一人が体調不良を訴えたなら、快晴の空の下、山頂がくっきりと目の前にそびえ立っていても、全員で引き返さなければならないのかもしれない。たとえ、自分一人で下山できるので予定通りに登って欲しい、と頼まれても、引き受けるのは気持ちだけで、実際には下山することになるし、そうなったことを責めたり、本人の前で嘆いてはいけないということも解《わか》っている。

だけど、あのときは槍ヶ岳山荘に到着してからだった。天気もやや曇りがちではあったけれど、頂上は見えていたし、時間の余裕もあった。それなのに、三年生の河田先輩が、右足の膝がまったく動かないと訴え、全員で頂上に登るのは中止になったのだ。

——一人で行ってきていいですか？

中・高生の部活動ではあるまいし、必要以上に先輩に気を遣わなくてよいだろうと思って訊《たず》ねると、二年生の先輩、三人の顔色が変わり、三年生の先輩、二人の表情が消えた。河田先輩だけが、じゃあみんなで行ってくれれば？　と言ってくれたけど、涙を流しながらなのだから、悪者は完全に私の方だった。

——明日になれば、先輩も回復しているでしょうし、朝、登りましょう。

二年生の永久子さんがフォローを入れてくれ、それ以上、私が責められることはなかったけど……。夜半過ぎから雨が降り始め、翌朝は下山するのも危ぶまれるような暴風雨の中、誰も頂上の「ち」の字も口に出さないまま、山小屋を後にした。

山に「明日」はない。

名残《なごり》おしげに振り返っても、頂上どころか、五メートル後ろも見えなかった。

それでも、河田先輩を責めてはいけないとは思っていた。河田先輩は週に三回の合同トレーニングを怠っていたわけではない。むしろ、他の人たちがバイトやコンパを理由にちょくちょくサボる中、誰よりも参加率はよかった。トレーニングの効果が行った時間分、皆に平等に身に付くのなら、河田先輩が一番丈夫なはずだった。だけど、残念ながら体力には個人差がある。

　下山後に永久子さんから聞いた話によると、河田先輩は一年生のときに無理をして膝を痛めて以来、長時間の行程になると、どうしても痛みが出てしまうらしい。

　では、山岳部をやめろ、と言うことはできないし、ましてや、山をやめろ、と言うこともできない。協調性のない、私がやめればいいだけだ。そもそも、登山が好きだという理由で山岳部に入ったけれど、先輩たちから教わることなど何もなかったのではないか。

　一人でいることは苦ではない。とはいえ、女同士の集団行動が嫌いなわけでもない。ランチや買い物に誘われれば喜んで参加する。だけど、山では譲れないものがある。

　山岳部に入った同級生の中には、山に登ることよりも、大自然を相手にした苦しい状況の中で、仲間と協力し合えることに魅力を感じるという子もいた。山での友人は一生ものになるのではないか、そんな濃い繫《つな》がりの中に自分を置き、仲間と強い絆で結ばれていることを実感したい、と。

　そんなことを考えたこともなかった。私は単純に山の景色が好きなのだ。この山はどんな姿を見せてくれるのだろう、頂上からはどんな景色が見えるのだろう。

　やはり、私に集団で登山をする必要性はまったくない。

永久子さんは私と同じ考えだけど、万が一のときが心配なのだという。しかし、私が部をやめてからひと月後、永久子さんもやめた。私が集団行動を否定したことにより、残った人たちは集団の結束力をより高めようとして、永久子さんはそれに疲れてしまったというのだから、悪いことをした。

永久子さんは体力もあり、からっとした性格で気を遣う必要もないため、学生のあいだは二人で山に登った。けれど、永久子さんが郵便局の職員、私がデパートの社員となってからは、互いの休日が合わず、私は一人で山に登るようになった。

そうして気が付いたのだ。私は一人で登るのが大好きだ、と。

樹林を抜け、草原のキャンプ場に出た。徳沢《とくさわ》だ。ここには団体客の姿はなく、熟年の夫婦らしき二人が水を飲みながら地図を広げている。おはようございます、と挨拶《あいさつ》すると、二人とも穏やかに、お疲れさまです、と返してくれた。

少し離れたところに座り、私も水分補給をする。

「団体さんに会いましたか?」

おじさんに訊かれる。

「明神で会いました。私が出るときはまだ出発する様子はありませんでしたけど」

「そうか。じゃあ、巻きこまれないうちに、出発しようか」

おじさんがおばさんに声をかけ、二人はペットボトルをリュックに仕舞い、よっこらしょと立ち上がった。

「ザックのベルトはもう少しきつく締めておいた方がいい」

おじさんに言われて、おばさんは、こんなものかしら、と胸と腰のベルトを調節した。

「あら、本当。少し荷物が軽くなったようだわ」

感心するように頷《うなず》いている。おじさんのリュックやウエアは年季の入ったものだけど、おばさんのはほぼ全部、新品に見える。お先に、と私に会釈《えしゃく》をして二人は出発した。疲れてはいないけど、二人と少し距離をあけるために、少し長めに休憩を取ることにする。

おじさんについて歩くおばさん。あんな姿を見ると、夫婦で登山もいいかもしれない、と少し思う。まず、山に着くまでは同行者がいた方がいい。上高地までバスで来たけど、車を出してくれる人だと尚《なお》ありがたい。山の知識が豊富な人なら、私が漠然とこういうコースを歩いてみたいと言っただけで、それに見合ったルートを教えてくれるかもしれないし、荷物も少しばかり多めに持ってもらえるかもしれない。

いや、そんないいことばかりではないはずだ。

永久子さんはやはり一人では怖いと、行きつけのアウトドアショップが主催する山岳ツアーに申し込み、そこで出会った人と山に行くようになった。来年あたり結婚するかもしれないと言う。山でのパートナーは一生のパートナーになり、この先もずっと二人で山に登ることになるのだろう。

だけど、永久子さんもその人と付き合い始めた頃は嘆いていたではないか。

永久子さんは顔によく汗をかく。夏場など、冷房のないところに一時間いれば、化粧が全部流れてしまうほどだ。山など化粧をしていっても仕方がないけど、付き合い始めたばかりの彼氏に太陽の下ですっぴんを見せる勇気はない。気持ちばかりに化粧をしていく。だけど、一時間も歩けばどろどろに溶けてしまい、すっぴんより恥ずかしい状態を見られてしまうのだ。

おまけに、山を歩いているあいだは風呂に入れない。一日くらいならそれほど気にならないけど、互いに山の経験があるものだから、三泊くらいのコースを選んでしまう。おまけに永久子さんの彼氏はテント派だ。相手が汗臭いことよりも、それと同じ臭いを自分の体から発しているのを相手に気付かれることが辛いと言っていた。

テントは互いに一人用を持参しようと提案すると、自分たちが山に登るのは休日の込んでいるときばかりなのに、二区画場所を使うのはよくない、と紳士な言い分で諭されて、あきらめたとも。

簡易トイレを持参しなければならない山などは、どちらが食料品を持ち、どちらが使用済みのトイレを持つかをじゃんけんで決めるらしいけど、どちらの結果になっても微妙な気分で、必ず便秘になってしまうらしい。

そんな思いまでして、どうして二人で登るのかと訊ねると、頼りになるから、と頬を緩ませて答える。

——この人の言うことを聞いて、後からついて行けば大丈夫って思えるの。彼は慎重派だから、わたしたちの話を聞くといちいちびっくりするのよ。

のろけているようで、暗に非難されているような気もした。

コースタイムが一〇時間以内であれば、通常、二日間に分けられるコースも一日で歩く。こんなのは、慣れた人なら誰でもやっていることだ。四〇〇〇円のテントのことだろうか。傘より安い、とは永久子さんのお母さんのセリフだけど、五年以上も、風雨に負けず、値段を感じさせないいい仕事をしてくれた。他に驚かれることは何だろう。百名山を半分制覇しているのに、高山植物の名前を片手で数えるくらいしか答えられないことだろうか。それとも、山で撮った写真が一枚もないことか……。

思い当たるのはこれくらいだけど、この程度のことに驚く人とは、いくら山に詳しくても私には合わないのではないかと思う。きっと、学生時代に山岳部できちんと集団行動ができていた人なのだろう。

そろそろ出発しようか。少し歩くとまた樹林帯に入る。樹林帯は退屈であまり好きではない。

——いいわよ、趣味が同じって。ダンナの山仲間、紹介しようか。

そう言われても、今一つ気乗りしなかった。私の聖域に誰も入ってきて欲しくない、というのが本音だ。七年間、一人で二〇近い山の頂を制覇しているうちに、そんな思いが広がっていった。逆に、山に登りたいと思ったことなど一度もない、という同僚と付き合ってみたことがある。しかしあるとき、俺と山とどっちが大事なんだ、と問い詰められ、間髪《かんはつ》を容《い》れずに、山、と答えた瞬間に、ケータイからアドレスを削除された。

山に行くより、彼と会う回数の方が多かった。彼からの誘いを、山を理由に断ったことはない。それなのに、いったい何が気に入らなかったのだろう。一緒にいることがとても楽で、結婚もありかもしれないな、とまで思っていた人だったけど、山をやめようとは微塵《みじん》も感じなかったので、その程度だったのだろう。

下山した私を、こんなに日に焼けて……、と笑いながら迎えてくれる人はいないのだろうか。父は本当に貴重な伴侶を見つけたと思う。いや、思っていた。

けんかをしたところなど一度も見たことがない両親だったのに、「先月末から、二人のあいだに冷たい風が吹き始めた」と妹からメールが届いたのだ。

私からのプレゼントが原因らしい。先月、私は父の退職祝いの意味を込めて、丸福デパートの商品券にアウトドアフェアで買った帽子を添えて送った。山用品のコーナーにあったものだけど、UVカット素材でできているため、母にも普段使いにいいだろうと、二人に色違いでプレゼントしたのだ。

その帽子をかぶりながら、母が父に「私も登山をしてみようかしら」と軽く言ったところ、父に「やめておけ」とそっけなく流された。そのときはどうということなく会話は終わったけど、それから徐々に、二人の会話がかみ合わなくなったり、よそよそしい態度を取り合ったりと、ぎくしゃくするようになったらしい。

父が母を登山に連れていかないことなど今に始まったわけではない。母だって、十分に理解していることだ。

帽子のせいじゃないと思う。そう妹に反論したものの、少しは考えてみたら、と冷たく突き放されたまま今に至る。妹は解っているのだろうか。いかにも女の子といった色白でふわふわとかわいらしかった妹は、大学生になってマリンスポーツに没頭し、インストラクターにまでなってしまった。

海を愛する妹に、山用の帽子でけんかになる夫婦の気持ちなんて、解るはずがなさそうだけど。

川に近づいたり離れたりしながら歩き、横尾《よこお》に到着した。徳沢で一緒だった夫婦も休憩をしている。途中で追いつくかと思っていたのに、同じくらいのペースだったということになる。夫婦揃って山に登り慣れているのだろう。おばさんの荷物は単に新しく買い替えただけなのか。

二人の前にはせんべいの袋やチョコレートの箱が広げられている。おばさんが大きな口をあけて、海苔《のり》のついたせんべいにかぶりついた。これくらいの年になれば、顔じゅう汗だらけになっても、体からヘンな臭いが漂っても、気にならないだろうし、気負うことは何もないのかもしれない。

「やあ、お疲れ様」

おじさんが片手を上げて迎えてくれた。よかったらお一つ、とチョコレートの箱を差し出してくれる。昔ながらのミルクチョコだ。いただきます、と受け取ってそのまま口に放りこむと、次いで、どこから来たんだい？　と訊ねられた。

「東京です」

「じゃあ、木村さんと同じだ」

おじさんがおばさんの方を見ながら言うと、おばさんはにっこり微笑《ほほえ》みながら頷いた。どうやら、夫婦ではないようだ。

「僕は名古屋から来たんだが、木村さんとは朝、ホテルのロビーで弁当を一緒に受け取ったのがご縁でね」

「ご一緒させてくださいって、本郷さんに私からお願いしたの。旅は道連れ、でしょ」

本郷さんと木村さん。二人は上高地の帝国ホテルに宿泊しているらしい。まったく、羨ましい限りだ。しかし、帝国ホテルに一人で泊まるのは少し寂しいのではないか。いや、高級ホテルで一人の時間を楽しめるのが、大人の余裕なのかもしれない。

「ところで、きみは今からどこを目指すのかい？」

本郷さんに訊かれる。横尾は槍ヶ岳、穂高連峰《ほたかれんぽう》、蝶ヶ岳《ちょうがたけ》方面などの分岐となっている場所だ。

「槍ヶ岳です」

「まあ、一緒だわ」

木村さんが嬉しそうな声を上げた。

「じゃあ、一緒に行こうじゃないか」

本郷さんが、ねえ、というふうに木村さんに同意を求め、二人で笑い合っている。ちょっと、待て。どうして一緒に行かなければならないのだ。そう言ってしまいたいけど、なるべくなら角が立たない方がいい。

「お誘いいただいてありがたいのですが、私は夜行バスで来て、あまり寝られなかったので、ここで少し多めに休憩を取っていこうと思います。団体さんが来ると、道も込みますし、お先に行ってください」

「まあ、バスだなんてかわいそう。それじゃあ、休んだ方がいいわ。ねえ」

木村さんが本郷さんを見上げ、本郷さんは、そうした方がいい、と頷いた。一緒に、というのは社交辞令みたいなものだったのかもしれない。

本郷さんと木村さん、互いにどういった立場の人か解らないけど、一人で高級ホテルに泊まっている者同士だ。独身か、離婚したのか、配偶者と死別したのか、単に一人が好きなのか、何らかの理由があって一人で山を訪れているものの、スタートの段階から同行者を作るということは、出会いを求めてきたのかもしれない。

だとしたら、私はお邪魔なはずだ。

「お気をつけて」

リュックを背負い、歩き出した二人に声をかけて見送ると、二人同時に振り返って手を振ってくれた。うん、お似合いだ。少しいいことをしたような気分になる。しかし、これからまた、どう時間をつぶそうか。この辺りでもたもたしていると、頂上への挑戦を、また明日に引き延ばさなければならなくなる。天気予報も、明日は曇りのち雨と微妙な雲行きだ。下界での小雨は山だと大雨になる可能性は高い。

しかし、慣れた様子の二人なので、半時間ほど時間をあければ、追いつくことはないだろう。午前八時。遅番の日の起床時間だ。上高地でおにぎりを一つ食べたけど、二度目の朝食にしよう。

横尾まで来て毎回思うのは、ここまで車で来られるんじゃないか、ということ。道幅が広いためそう感じてしまうのだけど、登山口だと思って歩き出した先に、また登山口が現れ、そこに駐車場を見つけてがっかりした経験が何度かある。それと印象が重なってしまうのかもしれない。

私は海抜〇メートル地点から山頂を目指したいわけではなく、ロープウェイなどは積極的に活用したい派だ。山の楽しみは何と言っても稜線《りょうせん》沿いを歩くことにある。だけど、休みが限られた社会人になってからは、一つの山のみ、登って下るというコースが多くなった。

川沿いの道は相変わらず、緩やかだ。少し道幅が狭くなってきたものの、まだまだピクニック感覚で歩くことができる。

槍沢《やりさわ》コースはそれほどの難所ではない。槍ヶ岳という名前から、上級者コースを連想する人も多いけど、鎖場《くさりば》を越えなくても、岩場を登らなくても、歩き続けていれば槍の肩までは到着することができる。

そのため、社会人になり、永久子さんとも登山ができなくなってからの、最初の単独登山の場所は槍ヶ岳、槍沢コースにしようと決めた。山岳部の合宿でのリベンジを果たしたいという目的もあった。そこにうっかり同行者ができてしまった。父だ。ガスストーブのヘッドの部分を借りるため実家に戻ると、父にどこへ登るのだと訊かれて、槍ヶ岳だと答えると、一緒に行くと言い出したのだ。

単独登山に少し不安があったことと、父なら意見が食い違うことがあっても遠慮をする必要がないという気軽さとで、二つ返事で同意した。なんといっても、交通や宿泊などの費用を全部もってもらえることが有難い。おまけに母の弁当付きだ。

父と登山をするのは中学二年生の夏以来九年ぶりだった。小学生のときは楽しみでたまらなかったのに、中学生になるとだんだん鬱陶《うっとう》しいものに変わっていったせいだった。だけど、そんな反抗期もとっくに終わり、職場の愚痴などもこぼし合ったりしながら、また楽しく登れるだろうと大きく構えていたものの、やはり上手《うま》くはいかなかった。

互いの仕事の関係で、槍沢コースを二日間で登って下りる行程になった。一〇時間半、ひたすら歩き続けることに不安はなかった。父も余裕だと高をくくっていた。

だけど、悲鳴を上げたのは父の膝だった。まさかの、河田先輩と同じパターン。それだけなら、父を槍ヶ岳山荘に残して、私一人で頂上に挑戦することができる。しかし、出発の時間が遅かった上、予定時刻を二時間近くオーバーしたため、山小屋に到着したのは午後五時半だった。山の五時半は、下界の夜と同じだ。頂上を目指すのは翌日に見送らざるを得なかった。そして、翌日は大嵐。

肝心なところで二度も嵐にあうのだから、私は雨女なのかもしれない。だけど、単独で来ていれば、前日の晴れているあいだに頂上に挑むことができたのだから、目的が達成できなかったのは、天気に恵まれなかったからというわけではない。

その証拠に今日はこんなにもいい天気だ。そして、足を引っ張る人はいない。


槍の穂先が見えた。今日こそは、あの先に立てる。一《いち》ノ俣《また》の橋を渡ると、休憩をしている本郷さんと木村さんがいた。思ったより手前で追いついてしまった。

「あら、お疲れ様」

木村さんに声をかけられる。けれど、先ほど会ったときの笑顔はない。

「やっぱり、若い人は速いなあ。大学生かい？」

本郷さんに訊かれる。こちらはまだ余裕があるようだ。

「いえ、もう三〇過ぎてますよ」

「じゃあ、うちの息子と同じくらいかな」

本郷さんはそう言って、私に干支《えと》を訊いてきた。本郷さんの息子の方が私より二つ年上のようだ。次いで、本郷さんの干支を訊ね、私の父と同じ年であることが解った。

「槍は初めてですか？」

「いや、若い頃から何度も来ているよ」

「木村さんも？」

「……え？」

顔を上げ、目も開いているものの、気持ちは遠くにあったようだ。それよりも、かなり疲れているのかもしれない。干支の話など好きそうなのに、入ってこないなんて。

「木村さんは槍どころか、本格的な登山自体が初めてなんだそうだ」

本郷さんが言った。まさか……。

「大丈夫ですか？」

木村さんはキッと目を見開いて頷いた。

「平気よ。ちゃんとこのために毎日一時間ジョギングをしてきたんだから」

語気が強い。どこかムキになっているような。自己流に山を登ってきた私としてはジョギングで鍛えられる筋肉と登山に必要な筋肉が同じものなのかどうかは解らないので、それなら安心ですね、と気軽には言えない。

「まあ、体力的には大丈夫だとしても、山登りは気持ちも大切だ。こうしてお伴《とも》させてもらっていると解るが、木村さんは初めてとは思えないほど、しっかりと歩けていますよ」

本郷さんに言われ、木村さんはようやく頰を緩めた。

「今日はうまい漬物を持ってきているんだが、よかったら槍沢ロッヂまで一緒に歩いて、昼食を一緒にどうかね」

本郷さんが私に言いながら、ちらりと木村さんを見た。木村さんにはああ言ったけど、漬物は口実で、初心者の木村さんに一人で付き添うのに疲れたのではないだろうか。集団行動はご免だけど、初心者を見捨てて先に進むのも気持ちいいものではない。槍沢ロッヂまではあと一時間足らずだ。それくらいなら、一緒に歩いても大丈夫だろう。

本郷さん、木村さん、私の順で歩き出す。沢沿いの道を進んでいくと、傾斜は少しずつきつくなってきた。木村さんの息が荒くなっているのを感じる。だけど、木村さんは下を向いて黙々と足を動かし続けている。

「ところで、きみは何の仕事をしているのかね」

本郷さんが前を向いたまま、多分、私に訊ねたのだろう。デパートです、と答えると、木村さんが、まあどこかしら、と息も絶え絶えに訊いてきたので、あまり木村さんが口を開かなくていいように、私は訊かれてもいない仕事の内容まで答えることにした。

普段は贈答品売り場を担当しています。先月は催事場でアウトドアフェアがあってそちらにヘルプに入りました。ウエアが年々オシャレになっていくし、道具の機能性も上がっていくしで、お客様に説明しながら、自分が一番わくわくしていたかもしれません。そういったことを、だ。

本郷さんのウエアはチェックの綿シャツの上からベスト、ニッカボッカ風のパンツといった昔ながらのスタイルだ。木村さんは最初に思った通り、全部の持ち物が新品だ。長袖シャツの上にナイロンパーカ、ロングパンツ、紫色をメインに落ち着いた色でまとめている。だけど、筋肉の圧縮などを調節してくれる機能性インナーは二人とも着用していない。ストックも持っていない。

販売員として、一番に勧めたいアイテムなのに。

「よし、ここで水を飲もう」

歩き出してまだ三〇分も経《た》っていないのに、本郷さんは二《に》ノ俣《また》の橋で足を止めた。本郷さんと木村さんはリュックからペットボトルを取り出して水を口に含んだけど、私の体はまだ水分を要求していない。沢でも眺めておく。

「きみの荷物はとても少なそうだが、ちゃんと水は二リットル用意しているのかね」

「ありますよ」

「じゃあ、飲んだ方がいい」

本郷さんに言われて、仕方なく水を飲む。だから、集団行動は嫌なのだ。木村さんのために休憩を取ったことは解っていても。

「防寒着は？」

本郷さんは私の三〇リットルサイズのリュックを眺めながら、尚も訊いてくる。

「ダウンジャケットを持ってますよ。このペットボトルよりも小さく畳めるすぐれものです」

「そうか、それにしても荷物が少ないな。非常食は？」

「甘いの辛いの、両方、十分に入ってますよ」

「ふむ……」

本郷さんはどうにも納得できない様子だけど、木村さんがペットボトルを仕舞うのを確認すると、では行きましょう、と足を進めた。本郷さんが言いたいことはよく解る。しかし、リュックの中身を広げてみても、ほぼ同じものが入っているはずだ。ただし、それぞれの大きさが違うのではないか。

防寒着もヘッドライトも、ガスストーブも、ここ一〇年のものを比べてみても、コンパクト化しているのだから。私の荷物も、もっと小さくすることができる。だけど、昔から愛用しているものを買い替えるのには勇気がいる。特に、学生時代にバイトをして買ったものは使える限り、持ち続けたいと思っている。

それでも、見なおしていかなければならないものはたくさんあるのだ。


槍沢ロッヂに到着した。午前一〇時三〇分。槍沢コースから槍ヶ岳の頂上を目指す場合、ここに一泊する人が多い。頂上を目指す人はとっくに出発していて、宿泊する人は昼過ぎに到着するように時間設定しているためか、ロッヂ前には、私たちしかいない。

へたりこんだ木村さんを挟んで、お疲れ様でした、と言い合い、本郷さんの出してくれたビニルシートに、一緒に昼食を広げた。

「あら、サンドウィッチ」

木村さんが言った。本郷さんと木村さんのはホテルで作ってもらったおにぎりだ。

「山の昼食はいつもこれなんです」

フランスパンにチーズと生ハムを挟んだ、父の好物だ。山へ行くときは母がいつもこれを私たちに持たせてくれた。一人暮らしを始めて、山の昼食を自分で準備するようになってからも、私はいつもこれを作っている。

「パンに合うかどうか解らないが、よかったらこれも」

本郷さんが小さな紙パックをシートの真ん中に置いた。きゅうりの浅漬けだろうか。

「いただきます」

手でつまんで口に入れる。少し塩気の強い漬物は普通に家で食べるとしょっぱいのだろうけど、歩き続けた体にはちょうどいい。おいしいです、と伝えると、本郷さんは山へ行く前は必ずこれを漬けるのだと嬉しそうに笑った。

「みんな、こんなふうに山を楽しんでいるのよね」

木村さんがしみじみと言った。

「木村さんもこれからですよ。食べ物にこだわるもよし。花の名前を覚えるのもよし。登山日記を書くのもよし。絵やカメラ、楽しめる要素は無限にある。山はいいでしょう」

本郷さんの言葉に頷きながら、もう一つ漬物をいただいた。しかし、あまりのんびりしている暇はない。

「どうも、お疲れ様でした。私は槍ヶ岳山荘まで行くので、そろそろ失礼します」

「なんだ、きみもかね。今日は晩から天気が崩れるらしいから、出発した方がいいな」

本郷さんも上まで行くのか、と身構えたものの、木村さんがいなければ一緒に登ろうとは言われないだろう。私が立ち上がると、本郷さんも荷物をまとめ始めた。

「お二人とも、今日中に山頂に行くの？」

木村さんに訊かれる。

「仕事の休みが限られてるので、一気に登ってしまいます」

「距離は長いが、慣れた者なら一日で登るコースですよ。じゃあ、お元気で」

「待ってください」

呼び止められたのは本郷さんだと思うけど、私も足を止めてしまった。

「私も槍ヶ岳山荘まで一緒に行かせてください」

「ええっ」

本郷さんが困惑した表情で私を見る。どうする？　と相談を持ちかけるように。ちょっと、待て。そもそも私と本郷さんは同行者ではないじゃないか。ただ、本郷さんが困っているのも解る。

「初めてなのだから、今日はここまでにしておいたらどうですか。槍ヶ岳山荘まで行くとなれば、今日だけで一〇時間歩くことになる。足を痛めてしまう恐れもあるし、時間があるのなら無理はしない方がいい」

本郷さんの隣で、神妙な顔をしてうんうんと頷いてみせる。

「大丈夫です。ここまでだって、思ったより楽に来られたし、足だってまだまだちゃんと動きます」

木村さんはその場で大きく足踏みしてみせた。ならば、一人で行けばいいじゃないか、と思ってしまった私は、冷たい人間なのだろうか。だけど、もし本当に木村さんがそうして、万が一のことが起きてしまったらどうする。時間からみて、この後ろから頂上を目指して来ている人は少ないのではないか。

「あの、もし、ここに一人で泊まるのが不安で、一緒に登りたいって言われてるのなら、心配しなくていいと思います。多分、このあと来る人たちはここに泊まると思うので」

なるべく穏やかに言ってみた。

「そうじゃないの。私もあなた方のように、今日、頂上まで登りたいの」

「だけど、最初はここまでの予定だったんじゃないですか？　どうして、急にプランを変更するのか解らない」

本郷さんが言った。

「だって……」

三人中、二人はまだ先を目指すのに、一人だけここに残るということに、おかしな敗北感を抱いているのだろうか。そんな気持ちで山に登ってはいけない。山は誰かと張り合う場所じゃない。

「どうしても、槍ヶ岳の頂上に立って、主人を見返してやりたいんです！」

木村さんはそう言うと、両手でわっと顔を覆った。張り合いたい相手はいるけど、それはどうやら、本郷さんや私ではないらしい。

「結婚して三〇年間、ずっと、おまえは何もできないのだから、って言われ通し。それでも、働いて、私を守ってくれているのだからって自分に言い聞かせてきたけど、定年退職をして、今度は地域の山登りの会に一人で入って。一緒に私も入りたいって言うと、おまえには無理だ、の一点張り。それなのに、山から帰ってきたら、何とかさんは見た目はかよわそうなのに健脚で、このあいだは槍ヶ岳に登ってきたらしい、なんてよその女の人を褒めて。悔しくて、悔しくて、主人を見返すために、このひと月、トレーニングに励んだんです。私は一人で登ってやるんだって。だけど、明日はお天気が崩れるかもしれないんでしょう？」

悔しい気持ちは解らないでもないけれど、考え方がむちゃすぎる。

「そこまでおっしゃるなら、一緒に行きましょう」

本郷さんが言った。ねえ、と私の方を向く。これから五時間、山頂まで三人で一緒に登ろうと言っているのだろうか。勢いだけで来たうえに、あかの他人にわがままを並べるおばさんを連れて。

「でも、無理はしない方が……」

「無理なんて決めつけないで！　あなたの方が、細くて足なんかすぐに折れちゃいそうじゃない。山に拒絶されるなら、あきらめもつくわ。だけど、どうして人に決められなきゃいけないの」

完全な八当《やつあ》たりだ。それは一度、家に帰ってご主人に言ってみてはどうだろう、と思いながらも、ふと、母のことが頭に浮かんだ。

母だって、本当は山に登ってみたかったのではないだろうか。いきなり高い山に行くのは抵抗があるけれど、定年退職して時間ができた父ならば、のんびりと登れる山に連れていってくれると思ったかもしれない。

やりたくない人を無理やり連れていくのはよくない。だけど、やりたい人に家で待っていて欲しいと言い続けるなど、考えてみれば、ものすごく自分勝手ではないか。別に、父は試験を受けて山に登ることを許された身でもないのに。

山ガールだって、高齢者のツアーだって、迎え入れてくれるのは山であって、人ではない。ブームになる前からやっていたのに、なんて口にするのもおこがましいことだったのだ。

だから、私には木村さんを止める筋合いなどない。だけど、一緒に登らなければならないのだろうか。父だって、膝を痛めてしまったというのに。私はそれほど頼られていないのだから、本郷さんにまかせておけばいいのかもしれない。でも、本郷さんだって、自信がないから私を誘っているわけで……。

父も、母には家で待ってくれている美しい存在としていて欲しいからではなく、私との登山で膝を痛めて自信をなくしたから、一緒に連れていってやる、と言えなかったのではないだろうか。

今の母は躓いただけで足を折ってしまいそうな、儚《はかな》い体型などしていない。山など登らなくても、家庭を支える母は体を動かし続けてきたのだから。父方の祖父母も、母方の祖父母も同居をすることはなかったけど、亡くなる数年前からは入退院を繰り返したり、介護が必要な体になっていた。その四人全員を、母が通いでお世話をしていたのだ。

たかだか年に数回山に登るだけの分際で、どうして自分たちの方が体力があるなどと自信を持てようか。

「頂上を目指すなら、そろそろ出発しましょう」

腹をくくった。本郷さんがホッとしたように私を見返す。

「そうだな、木村さん、荷物をまとめた方がいい」

本郷さんが言うと、木村さんは、ありがとうございます、と本郷さんの手を取りながら立ち上がった。私の方をちらりと見る。本郷さんは自分の味方で反対しているのは私という構図ができあがっているのか。

それならそれで、構わない。目標はあくまで今日中に槍の頂上に登ることで、そのために今は、木村さんを連れて上がるだけだ。

「お二人とも、よかったらこれを飲んでください」

リュックから錠剤の入った袋を取り出して渡す。

「何だね、これは」

「アミノ酸です」

「きみはそんなものを飲んで山に登っているのか。自然を相手に、己の体力を正面からぶつける真剣勝負の場で、薬の力を頼るのはいかがなものかと思うが」

「そうよね、なんだかフェアじゃないような気がするわ」

何を言ってるんだ、この二人は。オリンピック選手がドーピングをやるような気分でいるのだろうか。私だって、見るからに元気な人にはこんなものを勧めない。本郷さんは仕方ない。だけど、木村さん、その顔のしかめ方は私に失礼じゃないだろうか。こんなおばさん、そりゃあダンナも一緒に山に連れていきたくないだろうよ……。

早くも気持ちが折れそうになるけど、この年代の人たちはサプリメント慣れしていないのだろうし、自分ルールを守らなければ達成感も半減なのだろう。

「じゃあ、万が一のときのために、ポケットにでも入れておいてください。あと、木村さんはこれを使ってください」

ストックの片方を木村さんに差し出した。

「ストック、っていうんでしょ。山ガールって呼ばれる若い子たちはみんなこれを使うんですってね。アウトドアショップで勧められたから私も買ったんだけど、こういうのを使うのは邪道だし、自然破壊にもつながるって、主人に言われて置いてきたのよ」

どのベテランの口からそんな言葉が出ているのか。やはり、こんな人と五時間近くも一緒に過ごせる自信はない。

「いや、ストックは使った方がいい。もう少し上に行ってから出そうと思っていたが、僕も準備しておきますよ」

本郷さんがリュックから伸縮式のシングルストックを取り出した。

「若い人の流行《はや》りではありませんよ。僕はこれをもう二〇年以上も愛用している。富士山に登った人が記念に杖《つえ》を買ってきているのを見せてもらったことはありませんか？」

木村さんが、あっ、と手を打った。

「そういえば、うちの両親が家に飾っていました。登った日付を書き込んで。父の分には旗が、母の分には鈴がついていたんですよ」

「それと同じです。使い方は僕が教えるので、便利な道具は有効に活用しましょう」

どうやら、本郷さんにとっては、サプリメントとストックは別物らしい。その心持ちで機能性インナーもどうでしょう、と勧めるのは、ここではやめておくけれど。

「でも、自然破壊が……」

「大丈夫、彼女のストックにはちゃんとゴムキャップがついている」

「じゃあ、使ってみようかしら」

使わせてください、貸してください、ではないのか？　と不満は残るものの、どうぞと笑顔でストックを渡し、私よりも一〇センチほど背が低い木村さんのために、長さの調節までしてあげた。だてに九年、デパートで働いているわけではない。

そうだ、これは仕事なのだと思おう。アウトドアフェアの延長なのだと。


先ほどと同様に、本郷さん、木村さん、私の並び順で出発した。樹林帯は若干の登り坂ではあるものの、まだなだらかな方だ。本郷さんは木村さんにストックのつき方を説明しながら、足を進めている。

「まあ、本当に楽だわ」

木村さんがはしゃいだ声をあげる。ダブルストックの方がもっと楽なのに。ただ、それほど疲れていないので、一本、木村さんに貸してあげていることを苦には思わない。いざとなれば両方貸してもいいのだけど、本郷さんがシングルを使っているので、一本で十分だなどとっぱねるのだろう。

どうして、中高年は若い人の言うことを素直に聞かないのか。

父とこのルートを登ったときも、父はストックもサプリメントも拒んだうえ、おまえがそんなものを頼るようになるとはなあ、とあきれたように言った。ちょうど、この辺りを歩いていたときだ。

——お父さんのカッパもゴアテックスにした方がいいよ。

——俺は今ので十分だ。もう一五年も前に買ったものだが、どれだけも使っていない。晴れ男だからな。

——靴も軽くて防水機能付きのが、割りと安く売ってるし、新しいの買ったら?

——買え、買え、買え、って。うちには金が溢《あふ》れてくる桶《おけ》でもあるのか?

こんな調子でいつまでも古いものを使い続けていた。だけど、あの日までは、それを少しかっこいいと思っていたところもある。山から下りた父は毎回、道具を丁寧に手入れをしてから片付けていたので、古くはあっても、汚さやみすぼらしさはなく、父が登ってきた山々の思い出が染みついているように見えたからだ。

前方を歩く本郷さんの後ろ姿も、父によく似ている。分厚い布製のリュックは空《から》っぽでもかなりの重さがあるはずだ。道は樹林帯を抜け、見晴らしのよい岩場へと出た。そのまま灌《かん》木帯《ぼくたい》を進み、ババ平《だいら》に到着する。

「水を飲みましょう」

本郷さんがそう振り返り、足を止めた。木村さんはごくごくと喉を鳴らして水を飲んでいる。

「あなたも水を飲むのよ」

木村さんに言われ、欲しくもない水を口に含む。太陽に反射する雪渓がきれいだ。

「夏なのに雪を見られるなんて、素敵だわ」

木村さんははしゃいだ声を上げた。なかなかよいペースで進んでいる。本当に、何の心配もいらないのかもしれない。

五分ほど休むとすぐに出発した。花畑が広がるゆるやかなコースだ。

「ミヤマキンポウゲですよ」

歩きながら、本郷さんが木村さんに花の名前を教える。すると、木村さんは立ち止まってリュックから小さなメモ帳を取り出し、花の名前を記した。メモ帳はナイロンジャケットのポケットに入れて、本郷さんが花の名前を言うごとに取り出し、書き記している。

「チングルマ？　まあ、かわいいお花。私、花には詳しいと思っていたけど、ここに咲いているのは知らないのばかり」

木村さんが言うのを聞きながら、母も花が好きだなあ、などと考えた。

「私、コマクサを見てみたいのだけど、槍ヶ岳には咲いているのかしら」

「どうだったかな」

本郷さんが私に訊ねる。

「槍沢コースではどうでしょうね。燕岳《つばくろだけ》方面にはたくさん咲いてますけど」

「まあ、コマクサなんて、高山植物の女王と呼ばれてるが、それほど珍しい花じゃない。もう少し高いところに行けば、ひょいとその辺に咲いているかもしれませんよ」

本郷さんがそう言うと、木村さんは、楽しみだわ、と微笑んだ。コマクサなんて本郷さんの言う通り、どこで見たかも憶《おぼ》えていないくらい、いろいろなところで見てきたけれど、母は一度も見たことないのではないか。

水俣乗越分岐《みなまたのっこし》に出る。花畑はまだまだ続く。

「ミヤマキンポウゲね」

木村さんが覚えたばかりの花の名前を口にする。

「あら、この紫の花は何かしら」

木村さんが花の前にしゃがみこんだ。

「これは……、何だっけな」

本郷さんが花を覗《のぞ》きこみ、私を振り返る。

「解らないです」

答えると、本郷さんはリュックから手のひらサイズの植物図鑑を取り出した。高山植物専用で、花の色別に分類されているようだ。紫、紫、とつぶやきながらページをめくっている。

「ミヤマオダマキだな、これは」

本郷さんが言い、木村さんが復唱しながらメモを取る。そして、私を見上げた。

「あなた、どうしてメモを取らないの。せっかく本郷さんが調べてくれたのに。あなたもこの花の名前を知らなかったんでしょ」

「いや、興味ないので」

「まあ……。花に興味がない人がこの世にいるなんて、信じられないわ」

木村さんが野蛮なものでも見るような目を向けてくる。私は何をしているのだろう。

「名前に興味がないんです。黄色い花がかわいいな、紫の花がきれいに咲いているな、で私は満足なんです」

「でも、名前を知らなきゃ困ることもあるでしょ。ここで見た花を、山を下りて誰かに教えてあげたいと思わないの？」

「思ったこと、ありません」

「かわいそうな人ね」

先に行ってもいいですか。そんな目で本郷さんを見ると、大きく咳《せき》ばらいをして、先に進みましょう、と木村さんを促した。ストックの使い方が上手くなりましたね、などとおだてられ、木村さんはご満悦の様子だ。

下山して、ストックの使い方を褒められたのよ、と心の狭そうなダンナに自慢するのだろうか。私に山でのことを伝えたい相手がいないというのは事実だ。自分が満足できればそれでいい。どんなに言葉を重ねても、写真を並べても、山で見た景色を一〇〇パーセント地上で再現することはできない。感動を共有したい相手ができたとすれば、一緒に登るしかないのだ。

だけど、父はよく山の話を家族の前でしていた。父の話を聞いて、行ってみようと思ったコースはいくつもある。それを、母や妹はどんな思いで聞いていたのだろう。

徐々に傾斜がきつくなってくる。

花畑はまだ広がり、この辺りから見ることのできる花もあるのに、本郷さんも木村さんも、花のことなどまったく口にしなくなった。荒い呼吸を繰り返しながら、足を重そうに前に出している。

天狗《てんぐ》原《はら》分岐に着いた。槍ヶ岳の尖峰《せんぽう》がくっきりと見える。だけど、道のりはまだ遠い。ジグザグ道がひたすら続くのだ。

　本郷さんも木村さんも下を向いたまま、槍ヶ岳を見上げようともしない。木村さんが靴裏を地面に擦《こす》るように前に出すたびに、足元に小石が転がってくる。本郷さんは石が転がる音がしても、足を止めたり、振り向く様子はない。蹴られるように横に転がった小石が黄色い花の手前で止まった。

「シナノキンバイですよ」

　声を張り上げて言った。えっ？　と本郷さんが振り返り、木村さんも足を止める。

「シナノキンバイです。私でも名前を知っている有名な花なのに、素通りしちゃっていいんですか？」

「ああ、そうなの……」

　木村さんがだるそうにメモを取り出した。

「シナノ、何だったかしら」

「キンバイです。ついでに、私は疲れたので、水を飲んで、おやつも少し食べます」

　リュックを降ろすと、本郷さんもリュックを降ろし、木村さんはリュックを背負ったまま、その場にどかりと座りこんだ。二人とも水をごくごくと飲んでいる。見栄《みえ》を張った手前、木村さんは休憩をとって欲しいと言い出せず、本郷さんもそんな木村さんに気付けないほどに疲れていたのではないか。

個包装されたアーモンドチョコレートを木村さんと本郷さんに渡す。

「シナノキンバイが好きなのかい？」

本郷さんがチョコレートを口に放りこんでから言った。

「私じゃなくて、父が好きなんです」

「ほう、お父さんも山を？」

「学生の頃からやっていて、私も物心ついた頃から仕込まれました」

「娘と山とは、羨ましい。……そうだ、木村さん。アミノ酸を飲んでみませんか」

木村さんは顔だけ上げた。

「話題のサプリメントをご主人よりも先に試して、効果を教えてあげるのもいいんじゃないですか？」

本郷さんはそう言うと、ポケットから私があげたアミノ酸の錠剤の袋を出し、口に放りこんで、水を含んだ。

「レモン味だ。口の中がすっきりして、これだけでも悪くない」

本郷さんの様子を見ながら、木村さんもアミノ酸を口に入れた。水を飲む。

「ラムネみたいだわ」

二人とも、ひとまず味は合格点だったようだ。私も飲んでおく。

「木村さん、早く登ろうとする必要はない。一歩ずつゆっくりと足を前に出していけば、確実に目的地まで到着するんだから」

「でも、時間が」

「なに、それほど変わらないよ。もう少し先にいくと、花のない、石ころだらけの道になる。そういうところでは、頭の中で何か音楽を流すと、退屈せずに登れますよ。僕は『太陽にほえろ！』のテーマ曲なんだけど、途中からエンドレスになるのが問題でね。頂上に着いても止まってくれないことがある」

「ああ、私も！　私の場合は『手のひらを太陽に』ですけど」

エンドレス症候群の人が他にもいたのかと嬉しくなり、つい声を上げてしまった。木村さんがふふっと笑う。

「二人とも太陽つながりなのね。私は『空に太陽がある限り』にしようかしら」

アミノ酸効果がこんなに早く出ると思えないけど、木村さんの表情には明るさが戻り、よっこらしょ、と元気よく立ち上がった。

「いけない、もう音楽が流れているわ」

木村さんがそう言ったのを合図に、じゃあ、と本郷さんと私もリュックを背負い、槍ヶ岳山荘を目指して、歩き出した。

――シナノキンバイだ。

背後から父の声が聞こえたのに、私は、興味ないから、と前を向いたまま答え、足を止めなかった。父は、休憩しよう、と本当は言いたかったのではないかと、今になって気付く。あの頃の私には、父が疲れるなど想像もできなかったのだ。

父が膝を痛めたのは、アミノ酸や軽量化された道具を否定した結果が招いた、自業自得だと思っていた。だから、下山後、言ってしまったのだ。

――お父さんとは二度と一緒に登らない。

疲れると頭の中を「手のひらを太陽に」が流れるのは、私がバテたときに父がいつも歌ってくれていたからだ。ペースを合わせてきてくれた人がいるから、私は山に登れるようになった。なのに、気が付くと、最初から自分一人の力で登れていたような気分になり、ペースを乱す人となど登りたくないと思うようになる。そして、それを臆面なく伝える。

余裕を持てないのは、未熟である証しだ。

だから、その象徴である槍ヶ岳頂上に拒まれていたのかもしれない。その証拠に、時間は予定より少しオーバーしているけれど、天気が崩れる気配は一向にない。

ジグザグ道を登り続ける。木村さんはストックの使い方が上手になった。足取りはゆっくりだけど、ペースが乱れることなく確実に前に進んでいる。

午後四時。槍ヶ岳山荘前、槍の肩に到着した。赤い屋根の小屋が迎えてくれる。

「ああ、到着だ」

本郷さんが来た道を振り返る。

「着いたんですね」

木村さんが感慨深げに言い、リュックを背負ったまま空を仰いだ。

「ありがとうございます。本郷さんのおかげです」

木村さんは本郷さんに深く頭を下げて、私を振り向いた。

「あなたもお礼を言いなさい」

どうしてこうなるのかは解らないけれど、到着したのだから、もう何でもいい。

「ありがとうございました」

本郷さんに言う。

「お礼を言うのはこちらの方だ。きみのおかげでここまで来れた。ずっと、一人で登ってきて、山には自信があったが、誰かを案内することがこれほどプレッシャーのかかるものだったとは。若い人に引っ張ってもらえて、心強かったよ」

本郷さんに右手を差し出された。その手を握り返す。少し、泣いてしまいそうだ。

「あら、握手？　私もぜひ」

木村さんは本郷さんと握手をすると、私にも手を差し出してきた。握手を交わす。疲れた。

木村さんにはこのひと言に尽きる。

「きれいねえ。こんなところまで、本当に来られるなんて」

木村さんが山の稜線を眺めながら言った。

「ご自分の足で来られたんですよ」

本郷さんが木村さんに返す。三人で並び、槍の頂上を見上げた。

こんなふうに、父と私にここまで案内されたら、母ならどんな顔をするだろう。私はもう、初めて山に登ったときの気持ちを思い出すことができない。だけど、初登山の喜びを嚙《か》みしめている人を見ていると、自分もまた、初めて訪れた場所に立っているような気分に浸ることができる。

目の前に広がる山々の名前や、花の名前も教えてあげたい。妹も一緒に、家族全員で登るのはどうだろう。だけど、次のプランを考える前に私にはやることがある。

「じゃあ、お疲れ様でした」

本郷さんと木村さんとの登山はここで終了だ。

やはり、槍ヶ岳頂上は一人で目指したい——。

利尻山

分厚いカーテンの向こうの窓ガラスを、雨が叩《たた》きつける音が聞こえる。

テーブルに並んだ豪華な食事の一つに、小さな鍋料理があることにほっとする。

七月に入ったばかりにもかかわらず、暑い、と口にせずにはいられない毎日が嘘だったかのように、利尻島《りしりとう》の夜はひんやりと心地よい。しかし、雨はいただけない。

予想していたことではあるけれど。

昼過ぎに稚内《わっかない》空港に到着し、フェリーで利尻島に渡ってきたときは、北海道銘菓のパッケージでおなじみの利尻山の頂から、隣の礼文島《れぶんとう》の、緑色のクリームがかかったエクレアが青い海にぺそっと浮かんでいるような様まで、くっきりと見えるくらい、空は晴れ渡っていたのに。だけど夕方、海に面したホテルの露天風呂の向こうに広がる夕日を眺めながら、一抹の不安を抱いた。空気が澄んでいるためか、色彩のコントラストがくっきりした場所ではあるけれど、赤が強すぎる。

きっと、雨が降る。

隣で湯船につかっていた姉も夕日をじっと見つめていたので、同じことを考えていたはずだ。一五年、土に触れる必要のない奥様暮らしをしていれば、農家の娘の勘は失われているかもしれない。しかし、生まれ育った家でのジンクスは忘れていないだろう。

宮川家のイベントでは必ず雨が降る。

両親と姉とわたしの四人、誰が雨男、雨女なのかは定かではない。個々のイベントの際は晴れているからだ。姉とわたしは三つ違い。それぞれの小学校の入学式、卒業式、修学旅行は晴れだった。運動会や、春と秋、年に二度ある遠足も、姉が一年生から三年生まではどれも好天に恵まれた。

しかし、同じ小学校にわたしが入学して、姉が卒業するまでの三年間は、共通の行事はどれもことごとく雨に見舞われた。

田舎町とはいえ、一学年三クラスあり、うちと同じきょうだい構成も何組かあったけれど、わたしも姉も雨が降るのは自分たちのせいだと思っていた。小学生になったからこそ個別のイベントができ、一人ではそのパワーが発動されないことを知ったものの、物心ついたときから、家族のイベントでは毎回雨に降られていたからだ。

たまねぎ農家を営んでいたため、カレンダー通りに休みがあるわけではなかった。収穫時期には子どもたちも畑に駆り出される。こういう、嬉しくない状況では雨は天に祈っても降ることはない。ただ、両親ともに旅行が好きだったので、三六五日働き詰めというわけでもなかった。

我が家の旅行は、父がふと、来月あたりどこかに行ってみるか、と言い出すのを機に、家族会議が始まる。大概がテレビの旅番組やドラマの舞台になった場所だった。単純に影響を受けてしまうのだ。父を筆頭に、家族皆にその傾向があった。なのに、テレビと同じ景色を見たことはない。

空の色がまったく違うのだ。

それでも、わたしたち家族はレポーターや俳優が歩いたのと同じコースを廻《まわ》った。傘を差し、雨合羽を羽織り、長靴を履いて。

宮川家の辞書に「雨天中止」という言葉はない。

しかし、登山もするのだろうか。

とろけるようなウニを頬張りながら、向かいに座る姉を見る。

「あんた譲りなのかな」

姉がぽつりとつぶやいた。

「へっ？　何が？」

「七花《ななか》もウニが大好きなの。旦那もわたしも苦手なのに。小学生のくせして、お寿司屋さん連れていくとまっ先に注文するんだから」

おそらく回転しない寿司屋だろう。あ、そう、と笑い返すと、ウニの入ったガラスの小鉢を、どうぞ、と差し出された。ありがたくいただく。

「……そういや、絹江《きぬえ》おばさんもウニ好きじゃなかったっけ？」

その名を出すか。絹江おばさんは父の姉だ。ひたすら厚かましい人で、祖父母が亡くなったあとも実家である我が家を訪れ、冷蔵庫の中にあるものを当たり前のように食べていた。姉もわたしも何度被害にあったことか。確かに、近所の人から土産《みやげ》にもらったウニの瓶詰を勝手に持って帰り、母があきれていたことがある。

「そういう、ストレートじゃない遺伝もあるよね」

明らかに、七花がわたしと同じ性質を持っているのをよろしく思っていない。暗にそれを言いたいがために、絹江おばさんと並べるなんて。しかし反論すると、わたしに対する小言が弾丸のように飛んでくるはずだ。半年前のように。

旅行に来て説教されるなんて、まっぴらだ。

カニクリームコロッケが運ばれてきた。まさに、助け舟。揚げたてなのを承知で思い切りかぶりつき、熱《あ》っつつつ……、と声を上げながらグラスのビールを呷《あお》る。

「つたく、しょうがないな」

姉はあきれたようにビールを注《つ》いでくれた。瓶が空《から》になったけど、追加はしない。明日の登山に備えて二人で一本、と最初に姉に釘を刺されている。しかし、雨音は徐々に激しくなっている。

「明日までに、止《や》むかな」

「無理じゃない？　天気予報、雨マークだったもん」

少し待ってみたものの、「登山中止」の言葉はない。やはり決行か、と胸の内で溜息《ためいき》をつく。姉の苗字《みょうじ》が変わったことで、もしかするとジンクスも変わるかも、と出発前に抱いていた淡い期待すら、気の抜けたビールの泡と同様に、しょぼしょぼと消えてしまった。

午後九時に床についた。こんなに早く布団に入ったのは、小学生のとき以来かもしれない。旅行の前日は早寝するのが決まりだった。三五歳になったのに実行しているのは、明日の集合時刻が午前五時だからだ。携帯アラームは午前四時にセットしてある。

しかし、一向に眠気が起こらない。飛行機もフェリーも、移動中ほぼ寝て過ごしたのだから仕方ない。おまけに、雨音がかなり耳につく。いっそ、台風がくるなり、警報が出るなりしてくれればいいのにと、窓に向かって手を合わせてみるけれど、そこまで酷《ひど》い雨にならないのが、宮川家の雨模様だ。

しょぼしょぼと小雨が降り続ける状態。中の下くらいの生活を続けてきた、宮川家そのものを表している。

カリカリとガラスをひっかくような音が隣の布団から聞こえる。姉の歯ぎしりだ。耳にするのは、二〇年ぶりだろうか。姉が高校を卒業するまで、わたしたち姉妹は子ども部屋である六畳の和室に布団を並べて寝ていた。普段は静かに寝ているのに、週に一度の割合で姉は歯ぎしりをする。カリカリ、ギリギリ、枕を顔に押し当ててやろうかと思うくらい耳触りの悪い音のせいで、一睡もできないこともあった。

一人部屋が欲しい。こんな家、高校を卒業したらとっとと出て行くし、二度と帰ってくるもんか。給料のいい会社に入って、キングサイズのベッドを買ってやる！

眠れない夜ごとその思いを重ねていったのに、大学進学を機に家を出て、帰ってこなかったのは姉の方だ。二人姉妹の長女なのに。たいした一族ではないけれど、本家なのに。わたしが大学を卒業する前に、とっとと宮川姓を捨てた。

天野姓になってから毎年実家に届く年賀状には、旦那や娘と訪れた旅先の写真が載せられているけれど、どれも、バックに雲一つない青空が広がったものばかりだ。

医者の奥様は、雨に降られることもない。

縁起の悪い雨降らしの家を捨てたくせに、自分がいなければ宮川家は成り立たないといわんばかりに、三カ月に一度はうちにやってきた。

頼まれてもいない食事の支度をし、母から料理の腕を褒められるごとに、これくらいは当たり前、それより希美《のぞみ》は結婚しないの？　とわたしにやっかいな話をふってくる。帰ってくるのは、両親に孫の顔を見せるため、などと言ってたけれど、絶対、わたしに説教するためだ。

旅先のふかふかの布団の中でさえもキリキリと歯ぎしりをするほど、何にストレスを抱いているのかは解《わか》らない。ただ、姉は昔から、こうあらねばならない、という凝り固まった考えを常に持っているようなところがあった。

宿題を忘れてはならない、遅刻をしてはならない、ルールを守らなければならない。

進学させてもらうのなら、手に職をつけたり資格を取れるような学部でなければならない。当然、卒業後はそれを活《い》かして就職しなければならない。そうやって、栄養士の資格を取って県立病院に就職してからも、なお、やらねばならないことがある。

女なのだから当然、結婚して、夫に尽くし、子どもを産まなければならない。

世の中が姉のような人ばかりなら、国の経済はもう少し潤っているかもしれないし、晩婚化、少子化といった問題など、起こりもしないのかもしれない。逆に、姉のような古臭い考え方を持ち続けている女が常に一定数いるから、結婚しない女が肩身の狭い思いをさせられる社会がいつまでも続くのだ。

自分がそうありたいならば、意志を全うすればいい。輝いているわたしが素敵、などと自己陶酔しながら、そんな特集ばかり組んでいるちゃらちゃらした女性誌でも読んでいればいい。わたしに強要しないでほしい。

それでも、心強い味方がいるうちはよかった。

「お姉ちゃんは努力タイプ。希美は天才タイプ。希美は頭もいいし機転もきくから、チャンスさえめぐってくれば、スケールの大きな仕事に就いてバリバリ活躍すると思うのよ。だから、結婚のことはまだ考えなくていいの」

そう言い続けてくれた母は、六年前に他界した。

雨音はさらに激しさを増している。


起きなさい！　と姉に一喝され、眠い目をこすりながらどうにかこうにか支度をして、ロビーに行く。携帯アラームは知らないあいだに止まっていた。

五時ちょうどなのに、登山口まで送迎してくれるホテルの係員の男性が一人と、老夫婦がひと組いるだけだった。昨日の夕食前に入山届を提出した際、このホテルからの参加者は一〇名だと言われたけれど、他の六名はまだ準備中なのだろうか。

「他の方々からは今朝、キャンセルの連絡をいただきましたが、お集まりの皆様は登山をされるということでよろしいでしょうか」

係員の問いに、はい、とわたし以外の三人が同時に答えた。夫婦もわたしたちも雨合羽を上下しっかりと身に着けている。訊《き》くまでもなく、登る気満々だと解ったはずだ。おにぎり二個入りのパックが二つ入ったビニル袋をそれぞれが受け取り、ホテルの名前が書かれたバンに乗り込んだ。

車はワイパーをフル速度で動かしながら海岸沿いを走っている。利尻島は周囲六三・三キロメートル、利尻山がそのまま海に浮かんでいるような島だ。こんな天気の日に、こんな時間から活動しているのはわたしたちとウミネコくらいだ。

登山口までは約一五分。その間に、朝食用のおにぎりを食べておかなければならない。かぶりつくと、ひと口目から昆布の歯ごたえを十分に感じた。

さすが利尻昆布の産地だ。

利尻山の標高は一七二一メートル。利尻富士とも呼ばれる、均整のとれた美しい姿をしているのに、今は厚い雲に覆われて、山頂どころかすそ野までその姿を隠している。

海を眺めながら登山ができる、日本百名山、最北の山ではなかったのか。

そもそも、わたしは学生時代に山岳部だった姉と違い、それほど本格的に登山経験があるわけではない。百名山はいくつか登ったことがあるけれど、どれも日帰りで、ロープウェイなどの設備が充実したハイキングレベルのところばかりだ。そのうえ、自分から提案したのではなく、同じアパートに住んでいたアウトドア好きの友人に、半強制的に連れていかれたものだから、あまり感動した憶《おぼ》えもない。

姉が山岳部に入ったことも理解できなかった。

目的地に向かってひたすら歩き続けるという行為は、姉の性格に合っているとは思う。だけど、農家の子がようやく泥から解放されたというのに、泥道を歩くことに興味を持つというのが解らない。

利尻山は花の百名山でもあって、そこでしか見られない花もいくつかあるんだって。などと言われても、野に咲く花など飽きるほど見てきたし、それを夏場に一日かけてむしらされたこともあるのに、今更、何が楽しいのだろう。

「あなた方が利尻島に来たのは、映画がきっかけなの？」

前の席に座っていた夫婦のおばさんの方が振り返り、姉に訊《たず》ねた。

「そうなんです。でも、どうして？」

「リュックのピンバッジ。わたしも持ってるから」

姉のリュックはレインカバーで覆われていたということか。姉は昔からピンバッジが好きで、旅行に出るごとに買っていた。ロビーの段階で気付かれていたということか。姉は昔からピンバッジが好きで、旅行に出るごとに買っていたとは。しかし、どんなのがついていただろう。

姉はおばさんと映画の話で盛り上がっている。おじさんも加わった。わたしは見ていないので部外者だけど、泣いたわよね、などと安っぽい感想しか出てこない会話では、残念とも思わない。邦画など、テレビ画面で十分だ。

そもそも、初対面の人と話をしたいとも思わない。ヘラヘラ笑いながら相槌《あいづち》を打つ姉を見ているだけで、疲れてくる。

それでも、利尻島に来た理由が思いがけず単純だったことに安心する。

旅行に行こうと姉から電話がかかってきたのは、母の七回忌が終わった翌月。旦那に急用が入り行けなくなったから、代わりにどうか、ということだった。良好な関係が築けていない状態での誘いでは気乗りしなかったものの、夏の北海道は魅力的だった。

まさか登山をするとは、夢にも思っていなかった。

利尻山の登山コースは二種類、上級者向けの沓形《くつがた》コースと中級者向けの鴛泊《おしどまり》コースがある。

車は鴛泊コースの登山口、北麓野営場《ほくろくやえいじょう》に到着した。雨はやや小ぶりになったように感じるけれど、他の登山客の姿はない。

「きっと、キャンセルした人がたくさんいるのね」

「山ガールとやらもいなさそうだ」

「あら失礼ね、わたしもこの方たちも山ガールよ。姉妹なんですって」

「そりゃ、仲が良くてうらやましい」

仲の良さそうな夫婦にそんなことを言われても、こちらは苦笑いを浮かべるだけだ。姉は、ありがとうございます、などと笑顔で答えている。旅先のマナーだとでも思っているのだろう。

小降りになってきたとはいえ、雨合羽を脱ぐほどではない。姉や老夫婦の見よう見まねで準備運動をしてから、ファスナーを上まであげリュックを背負う。

「すぐに抜かれると思うが、お先に」

おじさんがそう言って、夫婦は出発した。準備運動の柔軟も慣れた様子だったし、歩く後ろ姿も背筋が伸びて足取りも力強い。あっという間に姿は見えなくなる。もしかすると、追いつけないのではないか。

それよりも、登山口が二合目というのはどうなのだろう。富士山だって五合目まで車で行けるのに。標高一七二一メートル。あと約一五〇〇メートルを日帰りで登り下りしなければならないとは。

「そろそろ行こうか。ペース、速かったら言って」

「わかった」

泣きごとを言ったり弱音を吐く気はない。ストックを両手に握り、姉の後を歩き出す。と、水場があり、姉はそこで靴裏をごしごしとこすりつけて洗い出した。わたしも倣《なら》う。雨が降ろうと晴れようと関係ない。外来種を山に持ち込まないためだ。他にも、利尻山にはここ特有のルールがある。
1、携帯トイレを使う。
2、ストックにキャップをつける。
3、植物の上に座らない、踏み込まない。
姉と相性の良さそうな山だ。

登山道とはいえ、まだ舗装された広い道で歩きやすい。それでも一列だ。どんな遊びでも、姉の後をついていく、というスタイルは昔から変わらない。だけど、転んで膝をすりむいても、息があがって立ち止まっても、姉は足を止めて振り返り、励ましてはくれても、やめてもいいと言ってくれたことはない。

夫婦に「仲が良い」と言われても、わたしはそんなふうに感じたことは一度もない。それでも、仲が悪い、と感じたこともなかった。三つ年が離れた姉妹など、つかずはなれずの距離でいるものだと思っていた。

もしかして仲が悪いのかも、と意識するようになったのは、ここ二、三年のことだ。同じフラワーアレンジメント教室に通う沙紀《さき》ちゃんと話しているとき、姉の携帯メールアドレスを知らない、となにげなく言ったらひどく驚かれてしまったからだ。

確執でもあるの？　とまで訊かれた。そんなものはない。小言をおもしろくないとは思っていても、だから嫌い、とまでは結びつかない。週末の宿題は金曜日のうちにしろ、歯磨きの後にジュースを飲むな、部屋を出るときは電気を消せ、などと子どもの頃から繰り返されていたので、世の姉とはそういうものだと思っていた。

数少ない気の合う友人はやはり末っ子が多く、皆、姉や兄の愚痴をしょっちゅうこぼしていたので、姉は厳しい方だとは感じながらも、それほど大差はないだろうと、自分を不幸に思ったことはない。

夏休みの宿題や遠足の準備など、文句を言いながらも結局は手伝ってくれるので、頼りにしているところもあった。互いに離れて住むようになり、特に姉が結婚してからは、自然と用がなくなったというだけだ。

逆に、沙紀ちゃんに姉妹でどんなメールのやり取りをするというのかと訊ねてみた。今日のドラマおもしろかったねとか、新しい靴を買ったよとか、そういう他愛もないやり取りをしているらしい。時間の無駄だ。

そういう内容にわたし自身が興味ない。そもそも、メールにまったく興味がない。おそらく、姉もだ。わたしにだけでなく、親に対しても、用があるときしか連絡をよこさないのだから。姉妹の関係というよりは、個人の問題で、わたしたちなりに良好な関係を築けていたのだ。

あの日までは……。

三合目に到着した。歩き始めてまだ一〇分くらいしか経《た》っていない。これなら、頂上までそれほど疲れることなく辿《たど》り着けるんじゃないだろうか。

岩場のあいだから湧水《わきみず》が出ている。

「甘露《かんろ》泉水《せんすい》、名水百選に選ばれてる湧水だって。飲む？」

姉が言った。名前もおいしそうだし、岩場の片隅にプラスティックのコップが置かれているけれど、飲もうという気になれない。とにかく寒いからだ。

首をふると、姉も、帰りにしよう、と足を進めた。休憩を取るつもりはないらしい。当然、わたしに確認することもない。

お姉ちゃん待ってよ。お姉ちゃんもっとゆっくり。そんなふうにこちらがお願いするのを待っているのだ。そうやって、自分はいつも一歩先の少し高いところに立って、わたしを見下していたのだ。子どもだったからこそ、三つの年の差は知力、体力、どちらにおいても縮めることはできず、姉に従っていたけれど、今のわたしたちはもう違う。

なのに、姉は今でもわたしを見下している。

それが解ったのが、一年前、絹江おばさんが亡くなったときだ。看護師をしながら生涯独身で過ごしたおばさんの借家の片づけを、わたしたち姉妹でやることになった。一日でどうにかなるだろうと思っていたのに、クリーニング屋のハンガーから壊れた洗濯機まで、とにかくいらないものだらけで、丸一週間がかりの作業になった。その最終日に姉は言ったのだ。

――好き勝手に生きてきた人は、死んでも姪《めい》っ子に迷惑がかかるなんて思ってもなかったんだろうね。それでも、ちゃんと仕事をして葬式代くらいは残しておいてくれたのはえらいと思うけどね。結婚もしてない、仕事もしてない、死んだら死にっぱなし、なんて最低でしょ。

絹江おばさんへの文句ではなく、明らかにわたしに向けられた言葉だった。姉がわたしのことをそう思っていたなんて。だけど、わたしは働いていないわけではない。

今回の旅行代金も、わたしは払うと言ったのに、姉はいらないとつっぱねた。おまけに、モンベルの最新モデルの登山靴まで送ってくれた。わたしだって靴を買うお金くらいは持ってる、と強気に出ると、親の年金なんて受け取れるはずないでしょ、と溜息まじりに言われ、それ以上何も返せなくなってしまった。

確かに、父親の年金だ。それは畑仕事の賃金なのだから、後ろめたい思いをすることはない。しかし、姉から見れば、お手伝いをしたお駄賃、むしろ、無職のわたしを不憫《ふびん》に思って親がくれたお小遣い、なのかもしれない。たまに翻訳の仕事で得る数千円など、カウントすらされていないのだろう。

でも、自分だって働いていないじゃないか。医者の嫁がそんなにえらいのか。何か勘違いしているんじゃないだろうか。

勝ち組、負け組なんて言葉を安易に使いたくないけれど、自分は勝ち組という日の当たる場所にいると思っているに違いない。

そして、わたしは負け組なんかじゃない。東京の名のある外大に行ったのに、姉が出ていったあと親を放っておくことができなくて帰ってきた。ネットも発達しているし、翻訳の仕事は自宅でできると思っていたからだ。しかし、現実は厳しかった。こんな田舎にいては、大学時代のゼミの教授から、お情け程度にしか仕事をもらえない。

そのまま東京にいたら、翻訳家としてちゃんと活動できていたはずだ。

だけど、帰ってくることを選んだのは自分なのだから、畑仕事はきちんとやっている。結婚だって、まともな相手を紹介してくれるなら見合いもするし、少しくらいの妥協も覚悟している。父はひと通り家事はできるけれど、何かあれば面倒だってみなければならない。わたしが見下される理由なんてどこにもない。

だけど、わたしを見下しているのは姉だけじゃない。母の七回忌の法要が終わったあと、父が姉にこっそりと言っていた。

――父さんは自分一人くらいのことならどうにかやっていけるし、老人ホームに入ることも考えてるが、希美を養っていくのは正直きつい。あいつはこの先いったいどうするつもりなんだろう。

直接わたしに言えばいいのに、姉に相談されたのが悔しくて泣いた。家族とはいえそんなもの、わたしを理解してくれる人はこの世に誰もいないのだ。

――わたしから時期をみて話してみるよ。

姉はそう答えていた。だけどその後、それっぽい話を持ちかけられたことはない。ある日、電話がかかってきてかなり身構えて出ると、旅行に行かないかという用件だったのだから、拍子抜けした。かるく返事をしてしまったのは、これも原因かもしれない。

四合目に到着する。標高三九〇メートル、看板には「野鳥の森」と書かれている。なるほど、顔を上げて耳をすませば、背の高いエゾマツやトドマツの大木が繁る森に、鳥の鳴き声がかすかにこだましているのが聞こえる。晴れていればもっと美しい合唱が聴けたのだろう。

姉がリュックからペットボトルを取り出したので、わたしも同様に水分補給をする。

姉に指示されるまま五〇〇ミリリットルのペットボトルを四本も買ったけれど、この調子なら二本で十分なのではないか。おそらく、登山に必要な水は一日二リットルというのが常識で、姉はそれに従っているに違いない。

飲みたいときだけ飲む。それのどこが悪い。

姉はペットボトルを仕舞うと、今度は個包装されたチョコレートを取り出して、わたしにも二つくれた。アーモンドチョコはきらいじゃないけれど、せっかく水を飲んだのに、また喉がかわいてしまう。そういう順番はマニュアルにないのだろうか。

レインカバーが半分外された姉のリュックには、ロゴの部分の横に、鳥のピンバッジがついている。これのことか。

「この鳥、何？」

「カナリア」

「映画の舞台だから、なんて、父さんの決め方と一緒だね。お義兄《にい》さん的にはそういうのオツケーなの？」

「えっ、いや……。今回はわたしが決めていいって言ってくれたから」

姉にしては珍しく歯切れが悪い。

「映画って、山岳もの？」

「ううん、山には登らない」

「そうなんだ。でも、意外。お義兄さんも登山をするなんて。アウトドアが似合わないわけじゃないけど、泥くさいことはきらいそうなのに」

「まあ……。流行《はや》ってるからね」

これもまた、どうでもいいような返しだ。

「先は長いし、行こうか」

姉はリュックをカバーで覆い、背負い直した。再び、森の中を進む。が、しばらくすると笹藪《ささやぶ》に出た。ダイレクトに雨を受けながらの歩行になる。イメージとしては修行僧だ。

姉の旦那、お義兄さんをわたしはあまり好きではない。天から二物も三物も与えられているような人で、医者で、スポーツもでき、背も高く、顔もそこそこ整っている。正直、こういう人がどうして姉を選んだのかよく解らなかった。姉をひと言で表せば、まじめだけが取り柄の普通の人、だ。職場結婚ということだけど、栄養士が医者に見初《みそ》められることなどあるのだろうか。

沙紀ちゃんにそう話すと、お姉さんに嫉妬してるんでしょ、と笑われた。やめてよ、と軽く返しただけだったけれど、腹の中ではかなりムカついていた。冗談半分でもそんなふうに思われたくない。

何せ、お義兄さんは姉以上にわたしを見下しているのだから。まだ、母が生きていた頃だ。

——希美ちゃんは翻訳の収入で自立できていないのに、翻訳家と名乗るのはまだどうかと思うな。自称で満足している連中がプロになったなんて話、僕は聞いたことがないね。

そう言って、貧乏な家に生まれた俺が努力して医者になるまで、みたいな話を延々と語られるのだ。すごいわね、根性があるわ、と母は心の底から感心したように褒め称《たた》え、姉はそんな夫を尊敬のまなざしで見つめている。父は存在を消すかのように小さく背中を丸め、黙って頷《うなず》いているだけだ。

——努力すれば何でもできる。夢を叶《かな》えられないのは努力が足りないからだ。己の努力が足りないことを棚に上げて、すべて周りのせいにするような人間が多すぎる。だから日本は……。

うんざりだった。なのに、さらに追い打ちをかけられた。

——それに、希美ちゃんはもっと自分がどの程度の人間であるかを知った方がいい。結婚相手の選択権は女だけが持っている、なんて思っているうちは、周りにどんなにいい男がいても、その存在に気付かないだろうからね。

何でそんなことまで言われなければならないんだ。と、本人には直接言えず、姉にぶつけると、希美のことを心配して言ってくれてるんじゃない、と逆に怒られた。

似たもの同士じゃないか。姉がお義兄さんと結婚できたのにも十分納得できた。自分は成功者だと自信満々で、他人の心の痛みを解らない、心の貧しい人たちだ。

だけど、太陽はそんな人たちを照らし出す。


再び森の中に入り、五合目に到着した。「雷鳥の道標」とあるけれど、それらしき姿はない。巣の中から、こんな雨の日にぜいぜいと歩いているもの好きな人間を眺め、バカだなぁ、などと思っているのかもしれない。

ぬかるみに足をすべらせ、バランスを崩してしまう。この山道はわたしの人生か、それとも、姉の目に映るわたしの人生か。道がぬかるんでいるうえに、高くまっすぐ伸びていたはずの木々が、ここにきて、やたらとひん曲がって、道をふさいでいるように思える。

目につくのは不自然な形の木ばかりだ。

「木って、こんなに曲がってたっけ」

姉の背中越しに声を投げかける。

「ダケカンバ？　標高が上がるにつれて風が強くなるし、冬は重い雪に覆われてるから、こんなかたちになるんじゃない？」

姉は振り返らず、前に進みながら答えた。ダケカンバは他の山でも見たことがある。なるほど、風に吹かれ、雪に押しつぶされて大変だったんだな。木に同情してしまう。本当は、好きな方向に伸びたかったんだよね。

もしかして……。

この登山旅行はお義兄さんの代打でよばれたのではなく、初めからわたしのために計画されたんじゃないだろうか。

安定した収入を得ることができる仕事に就け、結婚しろ、そう言うだけではわたしに伝わらないと思って、何か精神的な達成感を抱かせたあとに、人生について語ろうという作戦ではないのか。

だから、姉が計画した。利尻島を選んだのは、映画に自然の中で人生を見つめ直すような場面があったからかもしれない。しかも、精神修行にぴったりで、適度に農作業をしているわたしならどうにか登れそうな日帰り可能な山がある。いきなり、最果ての島や登山を持ち出しては訝《いぶか》しむだろう。初夏の北海道だと言えば、喜んでついてくるはずだ。

そして、キャンセル料がかかる期間に入るのを待ち、詳細を携帯メールで送る。一度にこんなにも文字が送れるのかと、こちらがあきれるくらいこまごまと書いてあったのは、よほどいやではない限り、わたしがメールを返してこないと踏んでいたからに違いない。どうしてもっと早く気付かなかったのだろう。そもそも、七花が一緒に行かないと知った時点でおかしいと思わなければならなかったのだ。

——小学校の自然学校に一週間行くのよ。

なるほど、と納得してしまったけれど、一人娘の七花を溺愛している姉が子ども抜きで旅行をしたいなどと思うわけがない。あと二週間もすれば夏休みだというのに。この日を当て込んで計画を立てたのだ。

わたしをぐにゃりと曲がったダケカンバのようにするために。

しかし、ダケカンバもすでに視界にはなく、背の低い灌木《かんぼく》のトンネルが延びている。景色の移り変わりが本州の山よりも早い。山道にありがちな、頂上はすぐそこに見えているのに、ゆるやかな蛇行を繰り返しているようなコースではなく、ここは、それぞれのステージをほぼまっすぐ進んでいるように感じる。

トンネルを抜けると、視界が開けた。六合目、七六〇メートル、「第一見晴台」と書いてある。霧雨程度まで雨足は落ち着いたけれど、周囲は白いガスに包まれて何も見えない。標識がなければ、どのくらいの標高にいるのかも見当がつかないはずだ。

入山届と引き換えにホテルでもらったガイドペーパーには、ここから、北に礼文島、水平線にサハリンも望める、と書いてある。こういった、普通なら見えるはずのものが、雨のせいで見られないことを痛感したときに、自分の、そして、宮川家の運のなさを感じる。だから、わたしは家族旅行の際、なるべく下調べをしないようにしていた。

そのせいにするわけではないけれど、利尻山の標高も、登りに五時間半、下りに四時間半、計一〇時間かかることも昨日ホテルで初めて知って、一気に憂鬱《ゆううつ》になったのだ。

それでも、登りの半分は過ぎた。まだ体力は残っている。

姉はリュックを降ろし、休憩を取り始めた。先ほどと同じチョコレートを今度はすぐにくれる。わたしもスナック菓子をリュックから出し、姉に差し出した。

「へえ、これ、ピザ味なんてあったんだ。さすが、おやつ大臣」

一つ食べて、姉が笑う。家族旅行のおやつを選ぶのはわたしの役割だった。テレビは居間に一台だけ。姉妹でほぼ同じ番組を見ているというのに、姉のアンテナにはお菓子のCMはあまり引っ掛からなかったようだ。

○○のイチゴ味にしようよ。これって期間限定なんだって。そんなふうに、わたしが提案すると、よく解んないから希美が選んでいいよ、と姉は楽しい役割をすべてわたしに委《ゆだ》ねてくれたのだ。

旅先でお菓子を出すごとに、これは新発売のだよ、などとわたしがいちいち講釈をたれるものだから、家族はわたしを「おやつ大臣」と呼んだ。きっと、父や姉にとっては今でも、わたしの存在意義はその程度のものでしかないのだろう。いや、意義など何もないかもしれない。

「何にも見えないね」

おやつ大臣には触れず、辺りを見回してみた。自分たちが歩いてきた道も、これから進む道もほとんど見えない。普通の観光地なら雨が降ってもそれなりに楽しめる要素はあるけれど、山の場合、景色以外に何を目的にすればいいのかわからない。

「お義兄さんと来たら、晴れてたかもしれないよ」

「どうかな。誰と来ても、今日の天気は同じでしょ」

「ううん。お義兄さんの代わりにわたしが来ることになったから、雨になったんだよ」

「じゃあ、ラッキーだ」

「はあ？」

「学生時代の頃の体力は幻だったのかも、って思うほど、わたし、バテてるもん。利尻山って、今がベストシーズンらしいよ」

「それで？」

「なのに、前にも後ろにも誰もいないじゃない。晴れてたらきっと、何十人もの人たちが列をなしていたはず。道が狭いから簡単に追い越してもらえないし、逆に、追い越せないし、自分のペースで進めないのが一番しんどいでしょ」

「なるほどね。そういや、父さんもよく言ってたな。今日はうちの貸し切りだ、って。でも、雨に降られた負け惜しみじゃん、って心の中で突っ込んでた」

「スペースランドのジェットコースター続けて五回乗ったって、いろんな子に自慢しまくったのに？」

「雨が降ったから、とは言わずにね」

「希美らしい」

じっとしていても体が冷えていくばかりなので、姉もわたしもリュックを背負い、靴紐《くつひも》を締め直した。森林限界を超えているので、白いガス以外に視界を遮るものはない。道もごろごろとした岩が階段状になった登りやすそうなものになっている。利尻島は他の山よりも森林限界が約一〇〇〇メートルも低いらしい。晴れていたら、どんなにすがすがしい景色が広がっていたことか。

引き続き、姉、わたしの順番で歩き出す。

姉との短い思い出話の中で気付いたのは、父は昔はわりとポジティブな発言をしていたということだ。なんとなく、父は無口で、母が明るく場を盛り上げてくれる存在だと思っていたけど、そういえば、年に数回、嘘か本当か解らないようなおもしろ話をして、おなかがよじれるくらい笑わせてくれていたのは父だった。

父との会話を避けるようになったのは、三〇歳を過ぎたあたりから、日本経済から向かいの家の犬の話まで、どんな話をしていても必ず、ぼそっと、この先どうするつもりなんだ、と挟みこまれて嫌な気分になるからだった。

父が母の七回忌の際に姉に相談したのは、わたしが三五歳になったからだろう。

四〇歳になったらもっと深刻視されるはずだ。五〇歳になったら……、どうなるのだろう。今より重い空気が漂うのは簡単に予測できる。父だって、そりゃあ、施設に入ってもいいかもしれない、と思うはずだ。

しかし、老人福祉施設などそう簡単に入れるものではない。認知症の症状が出始めた沙紀ちゃんの八五歳のおじいさんですら、順番待ちをしていると言っていた。父はまだ還暦を少しすぎたばかりだ。からだは今のところどこも悪くない。たとえ、一〇年、一五年後でも公立の施設に入るのは難しいのではないか。

先月、隣町にできたマンションタイプの施設はどうだろう。海を望む丘の上にあり、外観はかなりおしゃれだ。食事も付いているし、ミニシアターやジムもあるらしい。しかし、年金で賄《まかな》える金額ではなかったはずだ。

家と畑を売れば、終身で入れないこともない。

だけど、わたしはどうなるんだろう。

翻訳の仕事が最悪ゼロになっても、家と畑さえあれば自分一人くらいどうにか養っていける。どうして、姉や父にはそれが解らないのだろう、と思っていたけれど、家と畑は自分が引き継ぐものだと、勝手に決めてはならなかったのだろうか。姉には我が家の微々たる財産など必要ないだろう、と一応、考慮したけれど、父の老後のことまでは深く考えていなかった。

いや、極論だ。姉が突っ込んできそうなことを自分で想像できたのに、うろたえてどうする。今の家で父と一緒に畑をやりながら穏やかに過ごせばいいだけではないか。

大きな確執があるわけでもなし。施設に入るなんて強がったこと言ってるけど、生まれ育った家なのだから、よほどの事情がない限り本気で出たいとは思わないはずだ。

そのうえ、お互い口には出さないけれど、近頃は趣味も合うようになってきた。恋愛ものに興味がなくなったわたしが借りてきた洋画のファンタジーもののＤＶＤを、サスペンスものに興味がなくなった父も、テレビを独占されることに文句を言わず、最後まで一緒に見ている。「ロード・オブ・ザ・リング」など、父がネットの通販で購入したほどだ。

先のことを訊かれても、のらりくらりとかわしていれば、いつかあきらめてくれるという展開もおおいに期待できそうだ。

高い木がないせいか、風を強く感じる。ガスが流れ、下の方が少し明るくなっているのではないか。

「お姉ちゃん、雨止んだ感じがしない？」

声をかけると、姉は足を止めた。空を見上げる。

「どうかな。霧雨なのか、雲の中の水蒸気なのかはっきりしないな。もし雲の中なら、頂上着く頃には晴れたりして」

「ホントに？　……いや、期待しないでおこう」

「もうすぐ『第二見晴台』だから、そこで合羽を脱ごうか」

姉は少し嬉しそうにそう言うと、前に向き直った。子どもの頃のまんまだな、なんて思われているのかもしれない。雨の中の家族旅行、少し小降りになるごとに、もうすぐ晴れるんじゃない？　とはしゃいだ声を上げ、皆の苦笑をかっていたのだから。

つづら折りの七合目を通過して、標高一一二〇メートル、「第二見晴台」に到着した。

頬に水蒸気すら感じないほど、雨はすっかり止んでいる。相変わらず、三六〇度真っ白だけど、雨が止んだというだけで、とてもすがすがしい気分だ。寒いので、防寒着として合羽を着ておくけれど、フードは折りたたんで襟の中にしまい込んだ。リュックから帽子を取り出してかぶる。

「それかわいい」

姉が帽子を指して言った。牛革を七種類の緑に染めた生地がパッチワーク状になっている登山帽だ。

「もしかして、ユヅキ?」

「えっ、なんで知ってるの?」

「『山女日記』っていう山好きの女性が集まるサイトがあるんだけど、そこで話題になってるから。手作りだから、注文しても今だと半年から一年待ちって書いてあったのに、希美が持ってるなんて、こっちがびっくりよ」

「だって、友だちだもん」

姉に柚月《ゆづき》について話す。

立花柚月は大学時代の友人だ。ちゃんと就職活動をして大手旅行代理店に入ったのに、三年後に突然、帽子デザイナーになると言って会社を辞めた。学生の頃からおしゃれな帽子はかなり持っていたけれど、専門の勉強をしたことがあるとは聞いたことがなかった。いつのまにそんな準備をしていたのかと訊ねると、これから専門学校に入るのだと、へろっとした顔で言われた。一〇年前のことだ。

頻繁に連絡を取り合うことはないけれど、年に一度、わたしの誕生日には手作りの帽子が届く。柚月らしい、そして、わたし好みのデザインで、縫製もとても丁寧にされたプロ並みの品だけれど、趣味として作っているのか、仕事として成り立っているのか、訊くのにも抵抗があった。

それがなんと、半年から一年待ちの人気商品になっているとは。プロではないか。

「山ガールが流行ってるみたいだから試しに作ってみたんだけど、なんて去年、普通に送ってくれただけなのに、報告しろっつうの」

「すごいね。希美と気が合うのも解る気がする。夢見る夢子さん、って感じで」

姉はそう言って、リュックを背負い直した。

楽しく話していたはずなのに、最後の言葉がチクリと刺さる。柚月のことを、すごい、とは言っても、やはりどこか見下しているのだ。いくら人気のある帽子を作っていても、大手旅行代理店を辞めてまでやるようなことではないと思っているに違いない。

せっかく、お姉ちゃんのも頼んであげようか、と言おうと思ったのに。

八合目に到着する。

長官山《ちょうかんやま》という利尻山に連なる山の頂で、本来、ここからは利尻山の頂が目の前にそびえるように見えるらしいけれど、変わらず白いまま。……と、頬に水滴を感じた。一粒、ふた粒、大粒、そして、一気に降ってきた。やはり、そういうものなのだ。

「帽子!」

姉が振り返る。

「早く脱いで!」

「あ……」

革だということを忘れていた。急いで脱いで、リュックに押し込む。

「この先に避難小屋があるから」

姉が雨合羽のフードをかぶりながら言った。雨は勢いを増していく。登り始めのときよりも激しいかもしれない。帽子なんて出さなければよかった。

急いだこともあり、一〇分も経たないうちに小屋に到着した。茶室のような狭い入り口をくぐって中に入ると、思いのほか広かった。一二畳くらいだろうか。はあ、と大きく息をついてリュックを降ろす。ハンガーとロープもあるので、雨合羽を上下とも脱いで掛け、薄手のダウンジャケットを羽織った。

「帽子、しみになっていない？」

姉に訊かれ、確認する。

「大丈夫」

「よかった。五万円が台なしになるかと思った」

「それ、帽子の値段？」

「そうよ。もしかして、知らなかったの？」

「うん。五〇〇〇円くらいかと思ってた」

「それは失礼よ。でも、うらやましいよね。誰かを喜ばせることができるものを、自分の手で作り出すことができるんだもん」

姉はリュックからガスストーブとコッヘルを取り出して、湯をわかし始めた。紙コップを二つ並べ、スティック状のインスタントコーヒーをいれる。

あっと言う間に温かい空気が漂ってきた。

「お姉ちゃんだって料理上手じゃん」

「つまんない味だよ。誰も喜ばない、なーんの価値もない」

謙遜というよりも、自嘲《じちょう》気味な言い方だ。せっかく褒めてあげたのに。

ほら、とコーヒーを差し出される。最初から砂糖とミルクが混ざっているタイプで、甘ったるいコーヒーの香りだけでもホッとひと息つきたくなる。一口飲むと、わたしの体はこんなに冷えていたのか、と気付かされるほど、温かさが端々までしみ込んでいった。

「おいしい。そうだ、チョコレート。懐かしいのが復刻してたんだよね」

リュックから板チョコを取り出し、半分に割って姉に渡す。姉はひと口かじって、湊《はな》をすすった。まさか、泣いてる？

「なんか、あったの？」

「……なにも。ところで、希美はこの先どうするつもりなの？」

まさかの奇襲攻撃。こちらが気遣った瞬間に、ど真ん中、ストレートを打ち込んでくるとは。弱気な言い方をしたのも、湊をすすったのも、この台詞《せりふ》を繰り出すための前ふりだったのだ。そうとなれば、こちらも戦闘態勢を取らなければならない。

「何も考えてないわけじゃない。翻訳も、このあいだ小説のコンクールに一つ応募したし、映画の字幕の勉強をしてみようかとも考えてる」

「塾の講師とか、ホテルの受付とか、そういう選択肢はないんだ」

「ない。わたしが人間嫌いなこと知ってるでしょ」

「でも、ある程度の収入は必要だよ。父さんの年金なんてお小遣い程度の金額だし」

「バカにしないで。そんなの当てにしてない。わたしだって、いざとなったらどうにかできるんだから」

「たとえば？」

「……たまねぎ畑。外に働きに出てないだけで、何もしていないって決めつけないで。たまねぎ畑、毎日手伝ってりゃ、いやでも全部覚えるでしょ。父さんが畑に出られなくなっても、わたし一人で十分できる。結婚だって、絶対にしないって決めてるわけじゃない。どうしてもってなれば、お見合いパーティーでもコンパでも行くっての。今の時代、六〇歳過ぎてから新しいこと始める人もたくさんいるのに、どうして、まだ三五のわたしが、もう後がないような言い方されなきゃいけないの」

「不安にならない？」

「どういう？」

「先が見えないことへの」

「まったく、って言ったら嘘になるかもしれないけど、ほとんどない。だいたい、想像通りになることの方が稀《まれ》でしょ。テレビと同じ景色をうちの家族が見たことないのと同じ。毎回、雨が降ったらどうしようなんて不安に駆られてちゃ、旅行なんかしたくなくなるでしょ。晴れ人生に慣れ親しんで忘れちゃった？」

「わたしは雨の予想だってしてたもの」

「傘、忘れたことないもんね。ちょっと雨が止んだくらいじゃ、レザーの帽子だってかぶらないだろうし。だけど、お姉ちゃんと比べると、わたしの人生なんてしょぼけたものかもしれないけど、わたしはわたしなりになんとかなってるじゃん。わたし、毎日楽しんでるよ」

「そっか……。楽しい、か。それならもっと、肩の力抜かなきゃ」

「どういう意味よ。いつもわたしをふ抜け扱いしてるのに、力抜け、なんて」

「ふ抜け？　あんたが自分で思い込んでるだけじゃないの？　わたしは今日、少なくとも今ここにおいては、まったく非難した覚えはない。なのに、あんたはムキになって言い訳ばっかりしてる」

「してない。お姉ちゃんはねえ、自覚してなくても、いつも人を見下したような言い方になってるの」

「なってない！」

怒鳴り返された。思い当たることがある証拠だ。

「妄想癖が強いバカ女扱いされてるついでに言うけど、この登山だって、わたしを自立させるためにわざと仕組んだんじゃないの？」

ついに言ってやった。コーヒーを飲み干す。冷めてるどころか、冷えている。だけど、頬は熱い。なぜか、心臓までドキドキ鳴っている。

「……全然、違う」

「だって、お姉ちゃんが自分で旅行先選んだり、七花抜きでなんて、あり得ないでしょう」

「そうだね。旦那が行けなくなった、ってのは嘘。最初から希美を誘うつもりだった。でも、目的は違う」

「じゃあ、何？」

「わたしが登山をしたかったから。だけど、ブランクあるのに一人で登るのは不安で」

「はあ？　それだけの理由？　しかもどうして、わたしなの」

「ラクだから。一人でしっかりと考えたいことがあって、山しかないと思ったの。だけど、昔の山仲間を誘っても、気を遣うだけじゃない。基本、わたしも人嫌いなのよ。あんたみたいに宣言できたらマシなんだろうけど、わたしは自分がそういう人間だって認めるのが嫌で、愛想よくふるまいながらごまかしごまかしやってきた。でも、そんな調子で山を登るなら意味がない」

「で、わたし、か。体力温存させるためだと思ってたけど、登ってるあいだ黙りこくってたのは、そういうことだったんだ。……でも」

「うん？」

「雨が降っても、よかったの？」

「雨が降っても、希美とがよかったの」

返す言葉が見つからない。

一メートル四方もない小さな戸口から外を見ると、雨は止んでいた。

今がチャンスとばかりに出発の準備をする。雨が止んでいるのを確認したのに、二人同時に雨合羽を着始めて、一緒に笑った。

尾根沿いの細い道を一列で歩き出す。ちらほらと高山植物の花が目に留まるようになった。姉の考え事の邪魔をしてはいけないと思いながらも、どうしても一つだけ気になり、訊ねてみることにした。

「ねえ、何を考えてるの？」

背中越しに声をかけると、姉は足を止めて振り返った。五秒ほど黙り込まれ、別にいいよ、と言おうとしたときだ。

「旦那に離婚してくれって言われたの」

姉はそう言うとすっと前を向き、再び歩き出した。あまりにも唐突に、さらりと言われたせいで、言葉の意味を理解するのに時間がかかった。かなり遅れて、えーっ、と声が出かけたのを喉元で押し留《とど》める。

離婚。姉が離婚。おそらく、姉の正しい人生に離婚という言葉などあってはならないはずなのに。だからこそ、考える時間が必要だったのだろう。

何が原因なのか。姉に非があるのか。お義兄さんに非があるのか。七花はどうするのか。訊きたいことは次から次へと頭の中に溢《あふ》れてくるけれど、姉から口を開かない限り、こちらは何も言えない。姉が登山のお伴《とも》にわたしを選んだ意味がない。

――雨が降っても、希美とがよかったの。


離婚の原因を我がことのようにもんもんと考えているうちに、開けた場所に出た。九合目の看板が立ち、「賽《さい》の河原」とある。それより気になるのが、下に書かれてある文言だ。思わず、二度見してしまったほどだ。

ここからが正念場。

目の前には、赤茶けた火山礫《かざんれき》が垂直にそそり立っているように見える急な登り道がある。しかも、かなりきつい向かい風だ。雨が止んでいなければ、ここで引き返そうと提案したかもしれない。

「正念場って聞きなれない言葉じゃないけど、実際に書かれると、けっこうガツンとくるよね」

「どんなコースなんだろう。でも、鎖場《くさりば》じゃないはずだから、大丈夫。正念場ねえ……。今回、この山を選んだのは正解だったかもしれない」

正念場、イコール、離婚、という意味に違いない。わたしにとっては何だろう。

「行こっか」

姉が一歩を踏み出した。地盤がもろく、特別に体重をかけたわけでもないのに、踏み込むごとに、小石が転がり落ちる。風のせいなのか、雨のせいなのか、はたまた雪のせいなのか、両側に土の壁が立っているような細い道は、平らだった地面がえぐれてこうなったのではないだろうか。

足元が崩れていく感覚。まさに、正念場。姉は何を感じているのだろう。

だけど、この道、両脇に目をやれば至るところに溢れんばかりの花が咲いている。振り向くと、強い風が白いガスを吹き飛ばし、かなり下の方の斜面まで見下ろせるようになっている。緑地に白い花の絨毯《じゅうたん》。その向こうは黄色い花の絨毯。

白とピンクが混ざった猫じゃらしのような花もかわいらしい。深い紫色の花も上品でいい。水滴を装いきらきらと輝いている花もある。

利尻山は花の百名山の一つだと姉が言っていたのを思い出す。しかし、姉の目にこの花たちは映っているのだろうか。お義兄さんとのことを考えているせいで、これらが見えないでいるとしたら、もったいない。いや、バカバカしい。

「お姉ちゃん！」

風にかき消されないように声を張り上げる。姉が振り向いた。

「花、見えてないでしょ」

「え、あ……」

「お姉ちゃんの目的は考え事をするためかもしれないけど、山はそのためにあるんじゃない。利尻山でしか見られない花があるんじゃないの？　しかも、今の時期だけ。それを楽しまなきゃ損だと思わない？　せっかく、わたしたちだけの貸し切り状態なのに」

姉ははっとしたように足元に視線をやり、今度は顔を上げて遠くまで見渡した。

「向こうの黄色いのがボタンキンバイ。手前の白いのはエゾノハクサンイチゲ。この紫色がイワギキョウ。猫のしっぽはイブキトラノオ。ミヤマアズマギクもきれいね。……調べ物はわたしの役割って思ってるんでしょ」

「そうよ。なんかスペシャルネタを教えてよ」

「利尻山でしか見られない花、リシリヒナゲシはこのルート上に一株しかないんだって。もし、咲いてるのを見つけたら、まさにあの歌の通り」

あの歌？　オンリーワンだかナンバーワンだかの、アレだ。

「おおっ！　でも、お姉ちゃん、あの歌嫌いでしょ」

「でも、そういう花は見たい。ていうか、多分通り過ぎてる」

「はあ？　ダメじゃん」

「帰りに見つければいい」

姉は澄まし顔でそう言うと、嫌いな歌を声を張り上げて歌い始めた。貸し切り状態なのをいいことに、わたしも一緒になって歌う。歌いながら歩く。

おかげで疲れた。何せ、正念場なのだから。足を止めて、大きく息をつく。と、前方から人の気配を感じた。一緒の車でやってきた老夫婦だ。

「元気のいい歌声が聞こえてきたが、頂上に着くともっと歌いたくなるんじゃないかな」

おじさんが笑いながら言った。姉が、はあ、と恥ずかしそうにうつむき、わたしも頭をかく。視界に人がいなければ貸し切りと思い込んでしまうわたしたち姉妹が、これまでに何度もおかしてきた失敗だ。

「本当に今日登る選択をしたわたしたちは運がいいわ。あと少しで頂上だからがんばってね」

おばさんからも励ましの言葉をかけられ、わたしたちはお礼を言ってから先に進んだ。ああいう人たちを見ると、夫婦っていいな、結婚もいいかもしれない、と感じる。姉は何を思っただろう。夫婦とはあんなふうにあらねばならない、などと思っていなければいいけれど。

しかし、姉に声をかけることはできない。それほどの体力が残っていないからだ。花も贅《ぜい》沢《たく》にありすぎて、もうおなかいっぱいだ。足を前に出す。ただひたすら歩く。だけど、頂上はまだ見えない。まったく、ゴールしたあとの人が言う、あともう少し、ほどあてにならないものはない。

それでも歩き続けるのは、ゴールが存在することを知っているからだ。わたしのゴールとは何だろう。父や姉がわたしに言っているのは、正念場やゴールが何であるのかを考えろ、ということなのかもしれない。

祠《ほこら》が見えた。

「お姉ちゃん！」

「うん」

俄《が》然《ぜん》やる気がわいてきて、姉と二人、駆け出してしまいそうな勢いで祠に向かった。頂を彩るように咲く天然の花の庭は、どんなに作り込まれた庭園もかなわないくらいに美しい。目をこらせば青空が見えそうな薄い雲の隙間《すきま》から光が降り注ぎ、眼下に広がる雲海を照らしている。

「あっ……」

声を上げると、姉も気付いたようだ。

「あのさ、詳しい事情はよく解んないけど、七花をうちに連れて帰ってくるのもいいんじゃない？　みんなで楽しく暮らそうよ」

「最悪でも、そういう選択肢があることを頭に入れとく」

「酷《ひど》いな。縁起の悪い雨降り一家かもしれないけど、それほど悪いようにはならないと思うよ。わたしたちほど虹を見ている家族もそうそうないはずだから」

「晴れた日は誰と一緒でも楽しいんだよね。でも……」

言葉を継ぐ必要はない。

雨が降っても一緒にいたいと思える人であることを、誇りに思う。

白馬岳

「まさに、奇跡！」

両手を広げて空を仰ぎながら、妹が声を張り上げた。深い山間《やまあい》にひっそりとたたずむ白馬《はくば》尻《じり》小屋。その一帯を包み込む、しんと澄んだ空気の膜を震わせるような大声だ。午前五時からの朝食のために、寝室棟から食堂前に集まっている登山者たちの中には、眠そうに目をこすっている人もちらほら見えるというのに。

「朝っぱらから大声出さないでよ。迷惑でしょ」

声をひそめて窘《たしな》めた。

「山の朝五時は地上の八時と同じだって、昨日の夜、お姉ちゃんが言ったんじゃない。ねえ、なっちゃん」

妹が私の隣に立つ七花《ななか》に同意を求める。小学生を取り込もうとするとは、情けない。妹は昔からこういう性格だ。三五歳になっても独身なうえに、趣味程度の仕事をしながら年金暮らしの父親に養ってもらっているのだから、気持ちは子どものままなのだろう。とかく、誰かを味方につけたがる。「ねえ、お姉ちゃん」が「ねえ、なっちゃん」に変わっただけだ。

しかし、私は妹に加勢してやったことがあるだろうか。

「のんちゃんの声は何時《いつ》でもうるさいよ」

フリースのポケットに両手を突っ込んだまま、七花が返す。八月の第一週、山の朝は背中を丸めてしまうほど肌寒いが、食堂はまだ開いていない。

「それを言うなら、なっちゃんの声もでしょ。のんちゃん、起きて！　って。あれは迷惑じゃないの？」

「だって、朝ごはんの時間に遅れたら困るもん。それに、ほとんどの人がもっと早くから起きてたし、七花が声をかけたのは、のんちゃんのケータイアラームが鳴り終わってからだったんだからね」

私もこんなふうだった。大声は近所迷惑、五分前厳守、宿題と時間割を済ませてから遊びにいく。当たり前の行為を、妹ができないことの方が不思議だった。味方になってくれない姉に、妹が反論することはない。頬をぷくっと膨らませて、おもしろくなさそうにそっぽを向くだけだったが……。

妹は私と七花を交互に見て、ニッと笑った。

「それはどうも失礼しました。ホント、親子そっくりなんだから。でも、なっちゃん。あんたはママより運がいい」

変わらず大きな声だったが、これでもいいのかもしれない、とも思えてくる。私たちが立っているのは広大な北アルプスの一点で、小さな点から発せられる音など、太陽の光が朝靄《あさもや》と一緒に消し去ってくれるのではないか、と。

「のんちゃん、昨日も同じこと言ってたよね。なんで？」

妹は白馬駅へと向かう特急列車の中でも、窓越しに空を見上げては、奇跡の予感、と口にしていたし、猿倉《さるくら》の登山口から白馬尻小屋までの一時間を歩くあいだにも、奇跡が起きたんじゃない？　と連呼していた。曇り空が広がっていただけなのに。それでも、夜が明ければいつもの空が待っているのでは、と心のどこかで思っていたはずだ。

私自身、夜中、薄っぺらい布団の上で寝がえりをうつごとに、耳を外へと集中させていた。葉擦《はず》れの音が何度、雨音に聞こえたことか。

七花が妹と私を交互に見上げる。広い額は私似だ。しかし、私にはないパワーを持っている。

「いいお天気だからよ」

張り上げるほどではないが、冷たい空気を腹まで吸い込んで声を出してみると、想像以上に気持ちいい。

「そんなことで？　意味、わかんない」

七花が頬を膨らませる。こういう表情は妹に似ていないこともない。雨降り一家の姉妹が二人揃って、旅先で晴れた空を見上げることができたのは、三十数年間の中で初めてなのだ。青天を、そんなこと、と言える七花のおかげだと思っても、親バカすぎではないはずだ。

膨れたままの七花の頬を両方の人差し指で軽く押す。プハッと七花が息を吐くと同時に、食堂のドアが開けられた。

おかわり自由のごはんと味噌汁《みそしる》、おかずは焼き魚と筑前煮。普通の旅館と変わらない、バランスのとれた献立だ。

「もっときれいにお魚食べたら？」

箸《はし》を置いた妹に七花が言った。日直か、とつっ込まれる七花の皿はきれいに片づいていた。毎日一緒に食事をとっているのに、外出先で大人用のメニューを全部食べきる姿を見ると、大きくなったのだな、という思いが込み上げてくる。

食堂の隅にある売店でピンバッジを買って、寝室棟に戻った。山と雪渓の模様に「白馬尻小屋」と文字の入った、この山小屋オリジナルのものだ。いいなあ、と眺める七花のリュックにつけてやる。

「初めての山小屋記念に」

「やったあ。頂上の小屋でも買ってね。七花これから、バッジ、集めていこう」

七花は嬉しそうに荷造りを始めた。板の間に広げた荷物の中から、雨合羽を一番に取って
リュックの底に押し込んでいる。上下セットで一万円以上する性能の良いものを購入した。

まったく使用しないままサイズが合わなくなるのはもったいないが、そうなってくれること
が一番望ましい。

「のんちゃん、カッパ、忘れてるよ」

「わたしは最後に入れることにしているの」

何よりも、七花が山を楽しんでくれることが一番嬉しい。


午前六時半。食堂の前で柔軟体操をしてからリュックを背負う。

「じゃあ、出発しようか。目指せ、はくば岳《だけ》」

妹が拳《こぶし》を突き上げた。

「しろうま岳、だって」

七花が訂正して、歩き始めた。妹、七花、私の順番だ。ペースメーカーとして、このコー
スは二度目の私が先頭の方がいいのかもしれないが、七花の姿が視界に入らないのは不安だ。

妹は七花を意識している様子はなく、自分のペースで歩いている。七花はその後ろをぴったりとついていっている。三人の中で一番体力があるのは、週に五日、水泳教室に通っている七花かもしれない。

私は今年二度目の登山とはいえ、その前に一五年のブランクがある。一日中ゴロ寝をしながら過ごしているわけではないが、運動らしいことを何もしていない。登山を決めた後、朝晩一時間ずつのウォーキングを始めたくらいだ。

二月前《ふたつき》、夫から離婚話を切り出され、冷静に自分と対峙《たいじ》したいと思った。私にとってそれができる場所は山だ。しかし、そんな深刻な目的で登山を始めたわけではない。

田舎を出て大阪の女子大に進学すると、寮の友人からカリキュラムを組み立てるのと同様に、他大学のサークル活動の見学に誘われた。テニスサークルとイベントサークル、合わせて五つくらいを訪ねてみたが、何か違うと感じるばかりだった。

ここが合わない、と明確には表現できないが、どことなく居心地が悪くて早く帰りたいと思ってしまうのだ。地方から出てきた田舎者だからだろうか、と単純に考えてみたが、さらに田舎に住んでいたと思われる子でも楽しそうにしていたので、一概にそうとも決めつけられない。

A型だからだろうか、とバカなことも思いついたが、それこそ、サークル活動をしている

A型の子などいくらでもいるだろうと、頭の中でかき消した。興味のない血液型がそのときすぐに浮かんできたのは、寮で新入生のプロフィールシートを書いたばかりだったからだ。寮内に掲示されるということで、他にも、誕生日や出身地、趣味などを記入した。趣味は旅行と書いてみた。

それが、結果として山に結びつけたことになる。

同じ寮の同級生、内藤美紗子《みさこ》から山岳サークルに入らないかと誘われたのだ。美紗子の兄が通う大学のサークルで、うちの学生は誰もいないらしいから一人じゃ不安で、ということだったが、学部も部屋の階も違うほとんど接点のない私に、なぜ美紗子が声をかけてきたのかわからなかった。答えを訊《き》いても、腑《ふ》に落ちるものではない。

——おうし座のA型だから。

占いでは「努力」という言葉をよく目にする組み合わせだが、まさかそれだけの理由で声をかけてくるとは。なのに、見学だけなら、と行ってみると、他のサークルよりはなじめそうな予感がした。中学、高校と吹奏楽部だったため、体力的な不安はあったが、新入生歓迎登山では、息が上がることもなく、先輩たちに驚かれたほど余裕だった。たまねぎ農家の子であることが功を奏したのかもしれないが、それは黙っておいた。

小学生の頃から、畑仕事の手伝いをしているところを同級生に見られては、何度もバカにされていたからだ。倍にして罵《のの》り返してやっても腹の虫は治まらず、悔しさに布団の中で歯をくいしばる夜が重なるうちに、性質《たち》の悪い癖が身についた。

七花は足取り軽く歩いている。

たとえ、実家に身を寄せることになっても、畑仕事の手伝いはさせたくない。

石を積み重ねて作られたケルンの前で妹が足を止めた。白馬山国有林、と書いてある。

「わあ、雪だ」

七花が歓声を上げた。大雪渓が山頂に向かい延びている。

「アイゼンをつけよう」

手近な岩に七花を座らせ、靴にアイゼンを装着してやる。白馬駅の登山案内所でレンタルしたものだ。

「この雪の上を歩くんだよね。すごいなあ。夏なのに」

臆する様子のない七花が頼もしい。妹と私もアイゼンを装着し、先ほどと同じ順番で一列になり、雪の上に踏み込んで行った。

「おー、すごい」

七花が一歩足を出すごとに声を上げている。白馬岳にして正解だ。

「雪もすごいし、アイゼンもすごい」

妹も七花に引けをとらないはしゃぎっぷりだ。この三人での旅行が初めてだと思えないほど、前を行く二人の姿は私の目にしっくりとなじんで映る。

離婚話について冷静に考えるため、登山をしようと決めたものの、長いブランクが二の足を踏ませた。一人で行くのは不安だが、気を遣う相手では、じっくり考える余裕がなくなる。気を遣わなくてもよい相手、そして、誘いやすい相手といえば、妹しか思い浮かばなかった。学生時代の山岳サークル仲間はほとんど結婚しているし、独身の美紗子はからだを壊して入院するほどに仕事が忙しい。しかし、姉の誘いなら何でも喜んでついてくるほど、私たちは仲良し姉妹というわけではない。いきなり、一緒に登山をしよう、などと切り出しては、怠け者の妹のことだから即答で断るだろうと、北海道、利尻島《りしりとう》と内容を小出しにしながら持ちかけ、利尻山への登山を決行した。天気は案の定、雨だった。

最初は不機嫌そうについてきていた妹も、雨の止《や》んだ頂上では晴れ晴れとした表情を浮かべていた。山頂で虹を眼下に眺めながら一番に頭の中に浮かんできたのは、離婚についての答えではなかった。

七花にもこの景色を見せてやりたかった。

山だけではない。ガラス小鉢いっぱいに入ったウニも、七花がいれば喜んで食べていたに違いない、と熱々のごはんにたっぷりのせたウニを口いっぱいに頬張る姿を想像したし、海が見える露天風呂につかりながら、七花なら泳ぐかもしれないな、と広い湯船を見渡しもした。何の不満もない旅だったはずなのに、少しずつ小さな穴から楽しい気分がこぼれ落ち、寂しさが広がっていくようだった。

七花への思いをそのまま夫にスライドさせて、別れたあとのことを考えた。独身の頃に戻るのではない。寂しさを埋めるために、いくらおいしいものを食べたり、登山や旅行に出かけたり、おもしろい映画や本に出会ったりしても、満足する気持ちと比例するように、それを共有する相手がもういない現実を強く叩《たた》きつけられることになる。

離婚とはそういうことなのだ。

息苦しさに、足が止まる。アイゼンを装着しているとはいえ、雪を踏みしめながらの一歩が重い。無意識のうちに下ばかり向いていたことに気付く。七花は大丈夫だろうか。

顔を上げると、七花の背が思いがけず遠かった。五メートルくらい先だろうか。妹と七花の距離は一メートルとあいていない。

「のんちゃん、結婚しないの？　七花、いとこが欲しいんだけど」

「うっさいなあ。なっちゃんが福山雅治よりかっこいい人を連れてきてくれたら、考えてあげてもいいけど」

「そんな人がのんちゃんと結婚してくれるはずないじゃん。理想、高すぎ。だから、ダメなんだよ」

二人とも軽口を叩きながら歩けるほど、余裕があるようだ。辛いと感じるのは私だけなのか。少しペースを落としてほしいが、そうすると七花に負担がかかる。ハイペースを維持することよりも、他人のペースに合わせる方が体力も気力も消耗は大きい。そんなことを七花に強《し》いるわけにはいかない。

自分ではなく、七花にとってのベストを選ぶことが親としての役割だ。

夫はその役割を放棄しようとしている。

離婚話はまさに青天の霹靂《へきれき》だった。

県立病院の整形外科に勤務する夫は午後八時に帰宅後、食事をとり、風呂に入ったあと、居間のテレビに海外ドラマのDVDをセットした。そして、ウイスキーの水割りを自分で作り、晩酌を始める。いつもと同じ流れだった。その後は、水割りを三杯飲みながらドラマを二話分見て寝室へ向かうはずなのだが、その日は水割りを一杯飲み終えたところで、コーヒーを淹《い》れてほしいと台所の片づけをしていた私のところに言いにきた。

せっかくなのでと二人分淹れて、ソファの定番席である夫の斜め向かいに座った。

——どこか具合でも悪いの？

――いや、これからする話を酔った勢いでしたと思われたくないんだ。

夫はそう言ってテレビを消すと、私に向き直った。

――離婚してほしい。

何の心の準備もなく聞かされた言葉を、頭の中で三回反芻《はんすう》したあとで出てきたのは、何で、の一言だ。

――自由になりたいんだ。

意味がわからなかった。結婚して一五年、夫に干渉した憶《おぼ》えは一度もない。お小遣い制でもないし、帰宅時間が早くなろうが、遅くなろうが、文句を言ったこともない。食事は毎食、栄養バランスのとれたメニューを並べている。たまに、食欲がないと言われたときは、嫌な顔をせずに、お茶漬けやうどんなどを手早く用意した。栄養士の資格を持つ私の得意分野だ。しかし、掃除や洗濯といった家事全般もきちんとこなせていたはずだ。

子育てにしても、七花から聞いたことや、水泳教室での成果を報告することはあっても、PTA活動などのやっかいごとを頼むどころか、愚痴をこぼしたこともない。何か相談することがあるとしたら、医者なのだから体調についてなのだが、私も七花もここ数年、まともに風邪《かぜ》すらひいたこともない。

完璧な専業主婦だった。

胸を張ってそう言えるが、一つだけ私に対する不満を思い当たるとしたら、二年前に寝室を別々にしたことか。私はストレスがたまると睡眠中に歯ぎしりをしてしまうらしい。らしい、というのは自覚していないからだ。

小学生の頃、同じ部屋で寝る妹が、お姉ちゃんがひと晩中ぎりぎりがりがりと口をならしていたから寝られなかった、と怒るのを聞いて、自分がそういうことをしていたのを初めて知った。毎日ではない。妹が愚痴を言うのは、たいがい、学校で嫌なことがあった日の翌朝だった。

元々イライラしているところに、妹がさも被害者のように朝から文句を言うものだから、うるさい！　と一喝したり、ポカンと手が出ることもあり、妹にとってはふんだりけったりだったに違いない。

姉妹ならそれでも許されるのだろうが、あかの他人に迷惑をかけることはできない。

歯科医院でかみ合わせの調整をしてもらったり、マウスピースを作ってもらったりして、修学旅行や部活の合宿、友人同士での旅行や登山の山小屋泊はそれでどうにかしのげるようになった。しかし、マウスピースをはめるのは口に異物を挿入するのと同じで、熟睡できないなど別のストレスがかかり、毎日使用するのは難しい。

だから、結婚は無理だろうと早々にあきらめていた。大袈裟《おおげさ》な考え方だとは思わない。睡眠は毎日の営みなのだから。自立に役立つ資格を取って、就職して、誰に気兼ねすることなく一人でゆっくり眠れるようになろう、と人生設計を立てていた。

それなのに、大学を卒業した翌年に結婚してしまった。

栄養士として勤務していた県立病院の近くにある、かつ丼が安くておいしいと評判の食堂で夫と相席になったのがきっかけだ。あとから来て、先に食べ終わった彼が、食事をゆっくりとる邪魔をしてしまったお詫《わ》びに、と私の伝票を取り上げようとする手をつい払ってしまい、気まずくなったのをフォローするために、お茶に誘ったのだ。ほぼ毎日通っていた穴場的喫茶店に案内し、それからちょくちょくそこで待ち合わせをしては、映画や食事に出かけるようになった。

医学部を出ているのだから金持ちのおぼっちゃんかと思っていたら、父親は小さな会社のサラリーマンだと、付き合い出してから早い段階で言われた。奨学金をもらったりアルバイトをしたり、努力と苦労を重ねてここまできた、と語る姿を素敵だと感じた。

それでも、結婚を考えることはなかった。二〇代前半だった私は、歯ぎしりを知られるのが恋の終わりだと真剣に思い悩み、ひと晩中泣いて、目を腫《は》らして出勤することもあったくらいだ。

そんな中での、旅行に行こう、は決別宣言以外の何物でもなかった。突然泣き出した私を夫はあとになって、何かに取りつかれたんじゃないかと思った、と語った。そのくらいの号泣だった。

——俺は寝つきはいいし、一度寝たらちょっとやそっとの音じゃ起きないから、気にしなくていいよ。

笑い飛ばすようにそう言われたことにすっかり心が満たされ、夫の隣では落ち着いて眠ることができた。好きだ、愛してる、などと言うような人ではない。私もそういう言葉を口に出すのは苦手だ。いったい世の中の夫婦はどのタイミングでこんな言葉が必要なのだろう。そんな言葉などなくとも、夫となら心を通じ合わすことができると信じ、設計図を変更することにした。

職場が同じだったため、結婚が決まると必然的に私が仕事を辞めた。子どもが生まれるまでは仕事をした方がいいのではないかと相談してみたが、その必要はない、と断言された。家族を養うのは俺の役割だ、と。その言葉に感動し、私は夫が毎日快適に過ごせるように、家事と子育てを完璧にこなす主婦になろうと心に誓ったのだ。

そして二年前、ＰＴＡの役員になったのを機に、夫と寝室を別にした。一人でゆっくり寝たいの、そう言って。

なのに、夫は自由になりたいと言い出した。彼の言う自由とは、家族を養わなければならないという義務からの解放、らしい。車やゴルフセットなど、何か欲しいものを我慢していたのなら、七花も留守番のできる年齢になったのだから働きに出る、と提案してみたが、金のことではない、と一蹴された。むしろそういうふうに解釈されることが精神的な負担になるのだ、とも。

もしや、他に女がいるのではないかとも考えた。しかし、それも違うと言う。疑うなら調べてみればいい、と携帯電話を差し出されたが、操作をする気にはなれなかった。途方に暮れながらも、これだけは訊いておかねばならないと気持ちを奮い立たせて、夫に向き合った。

——七花はどうするの。

——できればきみに引き取ってもらいたい。俺の人生に、きみと七花は必要ないんだ。これからだの中心をピンと貫いていた太い糸が、プツリと切れたような感覚に捉《とら》われた。これ以上話すことは何もない。あとは自分で決断するだけ……。

そういえば、離婚宣言を受けた際、私は一滴も涙をこぼしていない。

もうダメだ。アイゼンを装着した靴を鉄の塊《かたまり》のように重く感じる。今度こそ休憩を取ろうと足を止め、視線を上げた。七花との距離は五メートルくらいを保ったままだ。私のペースは完全に落ちている。妹と七花も疲れてきたのだろうか。

「ルミノール反応」

「何それ」

「過酸化水素水を服とかにつけたときに、青白く光る反応のこと。血がついていたって証拠になるから、殺人事件が起きたときなんかに、よく使われてるんじゃないかな」

「へえ、のんちゃんって頭いいじゃん」

「つたく、英単語だっていっぱい知ってるんだからね。る攻撃をしてきても無駄だよ」

「そうなんだ。じゃあ、ウール」

「また……。る、る、る……」

二人でしりとりをしているのか。白い雪に反射するように七花の笑い声が響く。もしかして妹は、私がペースダウンしたことに気付いて、黙って合わせてくれているのではないだろうか。

後方から、おばさんの五人組が一列で上がってきた。お先にどうぞ、と道をゆずる。皆、五、六〇代に見えるが、足取りは一歩ずつ力強く安定している。

「こんにちは。子ども連れなので、どうぞお先に」

追い越していく集団に、妹がそう声をかけた。こんにちは、と七花も続く。しかし、足が止まることはない。ほそい登山道とは違い、雪渓は歩くルートがだいたい定まっているものの、足を止めて端に寄り、道をあける必要はない。

最後尾のおばさんが七花に、がんばってね、と声をかけた。

七花は、はい、と返事をしたものの、足取りは飛び跳ねるように軽い。子ども連れだからこのペースなのではない。そんなこと、妹も、そして、七花も理解しているのだ。そうでなければ、おばさんへの妹の言葉に、七花は絶対に反論するはずだ。

――ママ、七花のために甘口にしてるんだったら、今度から中辛にして。

カレーひとつとっても、きちんと自己主張する七花は、子どもだから、とこちらが気を遣うことを嫌う。小学五年生という年齢故か、七花の性格故か。

足を止めさせるのは申し訳ないが、ちょっと休まない？　と軽く声をかければいいだけだ。水分補給もした方がいい。……が、左斜め前方の雪の中に立つ看板が目に留まった。

『落石の危険があるため、雪の上では休憩をしないでください』

どうりで誰も休んでいないはずだ。妹も七花も看板に気付いているのだろう。

無駄に叱られたようで心が折れそうな気分だが、ここはもう歩くしかない。約二時間半、雪の上をまっすぐただひたすら登り続けるコースを選んだのは、私なのだから。

七花を山に連れていきたい。そうは思っても、簡単なことではない。七花には登山の経験がないのだから、山選びは重要だ。しかし、ピクニック程度のもので終わらせたくない。初めての山で、今後も登山を続けるかどうかが決まるのではないかと思う。

七花が行ってよかったと満足感を得られる山を選ばなければ。とはいえ、何を基準にすればいいのだろう。登山を楽しむことができるよう、見どころが多く、かつ整備されている山がいいのか。だとすれば、百名山の一つがいい。全部制覇してみたい、と思ってくれれば先へと繋《つな》がる。

小学五年生が初登山できる百名山。そして、私が登ったことのある百名山。七花を連れていくのに、初めてのところはやはり不安が伴う。迷ったときには「山女日記」というウェブサイトだ。結婚して山から離れたからこそ山の情報が恋しくなるのか、居間の片隅に置いてあるパソコンで週に一度はチェックをしている。

そこで、子どもが山デビューをしたという体験談を見つけた。小学三年生の女の子を連れて白馬岳に行ってきたとあった。コース上に難所がなく、雪渓、お花畑と見どころが多いので、子どもは大満足な様子であった、と。

七花よりも二つ年下の子が行けたのだ。その子は体操教室に通っているらしいが、七花も水泳教室で鍛えている。白馬岳なら大学生のときに合宿で登ったことがあった。しんどかったという記憶はまったく残っていない。七花でもきっと大丈夫だろう。そうやって行き先を決め、七花に、夏休みに山に登らない？　と訊《たず》ねると、雪や花畑を持ち出す前から、行きたい！　とはりきって答えた。

そして、もう一人。自分も行きたいとはりきって言ってきたのが、妹だ。思いのほか利尻山が楽しかったからまた行きたくなった、と言うので、旅費を自分で出すなら、と条件をつけて許可したが……。妹なりに思うところがあってのことだろう。

一緒に来てくれて本当によかった。

七花と私の二人、無言で雪渓を歩く姿を思い描くと、なんだか「砂の器」のようで、せつなくなる。それでも、完全に夫との決別を受け入れ、二人でこれから生きていくことを決意するための登山なら、私はもう何も悩むことはなかったはずだ。


利尻山から帰ったあと、現実的な話として、夫に七花の養育費はいくら支払うつもりなのかと訊ねてみた。

――そうか、そういうのもあったんだよな。結局、俺は完全な自由にはなりきれないということか。解放される方法は一つだけ……。

腹が立つのを通り越し、この人は大丈夫だろうか、と心配になった。妹が言う通りなのかもしれない、と。

利尻山から下山した夜、ホテルの部屋で打ち上げを兼ねて飲んでいる途中で、妹は離婚の

う。
私に気を遣ってくれていたのだろうし、また、それどころではないほど疲れてもいたのだろ
原因を訊ねてきた。山にいるときから気にしている様子はあったが、考え事をしたいと言う

農作業で体力は養われているとはいえ、たまねぎ畑は平地だ。ほぼ直進での一五〇〇メー
トルの下りは、かなり膝にこたえたようだ。登山口まで迎えにきてくれたホテルの車の運転
手に、湿布薬を買うためにドラッグストアに寄ってほしいと頼み、同乗していた高齢の夫婦
から膝痛《ひざつう》の対策法を真剣に訊いていたほどだ。
しかし、風呂に入り、湿布薬も効き始めた辺りから饒舌《じょうぜつ》になってきた。アルコール効果プ
ラス、妹なりの登山を終えた達成感も作用したのかもしれない。
――お義兄《にい》さん、他に女ができちゃったの？
いきなりど真ん中に投げ込んできた。昔からそういうところがある。あのおじさん、どう
して腕にトラの模様があるの？　とどこかの行楽地で口にしたときには、家族全員で傘で顔
を隠し、そろそろと逃げ出した。
ちゃんと頭の中で考えてから口に出しなさいよ、と何度か窘めたことがある。が、もしか
すると、考えに考えて発した言葉なのかもしれない、と最近になって気が付いた。だとすれ
ば、相当不器用で、大勢の中で生きていくのはしんどいだろうなとも思うが、甘やかしては

いけない。

　どこまで話すべきかと悩んだが、新旧とわず家族の問題を相談できるのは、家族しかいない。母親亡き今は、妹に話してみるのもいいかもしれない、と離婚を切り出された日のやりとりや我が家の生活の様子を隠すことなく打ち明けた。

――鬱病《うつびょう》じゃないの？

　簡単なクイズに答えるようにさらっと妹の口から出た言葉を受け止めかねた。黙ったままの私に妹はこう続けた。

――ありがちなパターンじゃない。貧乏な家に生まれた俺が医者になるまで、努力に努力を重ねて、血を吐くような思いでがんばってきたんでしょ。それで医者になれたんだから、派手な女と遊びまくったらいいのに、お姉ちゃんみたいな地味な堅物と結婚して、夏休みにはハワイ行ったり、バレエやミュージカルを見に行ったり、貧乏人が思い描くハイソな家庭を無理して作ろうとして。気付いたんじゃない？

――何を？

――俺、がんばりすぎじゃね？　って。何やってんだろ、バカみてえ、って思った瞬間に張り詰めてた糸がプチーンって切れたんだよ。

　そういうことはあるのかもしれない、と頷《うなず》きかけた。ただ……。

――まあ、さ。人間の器が小さいのに、見合ってない量を入れようとしちゃったんだよね。

――それ以上は！

思わず声を張り上げてしまった。

――へっ？

――あんたが翻訳家として食べていけるようになったら聞かせてもらう。

妹は、なっ、と口を開けたまま私から目を逸《そ》らし、グラスに残っていたビールを飲み干した。

――まあ、お義兄さんのことはよくわかんないし、カウンセリングを勧めてみるのもいいんじゃないの？

ふて寝をされたら気まずいなと、声を上げたことを後悔したのだが、妹はそれほど気分を害した様子はなく、冷蔵庫からビールをさらに一本取り出して、父親に一緒に土産《みやげ》を買おう、などとどうでもいいことに話題を切り替えた。

妹が夫のことをあまりよく思っていないことは、何年も前から気付いていた。夫がよかれと思ってしたアドバイスも、妹にとっては、バカにされているようにしか受け取れなかったのではないか。

だからといって、小さなほころびを見つけたのをいいことに、さも立場が逆転したかのようにけなすとは。夫は努力を重ねてきたのだ。結婚してからの私は家庭生活において、苦労を感じるどころか、不安すら抱いたことがない。

理不尽な離婚宣言をされてもなお、夫がけなされるのを許せなかった。

ただ、鬱病という言葉を流してしまうわけにはいかなかった。離婚の兆候は思い当たらなかったが、鬱病の兆候は、言われてみれば、と思う節がある。私が作ったどの料理を食べても、味がしない、とつぶやいたり、これまでの倍以上の時間をかけて手を洗っていたり。それらは、仕事が忙しいせいだと思っていた。

努力を重ねてきた人が、ある日突然落とし穴にはまるように、負の感覚に捉われることがある、とママ友同士の会話でも出てきたことがある。

しかし、夫にそれを訊ねることには抵抗があった。夫のようなタイプは、鬱病などと診断されたら、まさか自分がそんな怠け者病にかかるなんてと、みじめで腹立たしい気分に捉われ、さらに自分を追い詰めるようになるはずだ。自殺を考えることもあるかもしれない。私なら、そうしかねない。

ただ、追い詰められても、私は踏みとどまれるのではないかと自信がある。七花を放っておくことはできない。私が倒れたら、誰が七花を支えてくれるというのだ。その思いで、気持ちを立て直すことができるはずだ。

しかし、夫にはその思いがない。踏みとどまらせてくれる存在に、私どころか、七花ですらなれないのでは、修復策は見つからない。私と七花が出て行くことが夫が立ち直る最善の方法なのかもしれない。そんな父親を七花はどう思うだろう。

七花はまだ両親のあいだで離婚話が出ていることを知らない。パパはどうして行かないの？　と訊かれ、仕事が忙しいからと答えると、納得はしたようだが、パパも一緒がよかったな、と寂しそうにつぶやいていた。夫からは、七花と一緒に山に行くことを伝えると、助かるよ、と目を逸らしたままの返事があっただけだ。

離婚するとしても、捨てられた、などと七花に決して思わせてはならない。

頭から倒れてしまいそうで、気分を奮い立たせるように顔を上げると、山頂がかなり近づいて見えた。雪渓も残りわずかだ。少し先の大きな岩場で、たくさんの人が休憩を取っている。

「ママ、のんちゃんがあそこでおやつにしようって」

七花がこちらを振り返って言った。

「わかった」

目的地が見えると気力が湧いてきて、振り向いたままの七花のところまで、ざくざくと大股で向かうことができた。

岩場の端を陣取り、リュックからガスストーブとコッヘルを取り出して、お湯を沸かす。なんかすごい、と七花はコッヘルを覗《のぞ》き込むように湯が沸く様子を眺めている。理科の実験のような気分なのだろうか。

紙コップと個包装されたインスタントコーヒー、七花用のココアを平らな岩の上に並べていると、七花が、「やらせて」とカップにコーヒーをいれ始めた。手ぶらになり、妹を見る。

「おやつって、それ？」

つい言ってしまった。おやつ大臣の妹は旅行の際、新発売や期間限定のお菓子をいつも用意していたのに、リュックから取り出したのはビニル袋に入ったパンだったからだ。しかも、コッペパンだかフランスパンだか、味のついていなさそうなものだ。

「そうよ、フランスパン」

妹が澄ました顔で答える。

「ええ？　パン？　七花、グミ持ってきてるから、そっちを食べようかな」

「そんなの出さなくてもいいって。とっておきのものがあるんだから」

妹はそう言ってリュックに片手を突っ込むと、ジャジャーン、と言いながら、板チョコを取り出した。

「ただのチョコじゃん」

七花の反応は厳しい。

「それだけじゃないって、ほら、ほら、ほら、ほら」

小さな瓶が並ぶ。トリュフバター、ラズベリーマスタード、がちょうのパテ、豚のリエット。生まれてこの方、一度も食べたことのないものばかりだ。

「市販のお菓子もいいけどね、利尻山を登ったあとで思いついたことがあるの」

雨に打たれて冷え切った体で飲んだ、山での温かいコーヒーやチョコレートなどのお菓子は、たった数百円の品でも、その一〇倍も、一〇〇倍も、価値があるように思えたらしい。山に登ると付加価値が生じる。ならば、山で贅沢品《ぜいたくひん》をとれば、それはこの世の最上級の贅沢になるのではないか、と。

「でもね、ケチケチした生活してるから、何が贅沢品なのかもよくわかんなかったのよ。そうしたらちょうど、友だちが海外旅行のお土産にトリュフバターをくれたの。トリュフだよ、まさにこれぞ贅沢品。何に塗ろうかな、って考えて、思い出したことがあるんだ」

テレビのトーク番組で、パリコレモデルを経験した女優が、パリコレモデルのあいだではフランスパンに板チョコを挟んで食べるのが流行《はや》っている、と言っていたらしい。

「フランスパン、ちゃんとデパ地下で買ってきたんだよ。せっかくだから、他にも何か合いそうなものがないかなって探して、これだけ揃えてみました！　好きなのを挟んでどうぞ」

瓶に一本ずつアイスクリーム用の木のさじが添えられた。フランスパンにはスライド状に切れ目も入っている。

「のんちゃん、すごいよ」

七花がきらきらとした目で妹を見ている。結婚をしていない、定職についてない、という大人たちのぼやきが七花の耳に入ってしまったからだろうが、七花は妹を見下すまではいかないものの、大人として尊敬するような態度をとったことはない。年の離れたいとこ、といった、子ども目線で接していたのに。

「遠慮しないで、なっちゃん。先週、翻訳のお給料が入ったところだから、わたしのお、ご、り」

子ども目線で接しているのは、妹も同じか。

紙コップに湯を注いで並べる。一度訪れたことがある場所なのに、どこか知らない外国を訪れたような気分になれるのは、おやつ大臣の用意した非日常的なおやつのおかげだろうか。

『不思議の国のアリス』のお茶会のようだ。

「七花はチョコからにしようかな」

七花が板チョコを割って、パンに挟んでかじる。頷きながら飲み込んで、今度は豚のリエットの瓶に手を伸ばした。妹はがちょうのパテを塗っている。私はトリュフバターを試してみることにした。

香りがよく、パンに濃厚なポルチーニ茸《たけ》のスープをしみ込ませたような味がする。

「がちょうって、こんな味だったんだ」

「豚もおいしいよ」

妹も七花も声を上げながらかぶりついている。そんな声など一瞬で吸い込んでしまいそうなほど、眼下に広がる雪渓は大きい。ここを歩いてきたのか、と見入ってしまう。雪の白、空の青、山の緑。原色の絵の具を水で薄めずにカンバスに塗り付けたような、夏のコントラストが美しい。

同じ景色を七花も見ている。

「こんなすごいおやつを用意してくれてるのなら、コーヒーもちゃんとしたのを持ってくればよかったかな」

「ドリップ式コーヒーか、いいねえ。いっそ、お茶をたててみるのはどうだろう」

「お茶なんて習ったことあったっけ？」

「このために習いに行くの」

「やりすぎは白けるから、やっぱ、今の状態がベストかな」

二〇センチ近くあったフランスパンも、全種類を試し終わると、あと三センチ、一口分しか残っていない。ここは皆、一番のお気に入りに手を伸ばすところだ。私と妹はがちょうのパテを選んだ。

「お姉ちゃん、頭の中に浮かんでるのはあひるだよ」

「失礼ね、あんたと一緒にしないで」

そっけなく答えてみたが、自信はない。七花は豚のリエットの瓶をとった。

「なっちゃん、半分以上、それで食べてるけど、気に入った？」

妹が訊ねる。

「うん。これが一番。多分、パパも好きだろうな」

七花はこちらを見ずに、たっぷりとリエットを挟み込んだ最後の一口を頬張って、雪渓を見下ろした。この景色を父親に見せてあげたいと思っているのだろうか。

携帯電話を取り出し、雪渓の写真を撮った。アンテナは一本だけ立っている。こんなものを送っても、きっと喜ばれはしないだろう。むしろ、解放感に水を差されたと、気を悪くするかもしれない。

「誰に送るの？」

「パパ」

それでもかまわない、と思いながら送信ボタンを押した。しかし、今一番見てもらいたいのは美しい山の景色ではなく、自分が目にしたものを父親と共有できる喜びに満ちた、七花の笑顔だ。

ランニングマシンのように、歩いても歩いても同じところに留《とど》まり続けているように思えていた巨大な雪渓も、充実した休憩を取ることによって、どうにか通過することができた。記憶の中のこのあとのコースは、花畑を歩いて、さほど疲れを感じないまま山小屋に到着したな、というものだが、実際にはまだ二時間半以上歩かなければならない。

葱平《ねぶかつびら》でアイゼンを外すと、幾分、足が軽くなったように思えたが、一〇分も歩かないうちに、再び息が上がってくる。高山植物の花畑と聞けば、ゆるやかな平面を思い描いてしまいそうだが、頂上までの高低差はまだ六〇〇メートル以上あり、急な登り坂が続く。

「はあ、きっついなあ」

先頭を歩いていた妹が足を止めて振り返った。私も少し水を飲みたいと思っていたところだ。七花にも水を飲むように勧める。

「七花、全然しんどくないんだけど。軟弱だなあ、のんちゃんは」

「うっさいな、わたしだってもっと体力あった時期はあるの。そんなに余力があるなら、ママに高山植物の名前でも教えてもらったら？　小学生なんだから、しっかりお勉強もしなきゃね」

突然こちらに振られたが、今の私に七花としゃべりながら登る余力はない。雪渓を歩いているときからこちらの疲労に気付いてくれているのかと思っていたが、単に、自分のペースで歩いていただけなのか。立ち止まっているうちに、ここから見える花をいくつか教えてやろう。

「白いのがチングルマ、黄色いのがミヤマキンバイ、でしょ？」

花畑を眺めながら七花が言った。登山地図のみ準備し、ガイドブックは買っていない。

「おっ、なっちゃん、すごい。予習してきたんだ」

「ネットで検索したら、こんなのすぐだよ。もしかして、のんちゃん、何も調べずにきたの？」

自宅のパソコンを七花には一日三〇分だけ使ってもいいことにしてあるが、まさか、花の名前まで調べていたなんて。

「わたしはね、サプライズを楽しむタイプなの。はい、もう、休憩終わり。行くよ」

妹がリュックを背負い直す。七花が私を振り返る。

「えらい、えらい」

帽子をかぶった上から頭をなでてやると、七花はにんまり笑って背を向け、岩場のくぼみに上手に足をかけながら、坂道を軽快に登り始めた。

小学校低学年の頃は、宿題も時間割も一緒に見てやらなければ、何かしら忘れてしまうようなのんびりした子だったのに、四年生になった途端、時間割の確認をしないでほしいと言ってきた。宿題の答え合わせをしてくれなくてもいい、とも。自立心が芽生えてきたのだろうと、言われるまま放っておくようにしたが、保護者面談の際に忘れ物について指摘されることはなかった。こちらから確認しても、七花ちゃんはしっかりしていますよ、と返されただけだ。

甘えっ子の一人っ子で、今でも時折、膝に乗ってくることもある。自分が大学進学を機に家を離れ、そのまま帰らなかったことを特に寂しいと感じなかったのは、長女ゆえに、幼い頃から妹のスペース分だけ、親と距離をおいて接していたからではないかと思っていたが、べったりの七花もまた、遠く離れていくのではないかという予感はある。

七花は頭もいい。水泳の競技会も、五年生になってからは毎回賞状をもらってくる。私自身の能力はだいたい把握できており、たとえ離婚するとしても、この先の生き方を予測することは難しくないが、七花には無限大の可能性がある。

親が子どもの足かせになってはならない。

「あー、もう、休憩」

妹が三度目の休憩のために、足を止めた。私が休みたいと思うのと同じタイミングなのでありがたい。少し脇に逸れた岩場に、七花を真ん中にして三人並んで座る。

疲れの原因は寝不足のせいだと思っていたが、単なる年齢的な体力の低下なのかもしれない。しかし、休むごとに追い越していくのは、高齢者のグループばかりだ。皆、それほどハイペースではないが、急坂にさしかかってもペースダウンすることなく、一定の呼吸を保って、しっかりとした足取りで進んでいる。

利尻山は雨だったこともあり、他の登山者の年齢層を意識することはなかったが、平日とはいえ八月第一週の晴天の日に、一〇代、二〇代の登山者の姿を見かけないのはどういうことなのだろう。若い女性に流行っているのではなかったのか。百名山で、難度も中級で、見どころも多い山なのに、ここに来ずして、どこを登るというのだろう。大学の部活動らしき団体も見かけない。

「グミ食べる?」

七花がリュックのポケットからおやつ用の巾着袋を取り出した。

「おっ、これのマンゴー味を買うとはお目が高い。なっちゃんをおやつ大臣の後継者に任命しよう」

「いらないよ」

七花はここへ来てもまだ、元気そうだ。私も一緒に水泳教室に通ってみようか。

「おお、山ガールがいるぞ」

後ろからやってきたグループの先頭のおじさんがこちらを向いて言った。この年代の人たちから見ると、私や妹もガールに分類されるのか。道が開けたところのため、おじさんたちも休憩を取るようだ。おじさん二人におばさん三人。夫婦なのか地域の山登りサークルなのかはわからないが仲が良さそうだ。先頭のおじさんがウエストポーチからキャラメルの箱を出し、皆に回している。

「山ガールのお嬢ちゃんもどうぞ」

おじさんはこちらにやってきて、七花の前に箱を差し出した。ありがとうございます、とお礼を言って七花はキャラメルを一つつまみ上げた。

「お嬢ちゃんは何年生？」

「小学五年生です」

「へえ、うちの孫と同じだ。小学生なのにこんなところまで登ってきてえらいなあ」

おじさんにそう言われて、七花は照れくさそうに笑った。他のおじさんおばさんたちにも褒められて、嬉しいのを通りこして、むず痒《がゆ》そうに見える。

おじさんたちのグループは自分たちだけで輪を作って休憩を始めても、七花のことを話していた。いや、七花の姿を自分の孫にスライドさせ、一緒に連れてきたい、と盛り上がっているのだ。

学生時代は山岳サークルに所属していたとはいえ、単独行の方が好きだった。合宿には参加していたが、印象深く残っているのは一人で訪れたところばかりだ。サークル内で単独派とグループ派で議論になったことがある。

共有できる仲間がいれば感動が倍になる、と主張するグループ派に対し、単独派の私は自分が感動できればそれでいいと主張した。隣に誰がいようといまいと目の前の景色は同じであるのだから、と。それに対して、共有したい相手がいないのは寂しいことだ、と言い返された。サークルのメンバーのことを仲間と思っていないのか。そういうことを言うヤツがいるから鬱陶《うっとう》しいのだと、単独派だけで愚痴を言いながら飲んだことがある。

どうしてサークルに入っているのかとまで訊かれ、飲み会のため、と答えた単独派のメンバーもいる。

それなのに、妹を誘ってみたり、七花を連れてきたいと思ったり、私自身がどう変化した結果なのだろう。体力が低下したということもあるが、精神的な面を含め、私という人間が弱くなった証拠なのではないか。

そんなことで、この先、七花を支えて生きていくことができるのだろうか。

「行こうか」

立ち上がって背筋を伸ばし、妹と七花に声をかけた。


山頂が近づくにつれ、風が強くなってきた。ごろごろとした岩が転がる急坂はまだもう少し続く。雲の中に入ってしまったこともあり、見通しもよくない。それでも、雨に降られることを思えば、別段、困った事態ではない。

わっ、と七花が声を上げて前のめりに転んだ。

「七花！」

急いで追いつくと、どうやら、転んだのではなく、正面から風を受けた勢いで足元がふらつき、身を守るために四つん這《ば》いになったようだ。

「七花、そのままで待ってて」

リュックを降ろし、ロープを取り出した。山小屋で濡《ぬ》れた雨合羽や上着を干せるようにと用意したものなので、強度はそれほど高くないが、ないよりはマシだ。ロープの端を七花の腰に巻いて結び、もう片方の端を自分の腰に巻いて結んだ。ピンと張った状態で、七花との距離は約二メートルになる。

「これで大丈夫。飛ばされても、落っこちないでしょ」

「ママ、最近太ったもんね」

「それを言う？」

半分本気で顔をしかめると、うそうそ、と七花は笑いながら妹の後ろに隠れた。ロープがピンと張り、前のめりに転びそうになってしまう。七花のペースに合わせてしっかり歩かないと、ロープのせいで七花が転倒し、けがをすることになりかねない。

「はいはい、親子げんかは山小屋についてからにして」

妹に軽く取りなされ、三人で最後の急坂に向かった。

不思議なもので、ロープで繋がっているというだけで、体の奥の方から気力が湧き上がり、足が自然に前へ前へと進んでいく。七花を転ばせてはならない。七花のペースを乱してはならない。その責任感が体の奥の方に眠っていたエネルギーを呼び覚ましてくれたのだろう。

ブランクや年齢のせいにして、一〇〇パーセントを出し切れていない自分を、気付かぬうちにフォローしていたということだ。

妹も七花も、風を受けながらも足を止めることなく、一歩一歩慎重に踏み出している。それを後押しするように、あともう少しだからね、と声をかけた。

あっ、と七花が声を上げ、足を止める。白いガスの中、左前方に山小屋が見えた。

「あともう少し……」

妹が駆け出さんばかりに足を進めた。蜃気楼《しんきろう》の中にみつけたオアシスのように。早く行かないと消えてしまうといわんばかりに。七花もそれに続き、慌てて私もついていく。一気に稜線《りょうせん》へと出た。風も徐々に弱まり、視界も明るく広がっていく。眼下にお花畑が広がっていた。

あとは、ほぼ平らな道を歩いていくだけだ。それなのに、足が一歩も前に出ない。息を吐くと膝からくずれ落ちそうで、顔を上げ、ゆっくりと呼吸を整える。水を飲み、アーモンドチョコレートをふた粒食べた。それでも、足は一ミリも動かない。歩き方を忘れてしまったかのように、靴裏から伝わる地面の感触を確かめながら、ここから足を離すにはどうすればよいのだろうと考えてしまう。

「ママ」

七花が心配そうに私を見上げている。

「ああ、ごめん。なんだかぼんやりしちゃった。そうだ、ロープを外さなきゃね」

ここまで来れば、妹と七花を先に行かせても大丈夫だろう。しかし、何と言うべきか。ちょっと疲れちゃった、とできるだけ明るく……。

「外さなくていい」

七花が腰の結び目を両手で握って言った。

「七花がママを引っ張ってあげる。しんどいんでしょ？」

「そんなこと……」

「ママ、昨日寝てないんじゃないの？　歯ぎしりしたらどうしようって、ずっと起きてたんじゃないの？」

「どうして……」

七花がそんなことをわかっているのだろう。マウスピースを忘れたな、と思っているうちに、夫と寝室を別にした頃のことなどを考えていたのだ。ずっと隣で寝ていれば、夫の変化に気付くこともできたのだろうか、と。

「だからほら、引っ張ってあげるって」

七花がロープを引っ張る。それに合わせて、右足がすっと前に出た。

「いいよ、そんなことしてくれなくて。もう少し休憩したら大丈夫だから。のんちゃんと先に山小屋に行っててよ。ガラス張りのスカイレストランがあるから、ケーキとか食べてたら？」

精一杯元気なふりをして言ってみせたのに、七花の目には大粒の涙が盛り上がっている。

そんなにも心配させているのか。

「引っ張ってもらえばいいじゃん」

妹が言った。

「ダメよ。七花に引っ張ってもらうなんて。そんなこと、させられない」

「なんで。七花は大分前からお姉ちゃんが疲れてることを知ってる。ずっと気遣いながらここまで来たんだから、ロープくらい引っ張らせてあげなさいよ。七花がやってあげるって言ってんだから」

啖呵《たんか》を切る妹を遮るように、七花が声を上げて泣き出した。私のせいには違いないが何がそこまで悲しいのか、どうしてやればいいのかわからない。

「だいたいね、お姉ちゃんも、お義兄さんも、おかしいんだよ。自分で自分でって何でも一人でやろうとするくせに、人からは頼られたいって思ってるんだから。そのうえ、ちょっとでも自分が頼らなきゃいけない状況になったらもう、ダメ人間になってしまったように思い込んじゃって。立派な人っていうのはね、自分がダメなときには、お願いします、ってちゃんと頭を下げられる人のことなんじゃないの？　ダメ人間って思われたくないからって、自分から離れていこうとするなんて、間違ってる。しかも、ここは山なんだよ。疲れてる人を放っていって、ケーキなんか食べられるはずないじゃん。同じことを自分ができるか考えて、子どもに言いなよ。……って」

いきなり腰を引っ張られて、膝をついてしまった。七花が妹に突進して突き飛ばしたのだ。

「ママに意地悪言うな！　独身のくせに。パパの悪口も言うな！」

私をかばうように立ちはだかる背中は、背負ってもらうには小さいが、肩をかしてもらうには十分な大きさだ。なのに、その背中は私のせいで震えている。

「七花、ありがとね」

声をかけると、七花はゆっくりと振り返った。指先で涙をぬぐってやる。

「ママ、七花がこんなに大きくなってることに気付かなかった。力も強いんだろうね。引っ張ってくれる？」

これ以上、涙を溢《あふ》れさせないようにするためだろう、目にも鼻にも口にも栓をするようにギュッと顔の中心に力を込めたまま、七花は大きく頷いた。

「ホント、世話がやけるんだから」

妹が立ち上がり、おしりの土をはらう。

「スカイレストランとやらで、何かおごってもらうからね」

山頂小屋に続く広い道を、妹と七花が並んで歩き、その後を私がついていく。ロープはピンと張っている。

七花は山小屋についても調べていたらしく、妹に生ビールが飲めることを得意気に教えてあげている。携帯電話が鳴った。こんなところでも電波は届くのか。ポケットから取り出して確認する。

夫からだ。メッセージはなく、目玉焼きの写真が一枚だけ添付されている。私がいなくても大丈夫なことをアピールしているのか。私がいなければやはりダメだと伝えたいのか。白身のふちは黒くこげているのに黄身は生のままの、おそろしくまずそうな目玉焼きは後者を意味していると思いたい。

返す言葉を思いつかない代わりに、私も写真を送ろう。

細いロープで私を引っ張りながら歩く七花のたくましい後ろ姿を――。

金時山

ロマンスカーとは登山ウエアで乗るものではない、と私は思う。とはいえ、箱根登山鉄道に乗り入れるのだから、ある意味、一番正しい服装とも言える。

丸福デパートへの就職を機に、福岡から上京して八年目、箱根に行くのは初めてだ。学生時代から東京で過ごしていた、同じ二階フロア配属の同期である律子や由美は、週末に小野大輔と箱根に行くことを伝えると、羨《うらや》ましがりながらも、二人とも行ったことがあると口にした。

律子は学生時代に剣道部の合宿で。由美はほんの三カ月前、五月の連休明けの休みに一泊旅行で訪れて、毎年お正月に行われる箱根駅伝の際、必ずテレビに映る有名なホテルに宿泊したと言う。誰と行ったのかと訊《たず》ねると、笑って誤魔化《ごまか》された。言いたくないことなら深く追及はしない。どうせ、上司の誰かと不倫でもしているのだろう。しかし、その口で、

――舞ちゃんも、せっかく彼氏と行くなら、泊まればいいのに。温泉に入んない箱根なん

て、行く意味ないじゃん。

と言われたら、おもしろくないに決まっている。そりゃあ、大輔はバイトを掛け持ちしなければ生活していけない、小劇団〈ジオラマ〉入団三年の下っ端団員だ。いくら私の方が三つ年上で、定職についているからといって、有名ホテルの宿泊代二人分を払えるほど余裕はないし、その後しばらく切り詰めた生活を送ることを覚悟してまで泊まりたいとも思わない。

しかし、学生時代の友人よりも長い付き合いだ。由美の自己中心的な性格も、無神経な物言いも心得ている。余程のことでない限り、腹を立てることはない。体の大きさに見合う程度の度量は持ち合わせているつもりだ。由美にいつも反論するのは律子だった。

――また、由美はそんな言い方して。立派な露天風呂付きの公衆浴場もあるんだから、日帰りでも十分楽しめるよ。

予想通りの言葉だった。けれど、律子の表情は険しくなかった。そのため、由美が拗《す》ねるように頬を膨らませることもない。まあまあ、と私が二人を取り成す必要もない。この辺りから、なんとなく胸の中にモヤモヤが生じてきた。

――じゃあ、今度みんなで一緒に行こうよ。紅葉の時期とかよさそうじゃん。

由美がケロッとした顔で手帳を出すと、何カ月先よ、と律子があきれたように返した。それを受けて、由美がペロッと舌を出す。三十路《みそじ》女のそんな仕草にも、律子が眉を顰《ひそ》めることはなかった。それより、と律子自身も手帳を出し、映画どうするの？　と二人で別の話題に入った頃には、私はすっかり蚊帳《かや》の外だった。

何で？　律子が休日の予定を訊ねるのは、私にじゃないの？　――そんなふうに、一気に膨れ上がったモヤモヤは、一週間経《た》った今日もまだ、私の中に残っている。

好きな人と一緒に、初めての登山に向かっているというのに。

大輔は、昨夜《ゆうべ》もバイトで遅かったようで、新宿駅で待ち合わせをして電車に乗るなり、発車前からうとうとし始めて、そのまま落ちた。男のくせに私よりもまつ毛が長いなとか、鼻筋が通ったきれいな顔だなとか、肌もツルツルだなとか、普段、機会のない、明るい場所での寝顔の観察を楽しめたのは、せいぜい一五分くらいだ。

寝顔を撮ったあとの携帯電話で時間を確認して、律子と由美は何時に待ち合わせをするのだろう、などと考えてしまう。

三人で一緒に遠出することは、定休日が月に一度しかないため、頻繁にはなかったけれど、仕事帰りに食事や映画に行くことはよくあった。しかし、それが成り立つのは私がいたからだ。自分にも他人にも厳しい真面目な律子はルーズな由美のことがあまり好きではないことも、それをあからさまに顔や態度に出す律子のことを由美は苦手に思っていることも、一緒にいれば自然と伝わってきた。

だけど、私はどちらか一方とだけ仲良くしようとは思わなかった。せっかく同期で同じフロアに配属されたのだし、定期的にフロアごとで達成させなければならないノルマがあるのだから、普段から皆で団結力を高めておくべきだと思っていた。

中立の立場をとった甲斐《かい》あって、同じフロアの先輩たちから、仲良し三人組、などと呼ばれるようになった。リーダーは梅本さんかな、と私が二人をまとめていることも、ちゃんと気付いてもらえていた。さすが、インターハイ出場校の主将、と。

それを一番理解しているのは、律子と由美だと思っていた。三人で休日の計画を立てているときに、私の都合がつかず、二人で行ってきたら？　と提案すると、律子も由美も口を揃えて、それはちょっと、と困った口ぶりで言っていた。なのに、今日は二人で映画に行くことになっている。

先週、始業前の食堂で、三人でコーヒーを飲みながら朝の情報番組を見ていると、口コミでじわじわと話題になっているという洋画の特集が始まった。おもしろそうだな、と思っていると、先に由美が、見に行きたいな、と言った。由美が始業時間に余裕を持って出勤するようになったのも、最近になってからのことだ。今度の休みに行く？　と律子が私と由美を交互に見て訊ねた。

丸福デパートは毎月第三水曜日が定休日となっている。私は、用事があるからパスと答え、大輔と箱根に出かける約束をしていることを伝えた。てっきり、それなら三人が早番で上がれる日にしようと、どちらかが言い出すだろうと思っていたのに、律子は由美に、じゃあ二人で行く？　と訊ね、由美は私に確認することなく頷《うなず》いた。

残念だね、と二人ともが私に言ったけど、それほど困っているようには見えなかった。映画より彼氏とデートの方が楽しいよね、と箱根の話題になり、そのまま予定が覆ることはなく、今日に至る。

映画に行くならレディースデイがベストだ。パートや出向の社員を含め、女性社員が大半を占める丸福デパートの定休日が水曜日なのは、休みの日は映画でも見てくつろいでほしい、という先代社長の提案だと、遥《はる》か昔となった新人研修のときに聞いた憶《おぼ》えがある。行きたいと最初に言い出したのが私なら、別の日になっていたかもしれない。

ふた月ほど前に、三人で映画に行く約束をしていたのに、大輔もそれを見たいと言い出して、私が前日にキャンセルしたことも、二人の中ではいい印象として残っていないに違いない。そのときは、みんなそれぞれの彼氏と見に行こう、ということになり、三人での計画は消えた。

二人とも私に、彼氏を作れと、ことあるごとに口にしていたくせに、いざできて彼氏との予定を優先させると、よかったね、と言いながらも、一瞬、冷たい表情を見せる。しかし、ほんの半月前までなら、律子と由美に、二人で出かけるという選択肢はなかったはずだ。二人の距離は目に見えて縮まった。私という中和剤がなくても、二人は一緒にいることができる。そうなった理由は明確だ。

半月前、律子と由美は二人だけで登山をした。初めての本格的な登山、しかも山小屋に一泊して、妙高山《みょうこうざん》と火打山《ひうちやま》を縦走するという、初心者にはややハードルの高そうなプランだった。当初は三人で行く予定だったけれど、私が出発前日に熱を出してしまい、キャンセルした。申し訳ないとは思ったものの、登山は無理を押してすることではない。行った方が二人に迷惑をかけてしまうことになる。

もしかすると二人とも行かないと言い出すのではないかと、集合時間の直前に、由美にだけメールを送った。こればかりは決行してもらいたかった。特に律子は、登山靴やリュックなどの道具をすべて新品で揃えていたのだから。一目ぼれした四万円もする登山靴で、山を歩きたいと思ったに違いない。私だって、律子と色違いの靴を買って、その日を楽しみにしていた。

二人が別々に帰ってきた、などということになったらどうしようと、私は心配していたつもりでいたけれど、実は、それを期待していたのではないかと今になって思い至る。

登山以降、律子は由美に文句を言うときに、一拍、アイコンタクトをとるようになった。

そのときに由美も律子の言いたいことに気付き、先に反省したような表情になったり、謝ったりするので、律子も怒らない。二人はそんな関係になっていた。

吊《つ》り橋効果、とでも呼ぶのだろうか。不安な山道を二人きりで歩けば、助け合わなければならないところもあっただろうし、嫌でも手と手を取り合い、同じ景色を見て、同じ空気を吸っていれば、それなりに通じ合うものがあったとしてもおかしくはない。

バレーボールと同じだ。二人は友情を深めたのではなく、仲間になった。その表現がぴったり合う。私だけ、二人と山の話ができない。いや、次は一緒に行こうという流れになっても、意見が合わない。

律子と由美は互いの距離を縮めただけでなく、それぞれが人間的にも、少し変化したように感じる。律子は同僚との結婚で、すでに式場を予約しているというのに、やめようかなどとぼやくほどに迷いが生じていた。なのに、山から帰ってきてからは、晴れ晴れとした顔で楽しそうに準備を進めている。由美は時間にも約束事にもルーズだったのに、五回に一回はまだ失敗してしまうものの、格段にそれらが守れるようになった。

私には日々の鬱屈《うっくつ》はそれほどなかったはずだ。なのに、二人をまとめていたつもりの自分が、いつのまにか一歩前に行かれていたような焦りを感じて、このままではいけないという気持ちになってくる。満たされていたと思っていた日常が、モヤモヤと一緒に歪《ゆが》んでしまい、途端に、これは望んでいたものではないという思いにすり替わる。
だからこそ、私は今日、山に登るのだ。ミッション⑨として——。

乗車時間は一時間四〇分の予定だ。ロマンスカーといえども、窓から見える街並みは、都心を走る通勤電車からの景色と変わらないではないか、と乗った当初は思っていたけれど、田園風景が広がってくると、日常から徐々に離れているのだなと、ゆったりした気分になってくる。

私の両親の新婚旅行は箱根だった。お正月に駅伝を見ながら、ここを通った、あそこに泊まったと、毎年その話題になるのだからうんざりしていたのに、今から三十数年前のあの夫婦が車中、どんなふうに過ごしていたのかを想像するのは難しい。

両親は見合い結婚だ。おしゃべりな母も、結婚式の翌日では、まだ遠慮して何も話せなかったのではないか。読書好きの父は、まさか隣に新妻がいるのに文庫本を広げはしなかった……、とはいえない。マイペースな父なら、普段通りのことをやりそうだ。私も一冊持ってくればよかった。シートもふかふかで読書にぴったりではないか。

新宿から電車一本でこんなに簡単に箱根を訪れることができるのなら、今度、二人が遊びに来たときに、三人で行こうと提案してみようか。久しぶりの家族旅行の車中、母はまっさきに結婚のことを訊《き》いてくるに違いない。私は大輔のことを両親に話すだろうか。

大輔はまだ熟睡中だ。腕を組んだままシートに埋まるような体勢で、よくこんなに眠れるものだ。昨夜は「餃子《ギョーザ》天国」でのバイトだったはずだ。深夜一時上がりで、アパートに帰って寝たのは二時をまわってからか。山に登るための体力は温存しておいてもらわなければならないので、終点まで、こちらから起こすのはやめておこう。

大輔との結婚は考えていない。彼の夢や将来を背負える自信がないからだ。そんな相手から、箱根に行こう、と提案されたときには、少しとまどった。ただ、それは両親の新婚旅行と重なったためで、そうでない人にとっては、今の時代、箱根と結婚が結びつくことなどないはずだ。

そもそも、目的は登山ではないか。しかし、私は何という山に登るのか未《いま》だに知らない。

富士山に登りたかった。

丸福デパートの今年の初夏の催し、「アウトドアフェア」の会場には、大きなポスターが貼られていた。「あなたは富士山派？　屋久島派？」というコピーで、お洒落《しゃれ》な登山ウエアを着た女の子が、屋久島と富士山、それぞれの写真の境界を突き破るように足を一歩踏み出すポーズをとっているデザインだった。

富士山に決まっている。何といっても、日本一の山なのだから。——そうか、この足で山に登ることはできるのか。

律子が山に行こうと言い出したときにも、私はまず富士山を提案した。しかし、却下された。いきなり富士山に登るのは心配だから、山に詳しい牧野さんに訊いてみる。そう言って、アドバイスを受けた結果、百名山である、妙高山と火打山に登ることになった。それに関して不服はなかった。何事も練習は必要だ。

しかし、律子と由美が無事登山を終えて帰ってきて、今度は舞子も行こうね、と言われて、改めて富士山を提案したときも、却下されたのだ。まだ登山経験のない私を気遣ってではない。

——富士山はつまらなそうだから。

律子はさらりとそう口にした。日本一の山がつまらない？　標高三七七六メートルの頂に立つことがつまらない？　由美が言ったのなら、大変なことを避けるためにわざと突き放した言い方をしているのではないかと疑ったけれど、努力の人、律子がそう言ったのだ。律子なら、日本一の頂を目指したいという願望を必ず持っているはずだと信じていたのに。

まさか、私の足のことを知っていて、わざと難しいコースを避けようとしてくれているのではないか。そんなふうに訝《いぶか》しんだりしたものの、思い込みにすぎなかった。

――富士山って、そんなに大変じゃないみたい。でも、人がいっぱいだから自分のペースで歩けないし、コースも見どころがなくて、そんなにおもしろくないんだって。それなら、白馬《しろうま》とか、穂高《ほたか》とか、そういうところに次は行きたいなって思うんだけど。

山小屋で知り合った人から、おすすめの山を教えてもらったそうだ。由美まで、雪渓の上を歩いてみたいよね、とはしゃいだ様子で律子に言っていた。普通の運動靴で登山に行った由美は、帰った翌日、登山靴を購入したそうだ。お花畑もあるんだって、とか、そんな会話はもう耳にも入ってこなかった。

日本一をいとも簡単に足蹴《あしげ》にされたような気分だった。大変じゃないなら、尚更《なおさら》、行ってみればいいじゃないか。何事も日本一になるには、血の滲《にじ》むような努力が必要だ。私はそんな努力をし続けてきたけれど、日本一になることはできなかった。そして、もう目指すこともできない。それなのに、日本一の頂は、歩き続けてきた人、皆を受け入れてくれる。年間、何十万人もの人たちが日本一を実感することができるのだ。

人が多いとか、コースに見どころがないとか、そういったマイナスを差し引いても、日本一の富士山には他の山では得られない達成感があるはずなのに……。と力説したのは律子や由美に向かってではない。

餃子の全国チェーン店「餃子天国」のお持ち帰りパックを持って、私の部屋に来てくれた大輔に、延々と愚痴をこぼしていたのだ。餃子と一緒に飲んでいるのはウーロン茶だというのに、安い立ち飲み屋でくだを巻いているおっさんのように、富士山は日本一であることを繰り返し、東京タワーの一〇倍以上の高さなのだと力説し、挙句《あげく》の果てには、富士山の歌までうたった。熱唱した直後だ。

——じゃあさ、俺と行こうよ。

大輔が餃子をおいしそうに飲み込んでから言った。華奢《きやしや》な大輔が登山？　あぐらをかいて座っている大輔を頭のてっぺんから見下ろしていった。

半袖シャツから出ている腕や膝丈パンツから出ているふくらはぎを見て、彼が毎日、舞台に立つためのトレーニングをしていることを思い出した。トレーニングのために、劇団の人たちと山に登ったことがあるのかもしれない。劇団に入る前はふらふらと好き勝手に生活していたらしいので、そのときに登山をしたのかもしれない。富士山くらい余裕だろう。しかし、

——今回は富士山の予行演習ってことで、別の山に。

言われた途端にがっかりした。あれだけ思いのたけをぶつけたというのに伝わらなかったのか、という落胆の色がそのまま顔に出てしまっていたのだろう。大輔は慌ててフォローするように、話を続けた。

——でもさ、富士山にまったく縁がないところじゃない。多分、山の雑誌なんかで「富士山特集」をやると、一緒に出てくることも多いんじゃないかな。

それならば、と気持ちが湧いた。

——どこ？　なんていう名前の山？

——箱根、かな。でも、前情報を入れずに登ってもらいたいから、名前は内緒。

言われた通り、ガイドブックも買わずに、日帰り登山に必要な荷物と簡単な着替えだけをリュックに詰めてやってきた。箱根駅伝の登り坂のコースのような、急な山道を歩くのだろうか。富士山とはどんな関係があるのだろうか。

電車の中で教えてもらえると思っていたのに、何も情報を得ることがないまま、もうすぐ終点の箱根湯本駅に到着する。

箱根湯本駅周辺は、山間《やまあい》にたたずむ由緒正しい温泉地といった趣があり、平日にもかかわらず、観光客の姿が多く見られた。年配の人ばかりを想像していたけど、大学生くらいの子たちも多い。特に女の子。四、五人のグループ旅行といった感じだ。今年流行《はや》りのハイウエスト切り替えのワンピースに、ナチュラルカラーのサンダル。どう見ても、山に登るような恰好《かっこう》ではない。

私たちはここから箱根登山バスに乗り、登山口へと向かう。どこの山のだ？

大輔が切符を買ってきた。ロマンスカーの切符も彼が用意してくれた。

――交通費、あとで精算してね。

耳元でこそっと言った。

――今日はいい。次を舞ちゃんに出してもらうってことで。

大輔に餃子以外のものをおごってもらうのは初めてだ。舞台のチケットだって、初めてのとき以外は、ちゃんとお金を払っているのに。しかし、次が富士山ならば、今日のところはお世話になろう。了解、と答えたところに、バスがやってきた。

急行列車が停《と》まらない実家辺りでも一〇年前くらいから見かけなくなったような、古いタイプだけど、景色の中にすっぽりとなじんでいて、寂れた感じがしない。途中、高級温泉ホテルが立ち並ぶ辺りにも停まるようで、もしかすると、うちの両親もこのバスに乗ったのではないかという気分になってくる。

一番後ろのシートに二人で並んで座った。乗客は私たち以外にあと三人。地元の人といった佇《たたず》まいだ。箱根を訪れる観光客は車を利用する人が多いのかもしれない。

バスは温泉街を抜け、細く曲がりくねった川沿いの山道に差し掛かった。箱根駅伝で山の神が走るコースではないだろうか。こんな急坂だったのかと、テレビで見る画像と目の前の光景をリンクさせると、胸が躍った。
——駅伝って、演劇に似てると思わない？
窓の外に顔を向けたまま、大輔に言った。
——そうかなあ。
いまいちピンときていないようだ。しかも、語尾に欠伸《あくび》が混ざっている。
——そうだよ……。
返事は無用、と言うように、つぶやいてみた。
駅伝は演劇に似ている。そして、バレーにも似ている。

小学四年生から大学三年生の一二年間、私はバレーをやっていた。正しくは、バレーしかやっていない。朝起きてから夜寝るまで、体を動かすのはバレーのため、考え事をするのはバレーについて、目標はもちろん、日本一、だった。目標に最も近づくことができたのが、高三の、インターハイベスト8。県大会で優勝したときは、全国大会に出られるだけでも幸せだと嬉し涙を流したのに、全国大会の準々決勝で負けたときには、日本一になりたかったと悔し涙を飲み込んだ。
結局、日本一にはなれなかった。完了しているのは、もう、バレーをすることができなくなったからだ。大学三年生の冬、足をひねって左足の靭帯《じんたい》を痛めてしまった。バレーをしているときのケガならまだ納得できたのに、就職活動の説明会に向かう途中に転んでしまった、では笑い話にもならない。買ったばかりの慣れない五センチヒールのパンプスを履いて、よたよたと歩いていたところに、後ろから自転車がやってきて、あわてて避《よ》けたら溝にはまって、このザマだ。

もともと背が高いのに、どうしてヒールの高い靴など買ったのだ、と親からはあきれられたけれど、大学のバレー部の同級生の中で一番背が低かった私にとっては、それがコンプレックスだった。少しでも背を高く見せるために、五センチヒールを選んだのだ。

少しひねっただけだと思っていたのに、医者からは、跳ぶことと走ること、そして、お酒を飲むことをなるべく控えるように忠告された。何週間くらいですか？　と訊ねると、一生だと言われて、眩暈《めまい》をおこしそうになった。しかし、歩くことに対しては何の制限もかけられなかった。普通に歩けるのだから、日常生活には何の支障もきたさない。

不幸中の幸いだったじゃないか、というバレー部仲間を含む周囲からのなぐさめの言葉はいっさい耳に入らなかった。バレーは思う存分やったではないか、と自分で自分をなぐさめた。卒業後は実業団チームに、とは考えていなかった。身長一六五センチで、ここまでレギュラーとしてやってこられたことの方が、運が良かったのだ。最後の一年は主将を務めた。

努力が実ったのだ、それで十分だ。涙が出なくなるまで、そう紙に書き続けた。

そして、新しい自分になることを決めた。

そもそも、大人になれば運動会もなく、走れないことを意識する機会すらなさそうだ。バレー三昧でこれまでできなかったことに、社会人になってから挑戦してみよう。今までの自分と正反対のことを最低一〇個はしてみよう。再スタートのミッションだ。女らしい恰好をして、文化的な趣味を持って、彼氏を作る。一人で行動できるようにもなろう。仕事も、まったく興味のなかった世界に飛び込んでみると、おもしろいのではないか。

丸福デパートの入社試験は松葉杖《まつばづえ》をついたまま受けた。内定をもらい、一日中立ち仕事になっても問題はないと、医者からお墨付きも出た。九州の大学を出ているのに、東京勤務になったのは、入社試験の成績が良かったため、一番の激戦区に送り込まれることになったからだ。当日の試験は松葉杖だったのだから、きっと、バレーをやってきたことが後押ししてくれたのだろう。

日本一にはなれなかったけど、バレー人生は無駄ではなかった、ということだ。

丸福デパートへの入社と同時に、ミッションを開始した。

ミッション①、髪を伸ばす。長い髪など邪魔になるだけだと思っていたのに、肩にかかるくらいの長さの一時の鬱陶《うっとう》しさを通過すれば、意外とすっきりまとまるものだということに気付いた。丸顔をうまくごまかせるのもいい。

ミッション②、ファッションブランドの研究をする。カバンは中学、高校、大学、いずれも、入学時に買ったものを卒業時まで使い倒していた。もちろん、購入する際は、デザインよりも機能性重視だ。ヴィトンくらいは名前を知っていても、モノグラムとかダミエとか、模様の種類ごとに呼び名があることなどまったく知らなかった。洋服もほぼ同じ。その点、デパート勤務は仕事を兼ねてそれらを覚えることができる。

特に、二階の婦人服売り場に配属されてからは、嫌でも覚えなければならなくなった。ブランド名、姉妹ブランド、流行の型、色。流行色は二年も前から決められていることも、この職場に来て初めて知った。そして、選び抜いた自分に一番似合う服を着る。もちろん、靴は五センチ以上のヒールが必須条件だ。ヒールから逃げるのは敗北宣言以外の何物でもない。

ミッション③、化粧名人になる。就職活動の際に、新しく購入したのはパンプスだけではない。リクルートスーツ、そして、化粧道具一式も二〇歳を超えて初めて揃えたのだ。それまでは、ジョンソンベビーローションのみ。しかし、これもワンフロア下りれば、化粧品会社から出向している美容部員という、選《え》りすぐりの講師が揃っていたので、それほど苦労していない。ビューラーで瞼《まぶた》を挟んで涙したのも、遠い昔の出来事だ。

ミッション④、読書をする。成績が悪いのを部活のせいにするな、と中学時代の監督から耳にタコができるくらい言われていたので、試験勉強は手を抜かなかったものの、国語の教科書以外で本を読んだことはまったくなかった。一〇〇万部突破の話題の本も、日本列島を感動の渦に巻き込んだという名作も、私にとっては無縁のものだった。

何を読めばいいのかわからず、通勤途中の駅構内にある書店の、文庫ランキング第一位になっているものを買ってみることにした。アタリもありハズレもあり。それでも今は、好きな作家を三人挙げろ、と言われれば即答することができる。

ミッション⑤、一人で外食をする。これまでの項目の中で、一番ハードルが高かったのがこれだ。部活帰りのファストフード、ファミレス、祝勝会での居酒屋……。外食は自分以外の誰かと楽しむためにあるものだと思っていた。誕生日然《しか》り、父親のボーナス日然り。しかし、一歩引いて観察してみれば、飲食店に一人で訪れている人は珍しくないほどにいた。

そもそも、デパートだって、私にとっては行楽地のようなもので、家族や友だちと少しお洒落をして訪れるところだと思っていたのに、一人で来ているお客様はたくさんいる。普段着姿で、スーパーやコンビニに行く感覚で顔を覗《のぞ》かせる常連さんのおかげで、平日は成り立っているようなものだ。

それなら私でも、とまずはファストフードから始めてみた。お持ち帰りですか？　と訊かれて、ここで、という三文字を喉から搾り出した。トレイを持って、カウンター席に座り、辺りをちらちらと窺《うかが》った。誰も私なんか見ていない。他人から、あの人は一人だ、と同情されないことがわかれば、自分が寂しいと思うことはない。

一人は純粋に料理の味を堪能《たんのう》することができる。コーヒーを飲みながら本を読むことだってできる。込んでいても、わりとすぐに順番がまわってくる。焼き鳥屋で相席になったおじさんに一皿奢《おご》ってもらったこともある。たまたま入った店で特盛に挑戦し、ふた月ほど記録を残したこともある。

充実した日々だった。だけど、何をやっても少し時間が経つと、物足りなさを感じてしまう。バレーよりも夢中になれることではない、と。

「舞ちゃん、次、降りるよ」

大輔に声をかけられ、あわててリュックを背負う。拍子抜けするほど軽い。登山道具と呼べるものはほとんど入っていない。折り畳み式のストックくらいか。三〇分弱乗っていたようだ。時刻はちょうど一〇時。昼食も大輔が準備してくれている。これもまた秘密なのだという。それより、こんな時間から登っても大丈夫なのだろうか。律子たちは日が高いうちに目的地に到着できるよう、もっと早い時間から登ったと言っていた。

仙石《せんごく》という停留所でバスを降りる。私たちだけだ。周辺にも、登山ウエア姿の人は見当たらない。そもそもちゃんとしたアウトドアメーカーの登山服を着ているのは私だけで、大輔はリュックこそモンベルだけど、あとは普通の綿パンとTシャツで、そのまま映画にでも行けそうな恰好をしている。

「じゃあ、行こうか」

大輔が号令をかけるように言って、車道を歩き出した。すでに、標高の高いところにいるのか、ぐるりと山の稜線《りょうせん》を見渡してみても、特に頂上が突き出た山というのは見当たらない。脇道に逸《そ》れる。まだ舗装された道だ。民家なのか、別荘なのか、いまいち判別がつかない人気《ひとけ》のない立派な戸建てを左右に眺めながら歩くと、看板が見えてきた。

「金時《きんとき》登山口？」

「そう。今から登るのは、金時山。その名の通り、金太郎伝説の残る山なんだ」

「坂田《さかたの》金時の金時？」

「正解」

「私、小学校のときのあだ名が金太郎のキンちゃんだって話したことあったっけ？」

「いや、今初めて聞いたけど、そうなんだ。じゃあ、何かいいことあるかもね」

大輔は笑いながら、登山道に入っていった。道幅が狭いので後ろをついていく。あまり蛇行のない急坂だけど、丸福デパート従業員用通路の階段の方が傾斜がきつい。

　金太郎とあだ名を付けられた女子が、それを喜ぶはずがない。

　母親の手先がなまじ器用だったため、私の散髪は幼い頃から母がやっていた。しかし所詮は素人《しろうと》芸、バリエーションは縦横まっすぐに切りそろえたおかっぱだけ。小学一年生の段階で、ランドセルがずりおちる心配のない肩幅を持った子どもがそんな髪型をしていたら、悪意もなにも関係なく、周りは金太郎を思い浮かべるだろう。

　おまけに、町内会主催の「ちびっこわんぱく相撲《ずもう》」に優勝賞品のゲーム機欲しさに参加して、低学年の部で三年生の男子を倒して優勝したのだから、その名は不動のものとなった。小四でバレーを始めた際に、初めて美容院でショートカットにしてもらっても、呼び名が変わることはなかった。

　バレーをやめるまで、私は金太郎のキンちゃんだった。同級生の女の子たちから頼られて、自分自身でもそういう存在なのだと思い込み、誰からもキンちゃんと呼ばれなくなった今でも、本当は金太郎でいたいと思っているのだろうか。

　キンちゃんの頃と真逆のことを始め、一人の時間を楽しめるようになっても、やはり、私は団体行動が好きだった。皆で力を合わせて目的を達成する。だから、バーゲンは嫌いではなかった。品出しなどの準備のために徹夜で作業をするのも、大勢の客でごったがえす中を、いらっしゃいませ、と声を張り上げながら、接客に会計にと動き回るのも、気持ち良かった。連日声を出し続けて、つぶれたのどで同じフロアの皆とカラオケに行くのも楽しかった。上司からリクエストされて、森進一の歌を誰が一番上手に歌えるか競い合うのも、はりきって参加した。律子と由美と三人で、忘年会や歓送迎会の出し物を考えるために、うちに集まり、夜通しワイワイ騒いでいると、学生の頃に戻ったような気分になれた。

体育会系なノリの、朝の発声練習も嫌いではない。いらっしゃいませ、ありがとうございました、少々お待ちくださいませ、申し訳ございません、またどうぞお越しくださいませ、……丸福デパート接客五大用語だ。

結局は、どんなに新しいことに挑戦してみても、めざせ日本一！　と円陣を組んで声を張り上げていた頃の自分が好きなのだ。

熱く盛り上がることのできる職場にいても、何かまだ物足りないという思いは心のどこかに常にある。達成感がないのだ。もちろん、初夏のキャンペーン、ブライダルフェア、お中元フェア、美容器具キャンペーン、といった毎月何かしらのイベントに対するノルマはある。個人別、フロア別、どちらも達成できれば嬉しいし、決算ボーナスの金額もそれによって決まるので、成果を身をもって実感することができる。

それでも、どこか違うと感じる。ジグソーパズルのピースが一つ足りないのではない。ジグソーパズルは完成しているのに、作りたかったのはこの絵だったのだろうか、とモヤモヤした気持ちが達成感の邪魔をしているのだ。

そんな自分に言い聞かせた。まだ、ミッション⑩までやりきっていないではないか。そして、新しいミッションを考えた。

ミッション⑥、演劇を見る。書店に行くと、好きな作家の新刊文庫本に舞台化決定という帯が巻いてあったからだ。演劇にはまったく興味がなかったので、その作品を演じる劇団〈ジオラマ〉がどういう劇団かもわからなかったし、たまに訪れていた書店の中に劇場があることも初めて知った。

原作本『リバース』は単行本のときからベストセラーだ。なのに、上演一週間前に端の方ではあるけれど前から二列目の席がとれるということは、あまり人気のない劇団なのかもしれないと、期待せずに劇場に足を運んでみると、これがツボにはまった。

群集劇で個性的な登場人物が狭い舞台を動き回っていたからなのか、登場人物の性格も年齢も生活環境もバラバラなのに最後は皆で同じ目的を持ち、達成し、喜び合うという内容だったからなのか、涙が止まらなくなるほどに胸が熱くなったのだ。

カーテンコールの際も、舞台に整列した名前も知らない役者たちに、手のひらがしびれるくらいの拍手を送った。

その中に、見憶えのある顔を見つけた。サイトウ、というセリフは少ないながらもコミカルな動きをする役を演じた人だった。私の席とは反対側の一番端に立っていたし、顔を白く塗るメイクをしていたので初めは気付かなかったけれど、二度目に左右入れ替わって整列した際に、マンションの近くにある餃子のチェーン店「餃子天国」でアルバイトをしている男の子だと思い当たった。

——スタミナたっぷり、できたて、アツアツだよ〜。

一人で訪れる私に、いつもそう言いながら、満面に笑みを浮かべて餃子とチャーハンのセットを運んできてくれる、きれいな顔をした男の子だった。一人で来ている女性客に、そんな大きな声を出さなくてもいいのに、と恥ずかしくなり、目も合わせずに箸《はし》をとっていた。

恋人も友だちもいない寂しい女だと思われているのかもしれない。元気付けてあげようと同情されているのかもしれない。などと一人の外食は慣れていたはずなのに、彼に対してはどうにも気持ちが落ち着かず、卑屈な思いで受け止めていた。しかし、役者だったから、抑揚のきいたしゃべり方になっていたのか、と納得できると、耳の奥に残る声さえも心地よいものにすり替わった。

背の高い樹林から、広場へと出た。「矢倉沢峠《やぐらさわとうげ》」と書かれた看板が立っている。広場の隅に茶屋の建物があるけれど、営業はしていない。せっかく視界が開けた場所なのに、寂れた空気だけを醸し出している。私たち以外に、今日、この山を登っている人などいないのではないだろうか。

「舞ちゃん、足痛くない？」

「ううん、全然」

から元気でもなんでもない。急坂ではあったけれど、足が痛むどころか、息すら上がっていない。牧野さんに勧められて購入したストックも、どのタイミングで使えばいいのかわからない。

「なら、よかった」

大輔はほっとした様子だ。ストックをどうするか、頂上までの時間を知るために、看板を確認することにした。分岐の道も見える。コースは一つだけではないようだ。

ちょっと待て。金時山山頂まであと四〇分と書いてある。たったそれだけ？　登山口から合わせても、一時間半ほどのコースということになる。もしかすると、登山口の看板にもそう書いていたのかもしれないけれど、拍子抜けだ。こんなの、私が望んでいた登山ではない。

大輔がやってきた。

「どうかした？　ここで丁度半分だから、休憩しておいた方がいいよ。そうだ、チョコレートを持って来てたんだ」

私の胸の内などおかまいなしに、大輔はリュックのポケットから個包装されたアーモンドチョコレートの袋を出して、二つ、私に差し出した。

ありがとう、と受け取り、二つ同時に口に入れたものの、生ぬるくてあまりおいしくない。疲れたときのチョコレートは元気を回復する起爆剤になってくれるけど、今はただ、喉に張り付いて気持ち悪いとしか思えない。洗い流すように水をがぶ飲みした。多分、これで、この後、無駄にしんどくなるはずだ。

そもそも、疲れていても暑いところでは、チョコレートをからだが受け付けない。登山口付近が暑いのは当たり前だ。夏なのだから。おまけに今日は快晴だ。しかし、高度が増すに従って涼しくなっていくのが夏山の醍醐味《だいごみ》なのではないのか。

長袖の上着が必要なほどひんやりとした空気に触れながら、下界の暑さを思い、別世界に来たのだなあ、と長い登り坂を歩いてきた自分をねぎらうものなのではないのか。そんなときに食べるチョコレートは、たとえ安物でも、どんな高級店のものにも劣らないほどおいしく感じられるのだろうけれど。

——山頂で食べた「うさぎ堂」のいちご大福、最高だったな。

由美はとろけそうな表情でそう言っていた。あと四〇分歩いた後に、その気持ちがわかるようになれるとは、とうてい思えない。

「お腹《なか》すいたかもしれないけど、山頂までがんばって」

大輔に無駄に励まされ、黙って頷いた。そういうことではないのだと、説明する気力が湧かない。じゃあ行こうか、と大輔が足を踏み出した。その後ろをついていく。傾斜は少しきつくなっている。岩もごろごろしている。ストックは出していない。右足を岩の上に乗せて、体を引き上げる。左足を乗せて、体を引き上げる。どちらの足首にかかる負担も同じように感じる。

本当に私の左足は爆弾を抱えているのだろうか。医者は慎重に判断を下しただけで、本当はもう、跳んでも、走っても、どうってことないのではないか。ただ、それは今ここで試してみることではない。さすがに、私もそこまでバカじゃない。

ミッション⑩まで試してみても、満たされないと感じたら、バレー用のシューズを買おう。とはいえ、ミッションは残りあと一項目しか残っていない。

ミッション⑦は、サインをもらう、だった。部活の仲間とカラオケに行って、新曲を二つ歌える程度には音楽を聴いていたし、CDもちょくちょく買っていたけれど、コンサートに行ったり、ましてや、追っかけをしたりするほど夢中になれる人はいなかった。そのため、誰かのサインを欲しいと思ったことはないし、友だちから自慢されても、ふうん、程度にしか思わなかったのに……。

劇団〈ジオラマ〉の「リバース」公演パンフレットを持って、私は「餃子天国」に向かった。劇場の外で、そのうえ、仕事の最中にサインをお願いするのは、いくらなんでも非常識だろうと、その日は、深夜零時の閉店間際に店を訪れた。客は私だけだったけれど、店じまいの準備をしている様子ではなかった。

店に入ると店長がまず、あれ？ というふうに一拍置いて、いらっしゃいませ、と声を上げ、大輔が続いた。仕事で遅くなって、と訊かれてもいないうえに嘘の言い訳をしながら、ドアから一番近いカウンター席につき、お腹もすいていないのに、いつもと同じ餃子とチャーハンのセットを注文した。

――はいお待たせ。スタミナたっぷり、できたて、アツアツだよ～。

大輔がカウンターに皿を置きながら、いつものように声をかけてくれた。ちらりとだけ笑顔を確認してから、早く本題に入らなければと、口の中を火傷《やけど》しそうな勢いで料理をかきこんでいると、時間、気にしなくていいですよ、と大輔がコップに冷水を注《つ》ぎ足してくれた。

――そうではなくて……。

とっさにここまで出てしまったのなら、あとは全部言うしかない。食事の途中だったけれど箸を置き、足元の棚に置いていたバッグからパンフレットと、店に来る途中にコンビニで買ったばかりの油性ペンを取り、両手で差し出した。

——サインをしてください！

大輔が受け取り、両手があくと、水を一気に飲み干した。あとは言い訳祭りだ。

本の帯を見て、演劇を見に行ったら、たまたまあなたがいて、あ、でも、ものすごく感動して、サイトウ役、セリフはちょっとだったけど、バカだけど一生懸命なのが伝わってきて、ああ、バカだなんてすみません。でも、最初に泣いたのは、サイトウのセリフのところで……、それがカーテンコールのときに「餃子天国」さんだってわかって、びっくりして……、まあ、そういう感じです。

皿の餃子ばかり見ながらしゃべっていたので、それを大輔がどんな顔で聞いていたのかはわからない。しかし、頭の上から、ありがとうございます、と少し改まったような声が聞こえて、油性ペンがキュッキュッと鳴る音がした。

——おい、大輔。おまえ、サインするほど有名な役者だったのか？

店長が冷やかすように声をかけた。

——そんな、初めてですよ。

その言葉に、胸の奥をキュッとつかまれた。達成感とは違う。でも、それまでの人生になかった高揚感を体験することができた。……ことすら、すっかりと忘れていた。

あと一〇分くらいか、と思った辺りからさらに傾斜がきつくなった。さすがに息が少し上がる。だけど、普段見ることのない花がたくさん咲いていて、ようやく登山をしているのだと体で感じられるようになってきた。ロープのかかった岩場に突き当たる。これは、足をすべらせると、大変なことになるかもしれない。左足をかばうように慎重に一歩ずつ登っていくと、パッと視界が晴れた。広場に石の祠《ほこら》のようなものが立っているのが見える。

山頂に着いたのだろうか。

「お疲れ様」

そう言いながらも、こちらを振り向いた大輔は、私の真正面から視界をふさぐような立ち方をしている。身長は同じくらいだ。ヒールの高い靴ではないので、その先を見渡すことができない。

「ここから少しのあいだ、目をつむってほしいんだけど」

ちょっとしたサプライズを用意しているようなワクワクした表情だ。それなりの景色を見ることができるのだろうと、とりあえず指示に従った。期待はまったくしていない。両肩に大輔の手がかかる。リードされる方向にゆっくりと足を進めた。一応は、すごい、と言ってみた方がいいのだろうか。今ではすっかり年上風を吹かせているけれど、先に好きになったのは、私の方だ。

ミッション⑧は、告白する、だった。

人生初彼氏。女子からは片手で数えられないくらいラブレターをもらったことがあるし、キスしてください、とマジメな顔で迫られて、ゴメンと突き飛ばし、猛ダッシュで逃げたこともあったけど、男子となると、コーチや監督くらいとしか、まともにしゃべったことはなかった。そんな私に、天からの贈り物のように、かわいくて優しい彼氏ができたというのに。

思い出せ、あのときの気持ちを。

サインをもらったはいいけれど、かえって、「餃子天国」に行きにくくなってしまった。ストーカーのように思われたらどうしよう、とそればかりが気になっていたからだ。でもそうすると、会いたくて、会いたくて、たまらなくなって、「餃子天国」の前をいつも通るというのに、そこはダッシュで駆け抜け、劇団の住所宛にファンレター、いや、ラブレターを出したら、返事がきた。

「ファンレターをもらったのも初めてです」というメッセージと一緒に、次の公演の初日のチケットが同封されていた。「リバース」のときは後ろから二番目にあった名前が、後ろから四番目になっていた。いや、前から七番目だ。大輔の贈ってくれた席に座ってみて、最前列に近いのがいい席というわけではないことを知った。

かなり奮発した花束を持ってきたはずだったのに、ロビーに並んだ、主演俳優宛のスタンドフラワーを見ると、こんなちっぽけな花しか用意できずに申し訳ないと、自分の名前を名乗ることに怖気《おじけ》づき、小野大輔さんに渡してください、とロビーにいたスタッフにそれだけしか言わずに預けてしまった。しかし、それを大輔はロビーの端の方で見ていたらしい。

——肩にかつぐみたいに大きな花束を持って立っている舞ちゃんがかっこよくて、周りの人たちも見とれていたよ。客席の中からもすぐに見つけることができた。って、それは当然か。俺がチケット送ったんだから。

まっすぐ目を見ながらそう言われたのは、公演翌日、仕事に行くために「餃子天国」の前をダッシュで通り過ぎようとしたときだ。自然と首が回ってしまう方向に、大輔が立っていた。その言葉は舞台の上に立つあなたにそっくりお返しします、と心の中では思ったが、どう言葉にしたのかは憶えていない。

それでも、まだ満たされていないと感じる私は、何なのだろう。

大輔の足が止まった。

「目を開けていいよ」

ミッション⑨、登山をする。正確には、金時山に登る。頂上に到着した。目の前には「天

下の秀峰　金時山」と書かれた大きな看板が立っている。標高一二一三メートル。律子たちが登った山の半分の高さにも満たない。しかし、その先には……。

富士山だ。緑豊かな平野の向こうに、褐色の、左右対称の美しい姿が、泰然とある。

言葉が出ない。これはいったい、と大輔に目で問うた。

「金時山は金太郎伝説だけじゃなく、富士山眺望のベストスポットとしても有名な山なんだ」

富士山に縁がある山、とはこういう意味だったのか。もう一度、その姿を眺める。富士山が視界に鎮座しているあいだは、時間が止まっているように感じる。

ガヤガヤと騒々しい声が聞こえてきた。私たちがやってきたのとは別の方向から、子どもたちの団体がやってきた。二〇人くらいの小学生と、あまり先生らしくない引率のおじさんが三人。子どもたちは男女も学年も混合でグループ分けされているようで、お揃いの体操服の上から、色分けされたゼッケンが縫い付けられている。

「金太郎登山クラブ、まだやってたのか」

目を細めて子どもたちを眺めながら、大輔が言った。どういう意味だ？　と思いながらも、がんばった子どもたちに絶好のビューポイントを譲る。今年は運がいい。いい天気で本当によかった。おじさんたちが機嫌良さそうに話している。ということは、私もラッキーなのか。

元気のよいバンザイの声がこだまする。

　金時山の山頂には茶屋が二軒ある。奥の茶屋の前にある木製テーブルにつくと、大輔がちょっと待ってて、と茶屋に入っていった。

　ここからでも富士山はきれいに見える。それにしても、まだやってたのか、とは……。少し考えて、ここが神奈川県であることに気が付いた。大輔が神奈川出身だというのは、付き合い始めたばかりの頃、本人から聞いたことがあった。私が関東出身で地理に明るければ、もっと具体的な地名を訊いたかもしれない。

　しかし、これまでにも、踏み込んで訊いたのが申し訳ないと思うくらい、市や町の名前を教えてもらってもわからないことが多かったので、具体的な場所を訊ねることをしなくなった。誰だって、自分の出身地を堂々と答えたあとに、首をひねられるのは愉快ではないはずだ。神奈川県と聞いて、なるほど横浜とかそういったところかと、勝手に海辺の町を想像していたけれど、そうではなかったのかもしれない。

「おまたせ」

　大輔が両手に一つずつ持ったどんぶりをテーブルに置いた。温かい湯気と一緒に味噌《みそ》のまろやかな香りが漂ってくる。茶屋の名物、キノコ汁だという。それから、と大輔はリュックを開けてナイロンバッグを取り出した。「餃子天国」の持ち帰り用バッグだ。中から使い捨ての紙の容器を二つ出して、テーブルの真ん中に並べた。

「特製チャーハンおにぎりと、冷めてもおいしいパリパリ揚げ餃子」

　バイト中のような口ぶりで、蓋《ふた》をあける。嗅ぎ慣れたごま油の香りがパッと広がった。慣れてはいても、この香りを嗅ぐと私のお腹は鳴ってしまう。空腹、満腹、関係なく、パブロフの犬のようなものだ。いただきます、と両手を合わせて割り箸《ばし》を取り、まずは具だくさんのキノコ汁から味わった。

「おいしい」

　当たり前の言葉が考える前に口から飛び出す。餃子もチャーハンも、何もかもがおいしい。それはよかった、と大輔もおにぎりにかぶりついた。大輔と「餃子天国」のお持ち帰りセットを一緒に食べるのは初めてではない。それなのに、青空のもとで食べると、この人はこんなにおいしそうにごはんを食べる人だったのか、と新しい表情に気付くことができる。

　ほんの少し首を動かせば、富士山の全景を視界に入れることもできる。

「富士山って、こんなにきれいな山だったんだ。実家への移動はいつも飛行機だから、ちゃんと見たことなかったんだよね」

「富士山の頂上から、富士山の姿は見えないからね」

　大輔が箸を置いて、こちらに向き直った。

「あっ……」

「俺も富士山は登ったことないから、一度は行ってみたいなとは思ってたけど、その前に舞ちゃんをここに連れてきたかったんだ。怒られるの覚悟で言うけどさ、舞ちゃんの頭には、富士山は日本一っていう文字とか、三七七六メートルっていう数字でしか存在してなかったんじゃないかな」

言われてみればその通りなので、怒る気にもならない。ごはんを飲み込むのと見紛《みまが》う程度に頷くだけだ。

「そんな状態で富士山に登ったら、頂上まで到着できても、頭の中は日本一制覇とか海抜三七七六メートルのままなんだよ、きっと。それは、富士山の姿を小さい頃から当たり前のように見てきている俺としては、ものすごくもったいなくて、残念なんだ」

やはり、そういう場所に住んでいたのか。

「それに……、数字に踊らされるほど、バカバカしいことはない」

なんとなく目を背けるようにして富士山を見ていたのは私の方だったのに、今度は大輔が富士山に目をやった。

「俺さ、三年前に〈ジオラマ〉に入団するまでは、ふらふらと好き勝手に生きてた、なんて言ってたけど、本当は会社員だったんだ」

大輔は私の目を見ないまま話を続けた。大学を卒業後、テレビＣＭでもおなじみの大手証券会社に入社したという。

「一分刻みで億単位の金を動かすもんだからさ、もう、四六時中、頭の中は数字だらけ。そうしたら、あるとき、数がかぞえられなくなったんだ。横並びの数字が伸びたり縮んだりしているように見えて、ゼロの数を一つかぞえ落として、大損失。会社は依願退職扱いのクビ。でもさ、会社を辞めても、頭の中にはいつも数字があった。ほら、ぼんやりテレビ見てるだけで、今日の最高気温とか、降水確率とか出てくるだろ。暑いとか、寒いとか、そんなの自分の肌で感じりゃいいじゃん。傘をどうするかなんて、出かけるときに空見て決めりゃいいじゃん。飲まなきゃやってらんねえ、って缶ビール手に持ったら、アルコール度数とか、カロリーとか、数字はどこまでもついてくる。頭の中を映像で塗りつぶしたらどうだろうって、映画を見に行きゃ、興行収入何億円、何週連続ナンバーワン。逃げるように小さな劇場に飛び込んだら、上演中の二時間、初めて頭の中から数字が消えた」

息苦しくなるような話なのに、大輔の口調は淡々としていた。多分、今、彼の頭の中に数字はないのだろう。富士山の姿がすべてを覆い尽くしてくれているから、落ち着いて話すことができているのかもしれない。

大輔がこちらを向いた。ニッと笑う。

「舞ちゃんと同じ。俺も再スタート中なんだ。舞ちゃんは付き合い始めてすぐに、ちゃんと打ち明けてくれたのに、嘘ついててゴメン。自分を大きく見せようたって、中身が伴ってないんだから、ダメだよな」

「そんなことない」

ちゃんと正面から大輔を見て言った。

「そんなことないから、絶対」

もう一度、繰り返した。二度目はもしかすると、自分自身に言ったのかもしれない。

ミッション⑩は、日本一の富士山に登る、ではない。目の前に見える、あの美しい山の頂に立つのだ。いや、そういうことではないはずだ。私には思い描いている絵がない。だから、どんな絵を完成させても何か違うと感じてしまうのだ。

なりたい自分の姿を思い描く。

これに決まりだ。富士山の姿をもう一度目に焼き付ける。もういいんじゃない？　というように、夏の雲が山頂にかかろうとしていた。金時山を楽しんだら？　風がそうささやいているると感じるほど、いつから私はそんなロマンチストになったのだろう。

金時山の看板の横には、おもちゃのまさかりが置いてある。それをかついでポーズを決めたところを、大輔に携帯電話で撮ってもらう。なかなか決まっているじゃないか。律子と由美に後で送ろう。写真を見ながら大輔が、舞ちゃんのことキンちゃんって呼ぼうかな、とふざけるように言ったけれど、それは真面目に却下した。

私はまだまだそんな器じゃない。

これから遠回りをしながら下山して、温泉に入り、おいしい蕎麦《そば》を食べて帰る。もちろん、ロマンスカーに乗ってだ。

最高の登山デビューじゃないか——。

トンガリロ

*

ウェリントンから乗った長距離バスは、終点のロトルアまで二時間以上も残したところで、私と吉田くんの二人だけになってしまった。運転席の真後ろの席に二人並んで窮屈そうに座っていたのだが、ウトウトと船を漕いでは窓ガラスに頭をぶつけていた私に、着いたら起こすから、と吉田くんは言い、足元の荷物を引き摺《ず》って隣の席へと移動した。

南島に滞在中は筋肉痛もなく、まだあと二、三コースは歩けるのではないかと思っていたが、北島に渡った途端に疲れがドッと溢《あふ》れ出て、船着き場からバス停まで数メートル移動するのも精一杯な状態になってしまった。天然温泉があるというロトルアで、今夜はふやけるまでお湯につかって旅の疲れを癒そうと、ホカホカ湧き上がる湯気を想像しながら目を閉じた。ガタゴトと年季の入ったバスが車体を揺らす音に混ざって、日本語と英語が半々の喧噪《けんそう》が耳の奥に響く。

旅の初日である二週間前、オークランドの日本料理屋だ。

一年ぶりの再会をスーパードライで乾杯した後、嬉々《きき》としてプラン表を差し出した私に、こういうのは自由旅行じゃない、と吉田くんは言い切った。ツアー旅行と同じじゃん、とも。

自由旅行の対義語がツアー旅行になるのなら、私は断然、自由旅行派だ。旅行の楽しさの五割は計画を立てるところにあると言っても過言ではない。そして、趣味が高じて、旅行会社に就職した。しかし、自由旅行にも二パターンあるのだ、と吉田くんは言う。一つは、出発前に自分でプランを練り、それに従って行動する、という私が思う自由旅行。もう一つ、吉田くんの思う自由旅行は、細かいことは何も決めず、とりあえず最初の目的地に行き、そこから思うがままに行動する、というものらしい。

確かに、そういう定義があるなら、私が作ったプラン表に従って行動するのは、吉田くんにとってはツアー旅行のようなものかもしれない。しかし、ろくに内容を確かめもせずにそういう言い方をするのは酷《ひど》いんじゃないか、との思いを込めて、私はゴンと音を立ててジョッキを置いた。私の仕事を何だと思っているんだ、と。

吉田くんは慌てて私から目を逸《そ》らすように、プラン表に視線を落とした。

一二月にニュージーランドで会おう、ということは二人で決めていた。その後、吉田くんからの手紙に、とりあえず二週間休みをとったからオークランドで待ち合わせをしよう、としか書かれてなかったのだから、細かいプランは私にまかせるということか、と解釈しても先走りではなかったはずだ。建築事務所に勤務する吉田くんは、長期休暇をとるために休みを返上して働いている、とも同じ手紙に書いてあった。

だいたい、思うがままなどと簡単に言うが、日本と季節が逆のニュージーランドは、一二月からトレッキングのハイシーズンとなる。入山制限をしているコースもあるし、国内線の飛行機やホテルなども、行き当たりばったりではとれないことの方が多いはずだ。そんなことで興味のない場所に足止めされるなんてもったいない。せっかく休みをとってくれたのだから、一分一秒だって無駄にしたくない。

それに、何も相談せずにプランを立てたのは事実だが、私一人が楽しめるコースにしたわけではない。吉田くんは喜んでくれるだろうか。そればかりを考えながら、資料と時刻表を片手に、限られた日数で最大限にトレッキングの名所が集まった南島を堪能《たんのう》できるプランを立てたのに。資料はファイル二冊分、時刻表は三冊、ニュージーランドの書店に注文し、空輸で送ってもらった。たかだか紙切れ一枚のプラン表には、私なりの愛情が込められているのだ。

とはいえ、それを喜んでもらえなかったのは、私が吉田くんの根本的な性格を理解していなかったからだということになる。しかし、それは仕方ない。付き合って一年とはいえ、その大半が遠距離だったのだから……。

念願の旅行会社に就職したものの、海外ウエディング部門に配属され、自分にはその予定がまったくないのに、毎日のように幸せなカップルの相手をしなければならない私に、大学時代のアウトドア同好会の友人が、山をやっている彼氏の友だち、という人を紹介してくれた。こういう場合は、友人の彼氏以上にかっこいい人を期待してはならない、とわかっていたが、いざ会ってみるとそういうレベルどころではなかった。

畳みたいな人だなあ、というのが第一印象だ。

登山をする人は無駄な肉がついていない、というイメージを勝手に持っていたのだが、吉田くんは、それを覆すようなデブだった。ただし、デブにも二種類、私にとってアリなデブとナシなデブがある。硬いデブと柔らかいデブ。吉田くんは前者の硬いデブ、アリの方だった。私より三つ年上の社会人五年目。登山を始めたのはここ数年で、学生時代はラグビー部だったと言われて納得できたものの、ゴリラ顔は背が高いという点で差し引きゼロにしても、前向きに検討しなくてもいいのではないかという気持ちの方が強かった。

自分のことはすべて棚上げにして。

——俺、色黒の子、好きなんだよね。

吉田くんは私を見るなり、私の一番のコンプレックスを、当たりくじでも引いたかのようにさらりと口にした。もともと、色白か色黒かで分ければ黒に近いうえ、顔に汗をかきやすいため、出かける際の日焼け対策は朝に一度だけクリームを塗るくらいだったので、どこまでが地の色でどこからが日焼けなのかわからないような肌の色を、学生の頃はそれほど気にしていなかった。

しかし、約二年間、毎日毎日、結婚を控えた、内面からにじみ出る幸せオーラでピチピチに輝く、色白の女の人と向き合っていると、色黒は不幸の象徴のように思えてきて、新発売の美白クリームなどを試してみたものの、効果もいまいち表れず、ためいきばかりの日々を過ごし、この日に至ったという経緯もあった。

——私も硬いデブ、嫌いじゃないですよ。

欠点だと思っているところを好きだと言われても素直に喜べず、投げやりな気分でこんな言い方をしたのに、吉田くんは、デブを褒められたのは初めてだ、と腹の底から嬉しそうに笑い、一人胴上げだ、と私を持ち上げて三回宙にほうった。飲み屋街の中心で。週末のうかれた通行人が溢れかえる中で。

女子大の頃はもちろん、山でもこんな人とは出会ったことがなかった。恥ずかしさとくすぐったさを感じながらも、頭の片隅で漠然と、この人と一緒ならおもしろいことにいっぱい出会えるのではないか、と感じ、その思いに従うことにしたのだが。

ニューカレドニア支社への異動命令が出たのは、その一週間後だった。入社二年目の私がいきなり海外に抜擢《ばってき》されたのは、単に、ニューカレドニアという場所と肌の色が合っていたからではないかと思う。先輩たちや同期の子たちからは、羨望も嫉妬も受けず、合ってると思う、とまるで私が故郷に戻るかのように納得された。

肌の色はさておき、辞令に関しては、実は飛び上がって喜びたいほど嬉しかった。森村桂さんの『天国にいちばん近い島』が子どもの頃からの愛読書だったからだ。自分にとっての、地上の天国を探したい。瀬戸内海沿岸の町で育った私には、日常生活があまりにも海の近くにありすぎて、海の向こうにロマンも何もあったものじゃない、とそれを山の彼方《かなた》に求めていたのに、やはり、海が呼んでくれたのだ、と夢見心地で異動に同意した。

問題は吉田くんだった。旅も好きだという吉田くんからは、学生時代の一人旅など、話せば話すほどおもしろいエピソードが出てきて、何時間でも、何日でも一緒にいたいと思えていただけに、残念なところもあったが、別れるなんて絶対に無理、と悲観するほどではなかった。一回しか寝てないし、仕方ないか、くらいに思いながら、普通電車しか停《と》まらない駅前の、寂れた商店街を抜けたところにある吉田くんのアパートを訪れ、海外赴任になったから今日でお別れだ、と涙も流さずに伝えた。

すると、吉田くんはおもむろに私の手を引き、昼間から半分以上の店がシャッターを下ろしている商店街に連れていくと、まず、文房具店で若干黄ばんだエアメール用のレターセットを二〇組全部買い占めた。続いて、郵便局に連れていき、ニューカレドニアまでの切手代を訊《たず》ね、九〇円だと教えられると、それを一〇〇枚購入した。そして、最後に宝石店に行き、この勢いなら指輪かな、と眺めている横で、古くさいデザインのエメラルドのペンダントを買った。私の誕生石はエメラルドではない。

――今はここまでしかできん。

さて、彼はどこの出身なのだろう、などと考えながら、差し出されたペンダントを受け取った。私は緑がそれほど好きではなかったが、昔から、母親はピアノの発表会などここ一番といったときの私の服に、緑ばかり買っていた。あんたは色黒だから緑が似合う、と言って。多分、それと同じ理屈なのだろうと思っていると、次にレターセットと切手を半分渡された。

――たった九〇円の距離や。

そういうものかと笑えてきた。が、切手は返した。

――あっちからこれは使えんでしょ。

同じようなアクセントのエセ方言で返してみた。

――予定の二倍、書くことになったなあ。

そうやって、翌月、ニューカレドニアに赴任してからは、互いに書いたものへの返事を待たず、三日に一度のペースで文通をした。好きな音楽、おもしろかった本や映画、週末に登った山などについて。会社の友だちの結婚式、おじいさんの法事、アパートの庭に住みついた猫の出産。仕事でボツになったという図面が送られてきたこともある。あの指でこんな繊細なラインが引けるのか、と驚いた。そして、感動の再会はどこで行おうか、と。

それだけやりとりしていても、吉田くんという人は、文章だけでは理解できないことの方が多いのではないか、と改めて感じた。もういいよ、とプラン表を取り返すため手を伸ばすと、吉田くんはヒョイと紙を一段高く持ち上げ、小さく折りたたんで、ポロシャツの胸ポケットに入れた。

――よく見たら、かなりおもしろそうだし、これで行くか。

そうして、翌日、国内線の飛行機で南島の玄関口、クライストチャーチに渡り、バスでクイーンズタウンに移動して、予約を入れていたミルフォード・トラックへと向かった。その後、ルートバーン・トラック、アベル・タスマン、マウントクック周辺といった、ニュージーランドの主だったトレッキングコースを歩き倒し、再び、北島に戻ってきた。

私のプランは完璧だったじゃないか……。

吉田くんが誰かと話しているのが聞こえる。英語だ。いい靴だな。おまえたちはトレッキングをするのか？　北島ではトレッキングをしないのか？　北島でもトレッキングができるのか。イエス、イエス。知らなかったのか？　信じられない。あんな壮大で美しいところなのに。本当に？　ロトルアまで行ってしまっていいのか？　じゃあ、そこでバスを降ります。

柚月《ゆづき》、柚月、とごつい手で肩をゆすられた。

「予定変更。この少し先に、なんか、行かなきゃもったいない、みたいなトレッキングコースがあるんだってさ」

「温泉は？」

「一日で歩けるみたいだから、明日の晩でいいじゃん」

明後日《あさって》の予定は何だっけ？　とか、宿はどうするんだ？　などと寝ぼけた頭で考えているうちに、バスはここまで走ってきた国道らしき大きな道から逸れて、林の中の道へと入っていった。吉田くんが話していた相手はバスの運転手だ。しかし、この道はどう考えてもバスの正規ルートではなさそうだ。

「俺の友人が経営しているいいロッジがあるんだ。三月《みつき》前にオープンしたばかりだから部屋もきれいだし、ベッドも広いぜぇ」

「お、いいねえ」

会話を脳内変換すればこんな感じで、バスの運転手と吉田くんはすっかり意気投合している様子だが、このままこのバスに乗っていて、大丈夫なのだろうか。

＊＊

成田空港から一一時間、オークランド国際空港に到着した。季節逆転のため、着脱しやすいフリースジャケットを着てきたが、慌てて脱ぐ必要はない暑さだ。天候は曇り。四日間のツアーのうち、今日は移動日なので、特に問題はない。

入国審査を終えると、〈トレジャー・ツアー〉と緑色のボードを掲げた日本人の女の子のもとに向かった。私より一足先に着いたカップルがペンダントを首からかけてもらっている。黒い革ひもの先にしずくを絞ったような形に彫られた青緑色の石がついている。マオリの工芸品だ。なかなかオシャレなサービスじゃないかと感心しつつ、立花です、と名乗り、少しわくわくしながら女の子の前に立ったものの、お疲れ様でした、と名簿に印を入れられただけで、私にペンダントはなかった。

どういうことだ？　と怪訝《けげん》に思いながらも、後ろに並んでいる女子二人組に場所を譲ると、彼女たちも名前をチェックされただけで、ペンダントはかけられなかった。

五人分、チェックを終えた女の子がこちらに向き直った。

「このたびは、トレジャー・ツアー主催、『トンガリロ国立公園四日間の旅』をご利用いただきまして、誠にありがとうございます。皆様をご案内させていただきます、石田真由と申します。どうぞよろしくお願いします」

まだ二〇代前半と思える石田さんがかわいらしくペコリと頭を下げると、ペンダントをかけられたカップルが拍手をし、続いて、私と隣に並ぶ女子二人組もパチパチと手を叩《たた》いた。拍手を送られた石田さんは本気で照れたように頭を掻《か》きながら、こちらの神崎さんご夫妻は新婚旅行で来られています、とカップルの方を向いて自分も手を叩き、私も体の向きを変えて、俄然《がぜん》幸せオーラが漂って見えてきた二人に拍手を送った。ペンダントも旅行会社からのプレゼントなのだろう。

スッキリしたところで、石田さんの後に続き、国内線ターミナル行のバスに乗った。腕時計を直していないことに気付き、調整する。日本とニュージーランドの時差は三時間。現在、午前一〇時。これからまずはロトルアへと向かう。飛行機で四〇分だ。出発まで少し時間があるため、空港内のカフェで、自己紹介を兼ねて皆でお茶をすることになった。

成り行きでカウンターの先頭に並んだ私が注文したカプチーノが大きなカップに注がれるのを見て、後ろから、同じのにしよう、という声が続けて上がった。旅のメンバーはほのぼのした人たちが多そうで、少しホッとした。

まずは、石田さんからすでに紹介を受けた神崎夫妻が改めて自己紹介をした。クロコダイルポロシャツを着た地味なご主人とエルメスの大判スカーフを巻きこなしている派手な奥さんは、ここに至るまでにどんな物語があったのだろう、となかなか想像しがたいカップルだが、互いのバッグのファスナーについているとんぼ玉のストラップに目が留まった瞬間、きっとあれが二人を結び付けたのだろうなと、それぞれ違う色に見えていた二人を囲む空気が、同じ色に変わった。

結婚の予定などまったくない私が、温かい視線を二人に送れるのは、自分の方が少しばかり年下だからというショボイ理由であることは、ちゃんと認識している。

私は仕事が一区切り付いたので、自分へのご褒美としてこのツアーに申し込んだのだと伝えた。学生時代はよく登山やトレッキングをしていたけれど、一〇年以上のブランクがあるので、足を引っ張ることになるかもしれませんが、よろしくお願いします、と頭を下げた。のんびりいきましょう、と神崎さんのご主人が優しく声をかけてくれ、皆も笑顔で拍手を寄せてくれた。

女子二人は、アラサーの太田さんと牧野さんで、学生時代の山岳部の先輩後輩という関係だという。自分が結婚することになったので、盛大にお別れトレッキングをすることにしたのだと、おどけながら太田さんが言い、マリッジブルーのお伴《とも》です、と牧野さんは隣でクスクス笑っていた。

そこでまた、神崎さんのご主人が女子二人に、普段はどちらの山へ？　などと質問し、日本アルプスを中心とした登山の話になったのだが、これは私にとって想定外のことだ。私がツアーに申し込んだのは自己紹介で言った通り、ブランクがあるため、一人でトレッキングをするのが不安だったからだ。てっきり初心者やそういう人たちばかりが集まり、のんびり歩くのだと思っていたら、現役の人たちばかりではないか。しかも、元山岳部。私はアウトドア同好会なのに。

体力に不安がないくせに、どうして自分のペースで歩くのが難しいツアーなどに申し込んだりするのだろう、と少し考えているあいだに答えが聞こえてきた。四人とも海外旅行の経験はあるが、海外でトレッキングをするのは初めてなのだという。

「英語もそれほど堪能じゃないし、日本ではありえないようなトラブルが生じるかもしれないと思ったら、やっぱりねえ」

神崎さんのご主人だ。同じ時間、飛行機に乗っていたことが信じられないくらいバッチリと化粧をした奥さんは、登山などしなそうな外見で、あまり自分から話そうとはしないが、コーヒーを飲みながら、ご主人の話に合わせてしっかりと頷《うなず》いている。

「入国審査でトレッキングシューズを念入りに調べられただけで、ツアーに申し込んでよかったって思っちゃった。事前に聞いてなかなかったら、きっと、泥だらけのまま持ってきてたはずだもん」

太田さんが言った。ニュージーランドでは植物の生態系を保護するため、入国審査カードの、「トレッキングをする」という項目に「はい」と答えた人は、別室へと案内される。そこで、トレッキングシューズやストック、お菓子などの食品を、念入りにチェックされた。私も旅行会社の冊子を確認していなければ、靴とストックは新品を購入したので大丈夫だとしても、ナッツ類は持ち込み禁止のため、柿の種を袋ごと没収されていたかもしれない。

しかし、まだ疑問はある。

「どうしてこのコースを選んだんですか？」

皆に訊ねた。山好きなら一度はニュージーランドでトレッキングをしてみたいと思ってもおかしくはない。しかし、「世界一美しい散歩道」と言われるミルフォード・トラックを筆頭に、ニュージーランドの有名なトレッキングコースは南島に集中している。なのに、どうして北島にある、日本ではあまり知られていないトンガリロ国立公園を選んだのだろう。

「やっぱり世界遺産っていうのが魅力的だけど、それ以上に、僕たちが好きな映画のロケ地だってことが、一番の理由かな」

神崎さんのご主人が言った。何の映画ですか？　と牧野さんが訊ね、「ロード・オブ・ザ・リング」三部作であることを、奥さんが答えた。私もシリーズ全部を劇場で見た有名な作品だ。冊子には一通り目を通していたが、私は映画のロケ地であることどころか、トンガリロ国立公園が世界遺産に登録されていることすら知らなかった。

「へえ、それは知りませんでした。ちょっと、得した気分だね」

太田さんと牧野さんが顔を見合わせながら言った。

「じゃあ、やっぱり世界遺産だから、ここへ？」

神崎さんのご主人が二人に訊ねた。

「いえ、それよりは日数です」

牧野さんが答えた。

「私はデパートに勤務しているんですけど、なかなか固めて休みがとれなくて。クリスマスと年末年始は全部出ます、って無理やり上司に頼み込んで、予備日を合わせてどうにか五日間。ホントは二、三週間どーんと休んで、南島のコースなんかも歩き尽くしたいんですけどね」

「うん。僕もミルフォード・トラックにはぜひ行きたいと思ってるが……、そんな楽しみは、定年退職後かな」

「それほど先ってわけでもないわね」

神崎さんの奥さんが言ったのに合わせて笑っていると、立花さんのお仕事は？　と訊《き》かれた。

「帽子屋です」

言いながら、今回の旅行用の帽子を飛行機に預けたスーツケースに入れたままだと思い出し、帽子屋失格ですね、と頭を掻いた。トレッキングのために来ているのに、スーツケースか、ともおかしな気分になったが、ここに来ている人たち皆、同じだ。

トンガリロ・クロッシングに重装備は必要ない。


四日間のツアー旅行は移動日も無駄にしない。大きなバンを運転しながら、石田さんはヘッドフォンマイクをつけ、観光案内をしてくれている。ニュージーランドは人口よりも羊の数の方が多いと言われていますが、近年は羊の数も減り、一〇年前の半数以下となっております……。しかし、皆、瞼《まぶた》の重さに耐えきれず、ウトウトと船を漕いでいる。飛行機疲れというよりは、しっかりとロトルア観光したからだろう。

バックミラーに映る、運転席のすぐ後ろの席の私がいつまでも目を開けていると、石田さんはずっとしゃべり続けなければならないのだろうと、私もゆっくりと目を閉じた。

飛行機でロトルアに着いてからは、この車で移動している。そのますぐに、トンガリロ国立公園内にあるホテルに向かうのかと思っていたら、小高い山に登るロープウェイに案内された。頂上のレストランで、大きな湖を囲むロトルアの町を見下ろしながら、バイキング形式のニュージーランド料理を楽しんだ。

その後、ロトルアは別府と姉妹都市になっている、と石田さんから説明を受け、修学旅行で訪れた地獄めぐりと同じような施設を見に行った。大のおとなが間欠泉におおはしゃぎだ。とはいえ、実際に声を上げていたのは神崎さんのご主人と太田さんで、奥さんと牧野さんはやれやれといった様子で、しかし、なんだかとても愛《いと》おしそうに、パートナーの様子を見守っていた。私は……、自分を持て余していた。

柵を越えて間欠泉の湯を浴びようとするパートナーがいれば、やめなさいよ、と本気で怒りながら腕を取って引き戻そうとするだろう。そのくせ、内心、自分も柵を越えてみたいと思っていたりするのだ。いっそ、一緒に行こうと持ち上げてくれたらいいのにな……、などと想像してみるだけ。そして、思い切り虚《むな》しくなる。しかし、そんな気持ちを認めたくなくて、一人旅に慣れた自分を装いながら、神崎夫婦のカメラのシャッターを押してあげたり、女子二人にまったく興味のない結婚についての質問を振ってみたりするのだ。

新婚旅行なのだからロープウェイくらい二人きりで乗らせてあげればいいのでは？　仲良し旅行なのだから積もる話もあるだろうし、食事の席を分けてもいいのでは？　と、いかにも気を利かせているふうに石田さんにこっそり耳打ちもしてみたが、それはただ、自分で自分を寂しい人だと思いたくなかったからだ。

一人旅は大好きなはずだった。むしろ、一人旅しかしたくなかった。なのに、こんなショボけた人間になってしまったのは、最高に楽しい二人旅をしてしまったからだ。

それを忘れるために、このツアー旅行に参加したというのに。

眠くもない目を閉じていることがバカバカしくなり、薄く目を開けて窓の外を見た。前方右手に、左右バランスの整った美しい山が見えている。

「皆さん、寝てる場合じゃありませんよ」

思わず声を上げてしまう。神崎さんの奥さんが、まあ、とご主人を揺り起こし、仲良し二人組も、おおっ、とガラス窓に顔を寄せた。

「ナウルホエ山です。車は現在、トンガリロ国立公園内を走っています」

石田さんが声をワントーン上げて説明を始めた。宝物を自慢する子どものように。それほどに、ここは誰かに語らずにはいられない特別な場所なのだ、きっと。少なくとも、私にとっては。

*

ロッジのバンでマンガテポポ登山口まで送ってもらった。持ち物は昼食用のパンと水の入った水筒のみを入れた、小さなリュックが一つ。あとの大きな荷物はロッジのご主人に預けてある。

今日のコースは、深い緑の葉を湛《たた》えた樹木が生い繁る南島の山とは違い、丈の低い植物の生えた原っぱの中を歩いていくようだ。

「出発進行！」

吉田くんが景気よく声を上げたが、私は何も答えずに、歩き始めた。

「ったく、まだ、昨日のこと怒ってんの？」

吉田くんが後ろからついてきながら訊ねるが、これにも答えない。朝から必要最低限の言葉しか発していないのだから、黙っているのが怒っている印だということに、そろそろ気付いてほしい。

「あんなの、ちょっとしたハプニングじゃん」

ちょっとした、どころではない。

昨日……。陽気なバスの運転手に案内された丘の上のロッジは、想像以上に大きくて、きれいで、そして、驚くほど安かった。明日は「トンガリロ・クロッシング」をするのかい？といかにも山男風のひげを蓄えたロッジのご主人は、トンガリロ国立公園内で一番メジャーなトレッキングコースを丁寧に説明してくれ、連泊をせずにこのコースを歩くための、私たちの無謀な願いも二つ返事で笑いながら引き受けてくれた。

日本人の客は初めてなんだ、と言って、ただでさえ相場より安い通常のツインルームの料金で、デラックスルームに案内してくれた。センスのいいアンティーク家具が配置された部屋の中央には、一年ぶりの再会を祝して、職場のコネを使いながら少し奮発してみた、オークランドのホテルのよりも大きなベッドが置かれていた。

おおっ、と吉田くんと顔を見合わせ、二人同時に思い切りダイブしたものの、まだ日は高かった。まずは腹ごしらえに、と夕飯を食べに行くことにした。ロッジは朝食のサービスのみだったが、ご主人が鹿の肉を食べられるというレストランを紹介してくれ、ぶらぶらと歩いて丘を下り、歩いて一周できる程度の街中へと向かった。

ラズベリーソースのかかった柔らかい鹿肉のステーキとニュージーランドワインを堪能した。当初の予定では今頃温泉に入っていたのに、という思いと天秤《てんびん》にかけても、まったく負けていなかった。バスの運転手さんに感謝しなきゃね、などとふわふわとした足取りではしゃいだことを言っていた。そのときだった。

地元の気のいいおじさん、といった感じの男が私たちの前にやってきて、どこから来たんだい？　と陽気に話しかけてきた。日本から、と答えたのは吉田くんだ。男は吉田くんに、いい筋肉だね、何かスポーツをしているの？　と訊ね、吉田くんが、ラグビーをしていた、と答えると、二人はしばしオールブラックスの話題で盛り上がった。選手の名前を一人も知らない私は黙って二人の様子を見ていたのだが、だんだん、帰った方がいいんじゃないかな、という気分になってきた。男の目がまったく笑っていないことに気付いたからだ。そろそろ帰ろうよ、と日本語で言い、吉田くんのTシャツの裾を引いた。

それを見て、男は私たちを引き留めなかったが、擦り切れたジーンズのポケットから名刺大の紙を二枚取り出した。友だちが経営しているバーの一杯目がタダになる券だから、寄って行けば? と言って、通りの先を指さした。街灯の光がようやく届く先に、古い西部劇に出てきそうな木造二階建ての酒場が見えた。素敵と思えば素敵に見えるし、怪しいと思えば怪しげに見える。吉田くんは前者で私は後者だった。

——絶対に怪しいって、やめようよ。

——俺には何かおもしろい予感がプンプンするけどな。旅の終わりのカウントダウンも始まってることだし、冒険しようぜ。

冒険かあ、と仕方なく吉田くんについて行くことにした。急遽《きゅうきょ》始まった行き当たりばったりの旅は、今のところ大当たりなのだから、ここは吉田くんに従ってみるか、とも思っていた。

バーの入り口は二階にあった。そこで再び私は怯《ひる》んだのだが、吉田くんはこちらを振り返りもせず、幅の狭い錆《さ》びた鉄の階段をキシキシと音を立てながら上がっていった。カランと音を立ててドアを開け、店に入ると、道端で話しかけてきた男とよく似た雰囲気の店主が陽気に迎えてくれた。が、やはり、目は笑っていなかった。

店主は店の中央奥寄りの丸テーブルを勧めてくれた。券を二枚渡すと、ビールでいいかい？　と言って、ジョッキに注《つ》いだビールを両手に持って運んできてくれた。

――いい雰囲気の店じゃん。

吉田くんは店内を見回しながら言った。外観と同様、店の内部も西部劇に出てくる酒場のような造りになっていた。少し気が緩んだのは、奥の席にもカップルらしき客がいたからだ。店主は空《から》になったジョッキを下げ、新しいビールを彼らに運んだ。戸口に近いカウンターには、店主の知人か常連客か、といったガタイのいい男が二人、店主に、クリスマスホリデーは誰と過ごすのか、とからかうように話しかけていた。

吉田くんと乾杯をした。冷えたビールが喉を通るごとに、緊張感も解けていったのだが……。カウンターに精算に向かった奥のカップルの男性の方が店主と何やら揉《も》め出した。ビール一杯が二〇〇ドルだって？　そんなバカげた値段があるか。

――柚月、やっぱ、ニュージーランドは楽しいよなあ。

吉田くんは豪快に笑いながら私の肩に手をまわしてきた。こんなときに何を言ってるのだ、と腹が立ってきた。吉田くんが英語をそこそこ話せるということは二週間の旅のあいだにわかっていたが、実は、相手の言葉を調子よく解釈しているだけで、本当は理解できていないのではないか、と不安になった。

抗議を続ける男性だったが、カウンターにいたガタイのいい男二人が背後からやってきて、男性をはさみ込むように立つと、しぶしぶお札を取り出した。

——見るな。外国語わかりませーん、って顔してろ。

耳元で吉田くんが声を潜めて早口で言った。こちらが警戒していることに気付かれると、先手を打たれるということか。

——じゃあ、残ったビールでもう一回かんぱーい！

かなり無理をしながら調子よさげにそう言って、ビールが四分の一ほど残ったジョッキを、ほぼ空っぽの吉田くんのジョッキにガチンと当てた。

——よし、これを置いたら一気に走るぞ。

吉田くんは何食わぬ顔をしてそう言うと、あろうことか店主に向かって大声で、サンキュ〜、と空になったジョッキをかかげ、ガン、とテーブルの上に置いた。そこからは誰がどんな顔をしていたのかなんて見ていない。ドアまで走り、重いドアを手前に思い切り引いて外に出て、階段を転がり落ちるように駆け下りた。通りに出ると、吉田くんが私の腕をつかみ、引っ張られるように走り続けた。

追いかけられている気配はまったくなかったのに、吉田くんは足を止めなかった。私はもうとっくに息が上がっていて、鹿もワインもビールもただの気持ち悪い塊《かたまり》になって喉元まで込み上げていたのに。

　丘への道を駆け上がり、ロッジの正面玄関まであと数十メートルというところでようやく吉田くんは足を止めた。私の絶望的な表情に気付いたからではない。くるりと振り返り空を見上げ、すごい、と感嘆の声を上げた。空一面を白い塵《ちり》のような星が埋め尽くしていたのだ。日本から来た吉田くんにとっては、見たこともない星空だったはずだ。

　ニューカレドニアではもっときれいに見えるんだよ、とはあえて言わなかった。あれが南十字星だよ、とは言おうとしたが、言葉より先に別のものが出てきそうで慌てて飲み込んだ。そして、腕をつかんだままだった吉田くんの手を払い、ダッシュで部屋に向かってトイレに閉じこもった。

　それ以来、吉田くんとは目を合わせていない。言葉も最小限しか交わしていない。洗濯用のロープを、ベッドを分断するように張り、絶対に入ってくるな、と言っただけだ。

　平坦な道の両脇には薄紫色の花が咲いている。日本で見るのとは少し花の付き方が違うが、多分、エリカだ。きれいだね、と言いたい。私、この花好きなんだ、とも。しかし、花くらいで機嫌を直す単純なヤツだ、と軽く思われるのは癪《しゃく》にさわる。別に、この花たちは吉田くんが用意してくれたわけではないのに。

——まあ、確かに、昨日のことは俺が悪かった。

いきなり吉田くんが言った。が、振り返らない。足を進める。

——歩きながら、一人反省会をしてたんだけどさ。あのバーに行こうと言ったのは俺だ。柚月は嫌だって言ったのに。ここで減点一。奥にいたカップル、多分、ドイツ人だと思うけど、あいつらを助けずに俺たちだけ逃げた、ってのは、正義感の強そうな柚月にとっちゃ許せないことだろうし、俺も今になってちょっと申し訳なかったなと思う。ここでさらに減点一。でも、食い逃げしたわけじゃない。こっちは何も悪くないのに、柚月をゲロ吐くまで走らせたのは、俺の配慮が足りなかった。俺より柚月の方が体力あるからさ、俺が走れるうちは大丈夫だろうって思ってたんだよな……。でも、まあ、減点一。トータルで減点三。もし、まだ他に俺が気付いてないことがあったら言ってくれ。

追加はなかった。むしろ、奥のカップルに対しては何も感じていなかったので、自分が吉田くんよりも配慮の足りない人のように思えてきた。

——黙ってるってことは、減点三のままでいいんだな。……よし、じゃあ、叫べ。

——はあ？

最後に言われたことが理解できず、つい、足を止めて振り返ってしまった。

——俺に怒ってんだろ？　なら、吉田のクソボケ！　って三回叫べ。

——ここで？

辺りを見渡した。原っぱの向こうに、稜線《りょうせん》のきれいな山が見える。あそこを越えて行くのだから先はまだ長い。吉田くんも反省しているようだし、意地を張り続けるのも、この辺りまでにしておいた方がいい、とは思うが、叫ぶのはいかがなものか。日本人こそ見当たらないが、前後に片手で数えられないくらいの人はいる。

——思ったときにやるのが一番。よし、手本を見せるか。

吉田くんはそう言うと、私を追い越して山の方に向かい、両足を肩幅に開いて立った。すっと大きく息を吸い、

——吉田のクソボケ！

空いっぱいに響き渡るような声で叫んだ。あっけにとられていると、吉田くんが私を振り返った。

——いけ、柚月！　やらなきゃ、俺があと二回叫ぶぞ。

何がなんだかよくわからないが、もう、やけくそだ。吉田くんと同じように山に向かうと、腹の底まで息を吸い込んだ。

——吉田のクソボケ！　吉田のクソボケ！　吉田のクソボケ！

全部吐き出すと、そのまま突進するように畳に向かい、抱き付いた。

お城のようなホテルで一晩過ごすと、さて自分はここに何をしに来たのだろう、と考え込んでしまう。

＊＊

ナウルホエ山を左手に通り過ぎ、街中とは逆方向、映画「ロード・オブ・ザ・リング」のロケ地となったルアペフ山の方へ進むと、いきなりお城のようなホテルが目に飛び込んできた。こんな大きな建物がいったいどこに隠れていたのだろう、と驚いてしまうほど、ホテルまで数百メートルのところに来るまでは、車窓から山や平原といった自然が作り上げたものしか見えなかったというのに。

さらに驚いたのは、ホテルの部屋から山裾に広がる景色を見渡せるということだ。遠目にホテルが見えなかったのは、山裾のポケットに入ったような状態で建てられているからだと解釈していたのに、いざホテルに着いてみると、小高い斜面に沿って建っていて、いったいどうなっているのだと頭をひねらせることになった。

部屋は緑を基調とした落ち着いたアンティーク家具で統一されていて、外国に来たという非日常感にプラスして、時空をも超えたような気分になれた。二人で取り分けるくらいがちようどいいのではないかと思うほど、ボリューム満点のコース料理を、おいしいニュージーランドワインと一緒に、ツアー参加メンバー全員で楽しみ、その後、星空が見渡せるロビーにあるバーで、アラサー女子二人組とピアノ演奏を聴きながら、ニュージーランドビールを飲んだ。

——私、新婚旅行よりいいとこ来ちゃってるかも。

太田さんがそう言っていたずらっぽく笑うのを見ながら、そうそう、新婚旅行が人生ナンバーワン旅行である必要はないのだ、などと心の中で頷いていたのに、

——とかなんとか言って、新婚旅行はスイスの山に登るんですよ。

牧野さんが言うのを聞き、そんなもんか、とビールを一気に飲み干した。

——山友だちが結婚しちゃって、寂しくならない？

牧野さんに訊ねた。

——私はもともと一人で登るのが好きなんです。協調性ないから。仕事でいっぱい周りに気を遣ってるんだから、山でくらい自由でいたいじゃないですか。

ほんの一瞬、胸を針先でこすられたような思いがしたが、アルコールでぼんやりした頭では、牧野さんの言葉のどの部分に反応したのかまでは、考えを及ぼすことができなかった。

広いベッドに埋もれていくように熟睡したはずなのに、頬に白い涙の筋ができていて、どん

な夢を見たのだろう、と考えてみたが、それも思い出すことができなかった。

自分はどうして一人でこんなところにいるのだろう、と探し物でもするかのように重厚なタンスの扉を開き、ハンガーに吊《つ》られた服を見て、トンガリロ国立公園を歩きに来たことを思い出した。


午前七時、支度を整えてロビーに行くと、石田さんと一緒に、白人の背の高い男性が立っていた。トレッキングガイドのロバートさんだという。ロバートさんは、ロブと呼んでくれ、と山好きの男の人がよく見せる、誠実そうな笑みを浮かべて言った。

ガラス張りの壁に近い席でロブのパソコンを囲み、コースの説明を受ける。

私たちがこれから向かうのは「トンガリロ・クロッシング」というトレッキングコースだ。通常は、マンガテポポ登山口から出発し、ナウルホエ山、レッド・クレーター、エメラルド・レイクなどの見どころを通過して、トンガリロ山の北にあるケテタヒ駐車場までの、全長約一九キロメートルを縦走するコースなのだが、今回は大幅なコース変更がある。

コースの中間地点に当たるレッド・クレーターから、来た道を引き返すのだ。トンガリロ山が昨年秋に噴火したため、立ち入り禁止の区域ができてしまったのだから仕方がない。全員、それを理解したうえで旅行の申し込みをしているはずなので、改めてロブからコース変更を伝えられても、文句を言う人はいない。見どころはコース前半に集約されている、と冊子に書かれているため、さほど残念に思う要素もないのだろう。

それよりも、コース説明に用いられたパソコンの画像が、どれも雨や曇りの日の写真ばかりだったので、ガラスの向こうに青空が広がっているのを見ながら、皆で自分たちの運の良さを言葉に出し合い、気分は高まる一方だ。

昼食用のサンドウィッチと五〇〇ミリリットルのペットボトルを二本、行動食が入った紙袋をロブから配られた。

「いたれり尽くせりだなあ」

神崎さんのご主人が行動食の紙袋の中身を物色しながら言った。本当にその通りだ。りんご、シリアルバー、クッキー、チョコレート。おやつを他人から用意してもらったのは、小学校の遠足以来じゃないだろうか。それらをリュックに詰めて、ホテル前に停めてあるバンに移動した。

ナウルホエ山の山頂までがくっきりと見えている。神崎さんと太田さんがカメラを出して、その姿を収めた。

バンに乗ってしばらくすると、石田さんが、注意事項が一点、と申し訳なさそうに助手席から振り返った。

「トンガリロ国立公園内で撮影した山頂が写っている写真を、フェイスブックやブログなど、ネット上に公表するのはご遠慮ください」

ええ、と太田さんが声を上げた。「山女日記」にトレッキング記録と一緒に投稿したかったのに、とつぶやいている。山ガールが集うウェブサイトで、私もよくお世話になっているところなので、少し残念に思う。

石田さんは、トンガリロは先住民マオリの聖地なのだ、と説明した。先住民マオリはトンガリロ全体を自分たちの神の体にたとえ、山頂はもっとも大切な頭を表しているのだ、と。国は違うが、昔、隣の家のおばさんから同じような話を聞いたことがある。

太田さんは、それじゃあ仕方ないな、と明るく答えた。

「年賀状に使用するのもダメですか？」

神崎さんが訊ねたが、石田さんがロブに確認すると、これに対してはＯＫが出た。

「皆さんにも送りたいので、よかったら、あとで住所を教えてください」

「じゃあ、せっかくなので、みんなで交換しましょうよ」

神崎さんの提案に太田さんが続き、車の中はさらになごやかムードになった。

今なら、石田さんから歌集を配られて、皆で歌いましょう、と言われても、素直に従えそうな気がする。何がいいだろう。やっぱり洋楽か、と思ったと同時に、山もニュージーランドも関係なく、頭の中でアバの「ダンシング・クイーン」が流れ出し、まあいいかとそのまま脳内再生していると、ちょうど終わった頃に、マンガテポポ登山口に到着した。

バンを降り、皆それぞれに歩き出す準備を始める。シューズの紐《ひも》をかたく締め直し、ストックを伸ばす。リュックから帽子を取り出した。

あっ、と声が聞こえて振り返ると、神崎さんの奥さんが私の方を見ながら、人差し指で自分の帽子を差していた。

「色違いね」

私は緑、神崎さんの奥さんはワインレッドだ。

「その色とどっちにしようか迷ったのよ。でも、受け取るのに三カ月待ちでしょう。絶対にこの旅行に間に合わせたかったから、ぐずぐず迷ってる場合じゃない、って天の神様で決めたの。でも、実物を見ると、やっぱりそっちにしておけばよかったかも」

「ワインレッド、よく似合ってますよ」

お世辞ではない。色白ではっきりした顔立ちの神崎さんの奥さんには、赤系の色がよく似合う。奥さんはまだ何か話したそうにしていたが、ロブに集合をかけられた。まだみんなの名前を聞いていなかったよ、と言われ、一人ずつ順に自己紹介することになった。不思議なもので、皆、日本人同士で自己紹介をするときはファミリーネームで名乗ったのに、外国人にはファーストネームを伝えた。おかげで、全員の名前をフルネームで知ることができた。神崎秀則《ひでのり》さん、神崎美津子《みつこ》さん、太田永久子《とわこ》さん、牧野しのぶさん。最後に私の番が回ってきた。ロブに、Ｙｕｚｕｋｉ、と伝える。

ああっ、と神崎さんの奥さん、美津子さんがまたもや似合わない大声を上げた。

「立花さんって、昨日、確か、帽子屋さんって言ってたけど、もしかして、この？」

今度は両方の人差し指で帽子を差した。四ケタに届きそうなほどの数の帽子を作っていても、実際にかぶっているお客様に会ったのは初めてで、どういった返事をすればよいのかよくわからない。頬が上気するのを感じながら、ありがとうございます、と頭を下げてみたものの、本当は両手で思い切り握手したいという思いに駆られている。

私の選択は間違ってなかったんですね……、と。

＊

興味のない人からすれば、登山もトレッキングも同じなのかもしれないが、同じ山道を歩くものだとしても、トレッキングは山の頂を目指すというものではない。そのため、坂道をガシガシと登って行かなければならないところも、登山に比べれば少なく、コース全体が歩きやすくなっている。

そんなことを今更ながらに復習してしまうのは、このトンガリロ・クロッシングが、歩き始めて一時間は経《た》つのに、これといった難所もなく、整備された木道をただひたすら歩けばいい、散歩道という言葉がふさわしい状態で続いているからだ。

薄紫色のエリカの花はとうに見えなくなったものの、足元には緑深い湿地が広がり、デイジーに似た白い花が時折顔を覗《のぞ》かせている。丸っこい岩を覆う苔《こけ》は積雪と見紛《みまが》うほど白く、季節は夏で、日差しもかなり強いのに、涼やかな気分を与えてくれる。

険しい道を登りきった先に待っている景色に出会えることが、登山の楽しみの一つだとは思っている。何でわざわざしんどい思いをして山に登るの？　と訊かれたことは一度や二度ではない。実家の母親に至っては、女の子がそんなことを、とあきれかえっている。そんなとき、私は体を酷使するのが好きなのではなく、辿《たど》り着いた先にあるものが見たいのだし、実際、登ってよかったと心から思える景色に出会えたことは何度もあるのだ、と言い返したくはなるが、大抵の場合は黙ったままにしておく。

自分が健康だという自信があるからだ。

感動は気持ちの余裕の上に成り立っている。それは、他人の結婚式や旅行を世話するという仕事を通じて、より確かな思いとなった。ホエールウォッチングを楽しみにしていた人が実際に海に出て、大きなクジラが何頭も間近に現れても、乗り物酔いで苦しんでそれどころではないという状態を片手で数えられないほど目にしたことがあるし、せっかく結婚式を挙げるために遠い南の国までやってきたのに、酷いつわりのせいで、式のあいだ中どんよりと顔を曇らせ、あとの時間はすべてホテルの部屋で寝て過ごしたという新婦もいた。

頂上に到着して、そこにあるものを楽しむ余裕が残っているかどうかわからない人に、無責任に登山を勧めることはできない。しかも、頂上はゴールではなく、その後、下るという作業も控えているのだから。

それでも、楽しさを知ってもらえたらいいのに、と思うことは多々ある。花が好きな母親は日常生活で目にすることのできない高山植物のひとつひとつに興味を抱くだろうし、その思いを伝えたいのは、私ではなく、盆栽好きな父親のはずだ。しかし、両親を案内できるほど、私に登山の経験や知識はない。何せ、アウトドア同好会だ。技術力よりも、体力だけで今までやってこられていることにも気付いている。

でも、ここなら……。

「なんか、母さんも連れてきてやりたいなあ、ここには」

背後で吉田くんの声がした。足を止めて振り返ると、吉田くんは辺りの景色を見渡していた。右手にはごつごつとした岩山、左手には丸くて白い石が顔を覗かせるなだらかな緑の丘が広がっている。

「私も同じこと、考えてた」

ここなら登山の経験のない家族や友人にも勧めることができる。一緒にやるやらないは別にして、やはり、自分の好きなことは理解してもらえる方がいいし、トレッキングを好きになってもらえると尚嬉《なお》しい。簡単に言えば……。

「もったいないよな。世の中にはすごい場所やきれいな景色がいっぱいあるのに、それを知らずに過ごすのは」

「そう、それ！」

私が思っていることを吉田くんは先にすべて口にしてくれる。

「ルートバーンはちょっときついんだよな。ミルフォードやアベル・タスマンなら母さんも歩けるかもって少し思ったけど、日数がかかるのがネックだし。その点、ここなら歩きやすいし、一日ですむ。まあ、この先にわざわざニュージーランドまで来る価値があるほどのものが待ってたら、だけど」

「確かに。でも、思ったよりいっぱいトレッカーがいるし、期待できそうじゃない？」

「コース的に、どっちに向かっていて欲しい？」

「もちろん」

　こっち、と私と吉田くんは同時に黒い岩山の方を指さした。冒険にはガラガラと崩れる音が響きそうな岩場がつきものだ。どんどん行きますか、と吉田くんが言い、了解、と私は進行方向に大きく一歩踏み出した。二人で同じことを考えている。

　はるか前方を見上げると、雲一つない青空が広がっていた。しかし、私の胸の内には一点だけ、わずかにひっかかるものがあった。

　この景色を見せてあげたい、ここの存在を教えてあげたい、と私が思うのは家族や友人に対してがメインだが、それだけではない。会社の同僚やお客様たち、旅や自然に少しでも興味のある人になら、片っ端から紹介したいという思いがある。だが、吉田くんは「母さん」限定のようだ。しかも、南島の他のコースを歩いているときも「母さん」のことを考えていたとは。

　伝えたい人はたくさんいて、その中で、たまたま「母さん」だけが会話に出てきたのではないはずだ。ただ、それは仕方のないことかもしれない。

　吉田くんが母子家庭であることは、初めの方の手紙にちゃんと書いてくれていた。苦労話ではない。二つ年下の弟の結婚式で、父親の代わりに自分が挨拶《あいさつ》をしなければならなくなったから、これで大丈夫か確認して欲しい、と原稿の下書きを手紙に同封してあったのだ。三つのふくろ、という会社の上司か親戚のおじさんには定番のベタなスピーチが書いてあった。吉田くんらしくていいかな、と思いながらも、自分が立ち会った結婚式のスピーチで印象深かったものをいくつか挙げて送り返した。

自分ならこういうことを言われたい、とアピールしているように受け取られるのがイヤで、仕事の報告書のような書き方になっていたはずだ。

そもそも、まだ付き合って一年、大半が遠距離なのに、結婚なんて吉田くんは考えてもいないに違いない。何せ、自由を求める人なのだから。私もそうだったはずなのに、それが少し悲しいと思えるほどに、この二週間の二人旅は楽しかった。

木道が途切れ、黒っぽい砂地の広場に出た。望んでいた通り、コースは岩山の方に延びている。ここから登り坂が険しくなるようだ。しかし、気合いを入れて臨むほどの急坂ではない。休憩も、立ったまま水を飲むだけで十分だ。岩山を眺めながら、やっぱ母さんには厳しいか、と吉田くんがつぶやいたが、聞こえないフリをした。

「俺が前行こうか」

吉田くんにそう言われたが、幅の決まった木道でない分、一列になる必要もなく、二人並んでとがった岩がごろごろと転がる坂道を歩くことができそうだ。

「ところでさあ」

吉田くんが目を合わさずに声をかけてきた。私も足を止めずに、うん？　と答える。

「旅のあいだ中気になってたけど、怒られそうだから黙ってたんだけどさ。そのつぎはぎだらけの帽子は、ニューカレドニアで流行《はや》ってんの？」

「パッチワークです！……って吉田くんは知らないか。一応手作りだし、軽くへこんだけど。まあ、それなりに事情があるんだよ」

私は帽子を手作りするに至った経緯を吉田くんに説明することにした。黒い砂にずぶずぶと足をとられ、歩きやすいとは言い難いが、話をする余裕はある。

旅の荷物はコンパクトに。これが私のモットーだ。他人と比較するようなことではないとわかっていながらも、自分より軽装の旅行者を見ると、敗北感を覚えてしまう。それは、ニューカレドニアに赴任する際も同じで、余程、現地で手に入りにくそうなもの以外は持っていかないことにした。

日本から送った荷物はみかん用の段ボール箱二つ分だけだ。引っ越しの準備が一二月だったこともあり、気に入った夏物を十分に揃えることができなかったという理由もある。

帽子も一つだけ入れた。常夏のリゾート地なのだから、帽子くらいいくらでも売っているだろうと思い込んでいたのだ。が、欲しい品はなかなか見つけることができなかった。旅行者は持参したと思われるお洒落《しゃれ》な帽子をかぶっているが、現地の人たちは帽子など誰もかぶっていない。ウェーブした髪が直射日光から頭皮を守ってくれるのか、帽子をかぶっていないからといって、日射病になったという話も聞いたことがなかった。

私は日本から持参した帽子を大切に毎日使った。風で飛ばされないように紐をつけ、誰に貸してくれと言われても断った。現地では、貸してくれイコールくれという意味だからだ。そうやって財布よりも大切に扱ってきたのに、窓ガラスのないバスに乗り、うとうとと眠りこけそうになった拍子に帽子は私の頭から離れていった。そして、舗装されていない雨上がりのドロドロの道に落ち、さようなら、だ。

何がおかしいのか、周りにいた現地の人たちは大笑いしていた。さらば文明よ、本気でそんなことを思いながら、見えなくなっていく帽子に別れを告げた。このまま、さらに色黒になって、夜になると白目と歯だけが浮いて見えるようになるのだろうか。さすがにそこまで焼けてしまったら、吉田くんもどん引きしてしまうのではないか。

その思いに駆り立てられて、帽子をなくしたその日に、家に帰って作ることにした。とりあえず、頭を覆うことができればいい。式の前日に急遽ドレスのお直しが必要になることがあるため、前に赴任していた人からミシンは引き継いでいた。生地はどうしよう。思いついたのが、日本から持参したジーンズ二本を膝丈に切ることだった。暑くて穿《は》く気になれなかったし、帽子もできるし、一石二鳥だ。濃紺と洗いざらしの薄い青の二色を、パーツごとに切り替えて縫い合わせると、思った以上にお洒落な帽子ができた。

周囲にも好評で、娘の誕生日プレゼント用に作って欲しいと隣の家のおばさんがビロードの布を持ってきたことから、南の島にもこんな生地が売っているのか、と私のささやかな帽子研究が始まり、今に至る。

「バナナとマンゴーとパパイアをイメージした一番のお気に入りなのに」

「言われてみれば、なんか、かっこいい。うん、俺も作って欲しいくらいだ」

絶対にそう思っていないことは顔を見ればわかる。

「でも、暗闇に白目と歯だけが浮かぶ柚月は見てみたかったなあ」

こっちは本心だということもわかる。こんな言葉を真に受けてはならない。一生、吉田くんと過ごすことが確定していれば、今、この瞬間から、帽子も日焼け止めクリームも放棄して構わないが、先のことはわからない。一年間の文通の中にも、二週間の二人旅のあいだにも、この先について、吉田くんは仄《ほの》めかすことすらしていない。また一緒に来よう、という言葉さえもない。

帽子を深くかぶり直して足を進める。

黒い砂利ととがった岩の先に視界が開けた。茶色の砂地が広がっている。岩山を登りきったのだ。右手方向目前には左右にバランスのよい山がそびえている。遠くに見えていたトンガリロ国立公園のシンボルのような山のすぐ足元、いや、喉元までついにやってきたのだ。

草一本生えていないこげ茶色の頂までがくっきりと見える。

「登ってみたいな」

無意識のうちに口にしてしまう。しかし、私たちが目指すのはこの山の頂ではない。

「てっぺんまで登って、一気に駆け下りたいなあ」

吉田くんが言った。わーっと声を張り上げながら、吉田くんと手をつないでそれができたらどんなに楽しいだろう。山に登っている人の姿もちらほらと見える。

「でも、バスの時間が」

私たちにはどうしても決まった時刻のバスに乗らなければならない事情がある。

「まあ、仕方ないな。あきらめるとするか」

バスなんてどうでもいいと言い出すかと思ったが、吉田くんも帰国日は意識しているようだ。楽しい思いつきをあきらめた分だけ、決まったコースに向かうことをつまらなく感じたのだが……。一〇〇メートルも歩かないうちに、山頂への思いなど吹き飛ぶほどの景色が私たちを待ち構えていた。

「月だ」

自分がつぶやいたはずだが、吉田くんの声で聞こえたような気もする。私たちの眼下には、巨大なクレーターが広がっていた。

＊
＊

一五年前と変わらず、エリカの花が咲いている。

日本ではクリスマス用として、一〇月下旬から花屋の店先に鉢植えが並べられる。ニューカレドニアから帰国して以来、毎年それを購入し、丁寧に世話をするものの、一冬越せたためしがない。大抵は年内、クリスマスを迎える前に、茶色く乾燥して枯れてしまう。私とは相性の悪い花なのかもしれない。

恨めしい思いでエリカの花を眺める目の前で、ロブは枝先から一〇センチほどのところを片手でつかみ、ブチッとむしった。誰よりもこの場所の自然を重んじているはずのロブの行為に、ただただ唖然《あぜん》とするばかりだ。

「まったく、こんなにも繁殖しやがって」

そんな口調で、むしったエリカをぽいと投げ捨てた。エリカは外来種で、この花が増殖したせいで、この地に古くからある植物が失われつつあるのだという。

なるほど、と頷きながら皆で足を進めた。神崎さんのご主人はメモまでとっている。真面目な人ほど、大切なものとそうでないものがはっきりしているのだろう。ロブはエリカと同様にポッサムも忌み嫌っているようで、親の仇《かたき》かというほどに、ポッサムがいかに有害動物であるかを語りたおした。反面、原っぱを抜け、木道の延びる湿地に入ると、高山植物や苔について丁寧に説明してくれた。

ニュージーランドの高山植物に白い花が多いのは、蜂などの昆虫が少ないため、夜間に蛾《が》に受粉させるためだそうだ。ここを訪れるのが二度目だと誰にも気付かれないほどに、感心して頷いてしまう。右手の岩山が火山によってできたものであることは見た目から想像がついていたが、左手のゆるやかな緑の斜面が氷河によって作られたものであることは初めて知った。

そして、ここが自然遺産と先住民マオリの文化遺産との複合世界遺産であるということも。同じ景色が目の前にあったというのに、私も吉田くんもここの歴史や文化については考えもしないで、ただ、自分が見て感じるままのことを口にしながら歩いていたはずだ。ならば、どちらが楽しかったのか。それは、結論を出すべきことではない。

「帽子屋さんになろうって、いつ頃から考えていたんですか？」

私の前を歩く石田さんが、首だけで少し振り向いて訊ねてきた。

「二〇代の中頃、今からちょうど、一四年前かな」

「じゃあ、社会人になってから？」

「会社勤めを三年で辞めて、専門学校に通い始めたの」

「へえ、周りに反対とか、されませんでしたか？　……すみません、プライベートなこと訊いちゃって。自分が親の反対を押し切ってここに来たものだから、つい」

石田さんは大学卒業後、地元の役場での就職が決まっていたのに、卒業旅行で訪れたニュージーランドに強いインスピレーションを覚えて、すべてを投げ捨て、単身やってきたのだという。

「私も……、仕事はあまり迷いなく辞めたかな。先がわからないけどなんだかおもしろそうな予感のするコースに足を踏み入れてみたい、なんて思って」

「ですよね。人生は一度きり！」

石田さんはストックを持った両手を握りしめて力強くそう言うと、しっかりと前を向いて歩き始めた。人生は一度きり。本当にこの選択で正しかったのだろうか。

整備された木道が終わり、黒い砂地の広場に出た。ここから岩山を登る。

休憩を取るとロブから言われ、朝配られた行動食の袋からキャラメル味のシリアルバーを取り出し、かぶりついた。軽量で栄養価も高く、味も悪くない行動食は、今ほど種類が多くないにしても、当時も簡単に手に入れることができた。それなのに、吉田くんはそんな子どもの朝飯を固めたものではパワーが出ないと、リュックにいつもバナナを入れていた。食べ終えた後の皮を持ち歩かなければならないし、ビニル袋の口を堅く閉めていても発酵したようなにおいはリュックの中に広がるので、買い出しの際に吉田くんがバナナに手を伸ばすごとに私は止《や》めてくれと頼んでいた。が、バナナに関しては譲れない、とゴリラ顔に言われると、折れるしかない。結局、私のおやつもバナナになる。

　バナナが恋しいのは、急坂を登り出してまだどれほども経っていないのに、息が上がってきたからだろうか。この道は二、三年前に階段状に舗装されて登りやすくなった、とロブは言っているが、そんな実感はまったくない。一日の大半をミシンの前に座って過ごし続けた日々のツケがここで一気にやってきたと言わんばかりの足の重さだ。一〇歩歩くごとに息が上がり、足を止めて深呼吸しなければ、次の一歩が踏み出せない。

　私なりの自由を求めた末が、この体《てい》たらくなのか。

　私以外のメンバーは皆、たいして息が上がる様子もなく、時折、談笑しながら歩いている。ペースダウンしているのは明らかなのに、誰も私に、大丈夫ですか？　などと一見気遣っているような言葉をかけてこないのがありがたい。そのうえ、ロブは後ろからやってくる他のトレッカーたちに道を譲りながら、少し進んでは足を止めて、このコースにまつわるエピソードを話してくれる。

　過去に三度、大きな噴火があり、溶岩石は噴火の時期によって重さが違う、と言って、それぞれの石を持たせてくれたりもした。石田さんが必死で通訳してくれている。教科書のような硬い訳し方ではなく、くだけた表現をしてくれるので、皆のあいだで自然に笑いが起きる。

この土地固有の高山植物はまるで淑女のようだが、エリカは派手でうるさい女のようだ。

これを石田さんは、古くからある高山植物は山手の由緒正しいお嬢様みたいだけど、エリカは渋谷のコギャルみたいだ、と表現した。ロブさんが渋谷のコギャルを知ってるはずないじゃないか、と神崎さんが愉快そうにつっこんだが、彼は日本を訪れたことがあるのだとわかり、話題は日本の山へと移っていった。

日本のどこを訪れたのか。好きな日本食は？　といった軽いことから、日本の登山事情についてまで。入山制限や入山料の是非について。ガイドをつけることの重要性。そんなことをアラサー女子たちも含め、皆が自分の思うところを真剣に語っていた。余裕のない私以外は。

最初は石田さんがすべて通訳していたが、徐々に、つたないながらも皆がロブに直接英語で話しかけている。そこからさりげなく一歩引いた石田さんと目が合った。大丈夫ですから、という意味を込めて笑ってみた。

「私がお役御免になるのが、一番理想的なスタイルなんです」

私の表情はどういう意味で伝わってしまったのかわからないが、石田さんは満足そうに微笑《ほほえ》んで一息つき、ゆっくりと階段に足をかけた。落ち着いて見ると、一歩一歩の足取りは決して余裕があるものではない。それを気力で補って、私たちのツアーが楽しいものになるようにサポートしてくれているのだ。

かつては自分もこうだったはずだ。ニューカレドニアで結婚式を挙げるために日本からやってきたカップルやその家族に、心から満足してもらえるためにはどうすればいいか、何を提案すればいいか、どうサポートすればいいか、常に考えていた。あのまま、旅行者に寄り添うことができていたら、今頃、帽子屋にはなっていなかったはずだ。

一五年前にこのトンガリロ・クロッシングを歩いた直後、一年後にニューカレドニア支社が閉鎖されるという通達を受けた。バブルが崩壊し、そこから数年はバブルの余韻でニューカレドニアでの海外ウエディングも需要があったが、年々、人気が衰退していることは、赴任したばかりの私でも気付くことができていた。リッチなOLの旅行といえばニューカレドニア、という風潮もバブルの終焉《しゅうえん》とともに霧散したかのようだった。

わざわざ支社を構えるほどだろうか、という疑問は常に抱いていた。ニュージーランドかオーストラリア支社で、オセアニア全般の事業を担えば間に合うのではないかと。

私がニューカレドニア支社勤務になったのは、将来を期待されてでも、現地のイメージに合っていたからでもない。残務処理をさせるための、ただの捨て石だったのだ。その証拠に、次に出た辞令は系列会社への出向だった。

土産物《みやげもの》の通信販売を扱う会社で、出発前に予約をしていれば、お戻り日翌日にご自宅にお届けいたします、というものだ。客の顔も見えない、ただ、注文書を処理していくだけ。そもそも、土産というのは、旅先で買うから意味があるのではないか。一人一人の顔を思い浮かべながら買うのが楽しいのではないか。

本社に戻れる見通しもまったくたたず、仕事を辞めることにさほど迷いはなかった。収入面においても、二年間の海外赴任で、贅沢《ぜいたく》をしなければ二年くらいは生活していける程度の貯金はできていた。そのうえ、バブルの余韻の中で学生時代を過ごした身としては、サラリーマンと変わらない収入をアルバイトで得ることができると、愚かでおめでたい勘違いまでしていた。

何よりも、吉田くんは一番に理解をしてくれると思っていた。

ようやく岩山を登りきることができた。が、肝心のナウルホエ山の頂にはうすく雲がかかっていて、美しい全容を見ることはできない。あのときと同じ景色を期待していたのに。ただでさえ、全コースを歩けないうえ、途中の景色すら劣るということは、前回の完璧だった状態は吉田くんと一緒だったからで、そこから吉田くんを引いた結果がこれか、などとバカで単純な計算をしてしまう。

各自、水を飲んだり、ビスケットを食べたりしながら休憩を取る中、あっ、とアラサー女子の片割れ、永久子さんが声を上げた。

「山頂に雲ってことは、この写真ならネットにアップしてもOKってこと?」

石田さんがロブに確認する。了解が出た。

これはラッキーだ、と神崎さんが早速、奥さん、美津子さんを立たせて山をバックにシャッターを押した。それをすばやく石田さんが代わって、二人仲良く微笑んでいる。

「柚月さんとツアーで一緒になりましたって、『山女日記』に投稿してもいいですか?」

永久子さんがはしゃいだ様子で訊いてくる。芸能人でもあるまいし、断る理由はどこにもない。むしろ、申し訳ない。私なんかに会えて喜んでくれるという人がいることに、こそばゆさを感じる。同意すると、早く早く、としのぶさんの横に急《せ》かされた。

ロブも呼ばれて私の隣に立つ。シャッターを押すのは石田さんだ。

「雲がどこかに行っちゃう」

永久子さんの言葉がおかしくて、ネットにアップされることに耐えうる笑顔を自然に浮かべることができた。

写真を撮り終えると、荷物を背負い直し、広場の先まで足を進めた。

巨大なクレーターに皆が歓声を上げた。二度目なのに、ああ、と声が漏れ、まばたきするのを忘れるほどに目が吸い寄せられてしまったのは、前回見たものにプラスアルファがあったからだ。

前回なかった雲が今回は巨大クレーターの上にもかかっていた。そのため、クレーター全体が影に覆われている。が、私たちの目の前で雲の一部が割れ、白い光の筋が差し込んだのだ。クレーターのちょうど真ん中、トレッカーたちの進行方向を指し示すように。

「天竺《てんじく》への道みたいだなあ」

神崎さんが言った。たとえが古いんじゃない？　と美津子さんにつっこまれて頭を掻いているが、「西遊記」だということは私にもわかる。

「なんかもう、外国っていうよりは、地球じゃないところみたい」

永久子さんが言った。「スター・ウォーズ」だの、「2001年宇宙の旅」だのと神崎さんがそれっぽい映画のタイトルを挙げ、だからそれが古いのよ、と美津子さんがあきれたように笑っている。

「あの向こうに行くなんてドキドキするなあ」

クレーターの向こうの縁《ふち》に視線を向けてしのぶさんが言った。こんなところで驚いている場合じゃありませんよ、とつい口にしたくなってしまう。だが、それは映画のストーリーを先に言ってしまうのと同じだ。ロブも石田さんも黙って、私たちがひとしきり感動に浸るのを待ってくれている。その目はどこか誇らしそうだ。

観光客が増えすぎて、自然が破壊されることを憂いながらも、根底には、この場所を多くの人に知って欲しい、そして、すごいだろう、と心の中で思い切り自慢したい気持ちがあるに違いない。

茶色い斜面を下り、クレーターの中に降りた。サッカーのコートが一〇面は取れるのではないか。円に直径のラインを引くように、まっすぐ進んでいく。前方を行く、トレッカーたちの後ろ姿を見ながら、「巡礼の旅」という言葉が浮かんできた。

光差す方へ、そして、光の向こうへ。

＊

クレーターを抜け、ごろごろとした石の転がる茶色い斜面をしばらく登ると、反対側の斜面をえぐるような形で、巨大な火口が現れた。赤茶けた溶岩が幾重にも重なり、天然のオブジェを作り上げている。

「すごいね、ホント、すごい」

単純な言葉を連発する私の隣で、吉田くんは黙って火口に見入っていた。先に向こうからの溶岩が固まって……、などと時折ぶつぶつとつぶやいているのを邪魔しないように、私はぐるりと火口全体を見渡して、もう一度、吉田くんに目をやった。

「ダメだ、俺にこれは作れん」

建築家の吉田くんは目の前の景色をジオラマで再現する方法を考えていたのか、と思っていると、どうやら、実寸大で考えていたらしい。その場を離れるのが名残《なごり》惜しいように、少し歩いては振り返りながらクレーターの尾根沿いを進んだ。

吉田くんが今仕事で、橋の設計を手掛けていることも教えてくれた。花見の名所として知られる河川なので、景観をなるべく損ねないよう沈下橋を提案したところ、即却下されたのだと言う。が、私には沈下橋が何かよくわからない。そこで今度は、吉田くんは沈下橋について説明してくれた。有名なところでは、高知県の四万十《しまんと》川《がわ》で見ることができるそうだが、私はそこを訪れたことがない。

果たして、吉田くんの頭の中にある橋と私の頭の中にある橋が同じものかどうかわからないが、形あるものを作る仕事に就いている吉田くんをうらやましく思った。

「完成したら達成感もあるし、人の役に立ってるって目で見て実感できるし、いいよねえ。

帰国したら、吉田くんの設計した場所めぐりをしてみようかな」

「よし、全部案内してやる。でも、……あっ」

吉田くんが足を止めた。眼下に再び、大きなクレーターが現れた。しかし、クレーターではもうそれほど驚かない。私たちの目を引き付けたのは、クレーターに下る斜面沿いに棚状に三つある、丸い湖だ。青緑、緑青、緑、三色別の色を湛えている。

「すごい。入浴剤をしこたま入れたような色してる」

「どうなってるんだろうな、ここは」

私と吉田くんは湖に近づこうとするように斜面を下っていった。火山からわき出る成分でこういう色になるのだろうな、と考えることはできる。光の屈折の仕方で水面の色の見え方が変わるとも聞いたことがある。しかし、わずか数メートルしか離れていない湖がそれぞれ別の色であることのからくりを解くことはできない。

「なんか、宇宙船が墜落して、別の惑星にやってきたような気分」

クレーターイコール月というイメージを最初に持っていたが、それとはまた違う、未知の世界ではあっても、確かに生物の気配を感じる深い香りを含んだ空気が漂っている。

少しでも長く湖を眺めていたくて、斜面の途中の、足跡の筋から少し逸れた砂地の上に座って昼食をとることにした。ロッジで用意してもらった、レタスとハム、チーズ、トマト、ゆで卵のスライスが大きなコッペパンに挟まったサンドウィッチだ。私はトマトがあまり好きではないが、いちいち外さなければ食べられないというわけではない。全体に大きくかぶりつき、なるべくトマトの部分は咀嚼《そしゃく》しないようにしながら、水と一緒に飲み込んだ。

ふと見ると、吉田くんがチーズを外して、パンの紙袋に入れていた。

「吉田くんって、何でも食べそうなのに、意外と好き嫌い多いよね。マッシュルームとか半熟卵とか。しかも、平気で残すし」

「まあ、それでここまで成長できたんだから、好きなもんだけ食べればいいじゃん」

まったく納得できない理屈だが、不思議な色の湖と広いクレーターを眺めていると、小さなことを気にしている方がバカバカしく思えてくる。

いつまでもここにいたいと、からだが立ち上がることを小さく拒否したが、そういうわけにもいかない。

「あー、名残惜しい」

二人同時に口にして立ち上がった。

湖は水際まで近づいても、深い色を湛えたままだった。それなのに、透明度が高く底が見えている。あと数メートル下ると、もうこの鮮やかな色たちを目にすることはできない。写真を何枚も撮ってみたが、きっと、実物の方が何倍もきれいなのだろう。それでいて、この写真を誰かに見せたら、カメラを操作して湖の色を出したと思われるに違いない。

後ろ髪を引かれる思いでクレーターまで降り、まっすぐ歩いた。

「まだ終点まで行ってないけど、ここはニュージーランドのトレッキングコースの中でも、俺的にはルートバーンと一位を争う場所だと思う」

「私はダントツ一位だよ。自分でも今日初めて気付いたんだけど、火山がけっこう好きみたい。あと、期待値が低かった分、サプライズの連続で、ポイントが高くなってるんじゃないかな」

「来てよかっただろ」

うん、と間髪《かんはつ》を容《い》れずに頷いてから、数時間前まで自分がものすごく不機嫌だったことを思い出した。怒った勢いでここに来ることを拒否しなくてよかった。そして、今なら、初日にオークランドの日本料理屋で吉田くんの言っていた「自由旅行」の意味やおもしろさを理解することができる。

クレーターを歩き切り、ゆるやかな斜面を登ってしばらく行くと、今度は真っ青な水を湛えた大きな湖が左手に見えた。ただ、その先には緑色の葉を繁らせた樹木が見え、この世界もそろそろ終わってしまうのだと、そちらの気持ちの方が勝り、驚きの声を上げることはなかった。

あとは、ゴールである駐車場まで森の中を歩き続けるのだろう。義務のように足を交互に動かしていると、俺さ、と前を歩いていた吉田くんが足を止めて振り返った。これまで見たことがないような深刻な表情をしている。何を言い出すつもりなのだろうと、不安な気持ちが半分、もしかしてプロポーズ？　と緊張する気持ちが半分。しかし、続きの言葉はなかなか出てこない。何？　と訊いてしまうと、やっぱりいい、と言われそうで、こちらからは何も言わないことにする。

「すぐにってわけじゃないけど、今の会社、辞めようかなって思ってるんだ」

えっ、と驚いたが、それほど意外なことではないような気がした。むしろ、吉田くんという人を知れば、普通に会社勤めしている方が多少の違和感を覚える。バックパックを背負って一年の大半を旅をしながら過ごし、お金がなくなれば、その場所で働く。そんな生き方の方が断然似合いそうだ。

「辞めて、どうするの？」

「まだはっきり決めたわけじゃないけど、国際ボランティア隊に応募して、途上国で働いてみたいと思ってる。それこそ、橋を作ったり、学校を建てたり、そういうことをしてみたいし、やるなら、身軽に動ける今なのかな、って」

ふらふらと呑気《のんき》に過ごしたいわけではない。ちゃんと、次の目標も固まっているし、それは一見、地に足がついていないように思えて、実はとても堅実な計画なのではないか。

「すごくいいと思う」

「ホントに？　ああ、でも柚月ならそう言ってくれるような気がしてたんだ」

吉田くんは海外で働きたいと思うようになったきっかけは私からの手紙だと言った。こちらからの手紙に、仕事の内容とはいえ、あまり自分が担当した結婚式や幸せそうなカップルのことばかりになるのは控えておこうと、日常生活のことを積極的に書くようにしていた。

隣の家のおばさんと仲良くなったこと。日曜日に一緒に教会に行ったり、日本食の作り方を教えてあげたり、ヤシの木の皮などを使った織物を教えてもらったりしていること。おばさんの親戚の娘さんの結婚式に連れていってもらったこと。家族や近所の人たちが総出で食事の支度をしたり、飾りつけをしたりと、手作りのよさを再認識したこと。壊れたラジオを直して欲しいと持ってこられて、日本人なら誰でもそういうことができると思い込まれていることにとまどったけれど、五回叩いたら普通に音が出るようになって、なんとか急場を凌《しの》げたこと。感謝されて少し良心が痛んだものの、お礼の品がバナナだったため、遠慮なく受け取ったこと、など……。

思い返すほどにたいしたことは書いていないと思うのだが、吉田くんはそんな内容の手紙が届くたびに、うらやましい思いが募っていたらしい。

「私の仕事は現地の人には直接役に立っていないけど、吉田くんがもしそういうので外国に行くと、そこの国の人に喜んでもらえることができるんでしょう？　できあがった橋に〈吉田橋〉なんて名前付けて、感謝してもらえるんだよね、きっと。絶対に行った方がいいと思うよ」

「そっか、橋に名前かあ。そこまでは考えてなかったけど、日本で本当に必要なのかどうかわかんないもん作ってるより、俺が作った橋で学校に通う時間が半分に短縮されたって喜ぶ子どもがいる方が断然いいよな」

「そうだよ、そうだよ、絶対にいい」

森の中の道を下りながら、私は吉田くんに国際ボランティア隊について、いくつか訊ねてみた。行きたい国は選べるのか、基本的に何年間行くことになるのか、など。任期が二年間だと知り、その頃には自分のニューカレドニア勤務も終わっているだろうか、と考えた。遠距離がしばらく続くことになるが、文通はもっと楽しくなりそうな予感がする。

離れている期間が長ければ長いほど、結婚して一緒にいられるというだけのことに、他人よりも幸せを感じるのではないだろうか。

森を抜けると、駐車場とコンクリートの小さな建物が見えた。屋根のついたバスの待合所だ。ついにゴール。しかし、達成感よりも、寂しさが込み上げてくる。トンガリロ・クロッシングが終わってしまった寂しさ。異世界からの帰還。ここはどう見ても、たとえ外国であっても現実と地続きの世界だ。そして、長かったニュージーランドの旅の終わり。

明日の今頃はオークランドの空港で吉田くんに手を振っているはずだ。私の飛行機の時間の方が少し早いことが、気持ちばかりの救いだ。

「お疲れさん」

吉田くんがそう言って、水筒を差し出してきた。とりあえず、水で乾杯という意味だろう。私もリュックから水筒を出し、ガチンと吉田くんの水筒に押し当てた。

腕時計を見る。まだ三〇分余裕がある。トレッカーたちは次々とゴールしてくるが、彼らは皆、駐車場に停まっている宿泊先の名前が書いてあるバンに乗り込んで、すぐにいなくなってしまう。

ベンチに吉田くんと並んで座る。終わっちゃったね、などとネガティブなことは口にしたくない。しかし、楽しかったね、とかまとめに入ってしまうのもイヤだ。無言のまま時間が過ぎてしまう。話さないのももったいない。

「……荷物、ちゃんと載ってるかな」

「大丈夫じゃないか？」

「盗まれたらどうしようって、考えてなかった」

「ニュージーランドだもんな。まあ、そうなってたら、そのときだろ。気にしない、気にしない」

そう言って立ち上がり、大きくのびをする吉田くんの向こうから、クラクションを鳴らす音が聞こえた。「ロトルア」と看板のかかった古いバスが私たちの前に停まる。

「トレッキングは楽しかったかい？」

声をかけてきたのは、昨日、私たちをトンガリロに連れてきてくれた運転手のおじさんだった。とても懐かしい再会を果たしたような気分になる。良かった、楽しかった、と思いつく限りの英単語を口にし、バスに乗ると、運転席のすぐ後ろの座席に大きなリュックが二つ並べて置かれていた。

昨日、連泊をしたり、重装備で歩いたりしなくていい方法を探すために、ロッジにあったバスの時刻表を見ていると、気付いたことがあった。バスの運転手は通常のコースを外れて私たちを案内してくれたのではなかった、ということだ。バスは元々トンガリロ国立公園を経由してロトルアに向かうコースを走り、町では契約しているいくつかの宿屋に停まることになっていた。

冒険のからくりなど、そういうあっけないものだ。とはいえ、三時にロッジに停まるロトルア行きのバスに荷物を載せて欲しいと頼んだ際、ご主人は、大丈夫か？　と心配そうに訊ねてきた。荷物だけがロトルアに行ってしまうことも十分に考えられる。

　大丈夫、と吉田くんが畳のような胸を叩き、ニカッと笑うと、ご主人は幸運を祈るよ、と引き受けてくれることになった。その荷物を手にして、硬いバネを感じるシートに二人並んでズドンと腰掛け、私たちはトンガリロ国立公園を後にした。

　自由旅行は終わってしまうが、この先には、もっと自由な人生が待っているのではないか。そんな期待を抱いて――。

＊＊

　クレーターの底を歩き切った辺りから、逆方向に向かう人たちとよくすれ違うようになった。早朝に出発したトレッカーが折り返し地点まで到着し、登山口に引き返しているのだ。前回にはなかった光景だ。人の流れから少し外れた斜面を駆け下りているトレッカーをロブが、そこを歩かないように、と注意する。ただ、はっきりとした道ができているわけではないので、ガイドなしで歩いていたら、私もコースから外れていたかもしれない。自分では、ここも許容範囲だろうと思いながら。こちらの方が歩きやすいのにと思いながら。

　多分、帽子屋になるという選択と同じだ。

ニュージーランド旅行から一年経ち、私が帰国しても、吉田くんは会社を辞めていなかった。忙しくて辞めるタイミングがつかめていないだけで、夢はそのまま持ち続けているのだと、たまに聞かせてくれていたので、安心していた。

私は系列会社での仕事はまったく楽しいと思えなかったが、もし、吉田くんと付き合っていなければ、社会人というのはこういうものなのだ、と自分に折り合いをつけながら、そのまま続けていたかもしれない。しかし、何も知らずに踏み込んだ先に、想像もつかなかったような世界が待っていることを知ってしまったあとでは、それを見ずに終わる人生を過ごすのはもったいない。何か新しいことをしたい。自分を試せることがしたい。人に喜んでもらえることがしたい。形に残るものを作る仕事をしたい。

そうして、帽子作りの専門学校に入学の申し込みをし、その日のうちに吉田くんに報告した。

——それって、ただの逃避じゃないの?

やんわりとした言い方だったが、傷つく前に、吉田くんがこういう言葉を口にしたことが信じられなかった。親ですら、仕送りはしないからね、と冷たく言い放ったものの、私自身を否定するようなことは言わなかったというのに。それなら徹底的に反対されるのかと思いきや、あっけなく突き放された。

——まあ、俺が口出しすることじゃないと思うけど。

きっと、私が系列会社に出向になった腹いせに、さほど興味のないことなのに、さも、本当はこちらがやりたかったのだといわんばかりに、着々と準備を進めている姿が美しくないことを、吉田くんは見抜いていたに違いない。

決して、逃げたわけではないのに。

ロブが淑女のようだと表現した、白いすずらんのような高山植物が岩陰にたくさん咲いている茶色い斜面を登り切ると、一列に横並びになって目を閉じるように、とロブから指示を受けた。皆でそれに従い、ロブの掛け声にあわせて、一歩、また一歩とゆっくり足を進めた。そして、目を開ける。

茶色い溶岩のオブジェが斜面をえぐるように広がっている。「レッド・クレーター」だとロブが説明してくれた。通常、溶岩は頂の先端から流れ出すものであるが、このレッド・クレーターは斜面を切り開くように、横から流れ出しているため、入り口が縦長の洞穴のような裂け目が出来上がったらしい。その裂け目から何重にも襞《ひだ》ができているのは、溶岩が何十年もの時間をかけてゆっくりと出てきたからだという。

「熟年離婚する夫婦みたい。何十年もため込んできた不満をちょっとずつ、ちょっとずつ吐き出していくの」

永久子さんが言った。

「これから結婚する人が何言ってるんですか」

しのぶさんが窘《たしな》める。新婚さんもいるっていうのに、と小さくつぶやくのも聞こえた。

「大丈夫よ。私はどかーんと一気に噴火するタイプだから」

「私もね」

美津子さんが両手を上げて、どかーん、と叫んだ。一番こういうことをやらなそうな人なのに。こういうギャップがご主人にはたまらないのだろう。いいねえ、そのポーズ、と火口をバックに美津子さんを一人立たせて、もう一回やって、と頼んでいるが、恥ずかしいからイヤ、とあっさり却下されている。

「そう言わずに。素敵な帽子と色もぴったり合ってるしさ」

思いがけず帽子が登場し、美津子さんが私を見たが、笑ってごまかしてみた。

「では、ゴールはすぐそこなので、もうひとがんばりお願いします」

石田さんが声を上げたのに従い、火口を右手に眺めながら尾根沿いをゆるやかに登りきった。そこから、少し下る。もう一つのクレーターが現れた。そして、丸い湖三つも。あのときと同じ色だ。しかし、今日はもうこの先へ行くことはできない。

「すごい、本当にこの色だ！　ガイドブックで見たときは、絶対に画像修整してるって思ってたのに」

「それ、僕も思ってたよ。特殊なカメラを使って写してるから、こんな色に見えるんだろうなって」

永久子さんと神崎さんが早速カメラを取り出して、何度もシャッターを押している。三つの湖を総称して「エメラルド・レイク」と呼ぶのだとロブが説明してくれた。色の違いはやはり火山の成分が影響しているらしい。

「ここでお昼ごはんにしましょう」

石田さんに言われて、他のトレッカーたちの邪魔にならない場所に皆でかたまり、湖の方を向いて座った。巨大なサンドウィッチを取り出す。ニュージーランドのサンドウィッチはこれが定番なのかと笑ってしまうくらい、一五年前とはさまっているものは同じだ。トマトは昔ほど嫌いではなくなった。ゆっくりとかぶりつく。

吉田くんはまだ、好き嫌いが多いままだろうか。

専門学校でのことを話すたびに、吉田くんは、はいはい楽しくていいですね、と面倒臭そうに返すので、三カ月も経たないうちに学校のことを話すのはやめた。それでも、夏には登山に行こう、と一緒に盛り上がれる話題もあり、山頂でどんなおもしろいことをしようかと、こそこそと何かたくらんでいる吉田くんを見ながら、きっとうまくいくはずだと信じていた。

吉田くんが国際ボランティア隊をあきらめたと聞いたのは、山に行く直前だった。本人から直接聞いたのではない。吉田くんを紹介してくれた友人とその彼氏と吉田くんと私の四人で食事をすることになっていたのだが、吉田くんが仕事の都合でキャンセルになり、三人で会ったときのことだった。

——一次試験に受かったのに、お母さんに泣いて止められて、おまけに一週間ほど寝込まれて、あきらめたんだってさ。

私は吉田くんが試験を受けたことも知らなかった。まだ、私がニューカレドニアにいるときで、最終試験に受かるまでは内緒にしておいて欲しい、と友人たちは口止めされていたのだという。

——吉田くんのお母さんは病気を抱えているの？

——いや、そういうわけじゃないけど、からだは人一倍弱いらしい。

母親に止められてあきらめたことも私には黙っておいて欲しいと吉田くんは、友人たちに頼んだらしい。だから、ここで聞いたことは胸の内に留《とど》めておいてくれ、と私も頼まれた。

その後、彼らとどんな会話をしたのかは憶《おぼ》えていない。何を食べたのかも憶えていない。ただ、ひたすら吉田くんのことを考えていた。

自由を愛する吉田くんが一番自由じゃないなんて。

吉田くんが自由旅行にこだわるのは、せめて旅行中くらい自由になりたいという願いの裏返しなのではないか。

私は丸一日考えて吉田くんに会いに行った。

——国際ボランティア隊の試験をもう一度受けなよ。

吉田くんは黙っていた。おまえに何がわかる、という言葉を吉田くんなりの優しさで口にしなかったのだろうが、顔を見ればそう考えていることくらいすぐにわかった。

——親って、子どもが思うほど弱い存在じゃないよ。子離れできない親にとっては、子どもが途上国に行くなんて卒倒ものかもしれないけど、実際に倒れる親なんていないと思う。最初は寂しがっても、そのうち慣れて、それからはせっせと日本食とか送ってくれるはずだよ。それでも心配なら、お母さんが体調を崩したら、私が駆け付けるから。

下書きまでして考えた言葉だった。自分の親や親戚のおばさん、友だちの母親にまでこういうシチュエイションになったらどうするか電話をして訊いてみた。女の子の親でも理解を示したのだ。

しかし、私の言葉は吉田くんの触れてはならない場所に土足で踏み込んでしまっただけだった。

——そういう杓子定規《しゃくしじょうぎ》な解釈はやめてくれないかな。あと、柚月の定規は世間の基準とかなりずれていることにもそろそろ気付いて欲しい。そこがおもしろいのに、ってもう思えないよ。

その言葉で終わった。いや、これで終わっていて欲しかった。だいたい、俺、日本からニュージーランドに行ったのに、何で日本料理屋で待ち合わせをしなきゃいけなかったんだ？なんていうみみっちい捨て台詞《ぜりふ》など聞きたくなかった。

それなのに、その後出会う人といつも吉田くんを比べ、自由って何だろう、と一〇代の子どもですら真剣に考えることはなさそうな時代になっても、フワフワと考え続け、まるでその思いを百個、千個、一万個、と形にすれば答えが見つかるのだと暗示をかけるように帽子を作り続けた。旅にも出ず、山にも登らず。

人は大なり小なり荷物を背負っている。ただ、その荷物は傍から見れば降ろしてしまえばいいのにと思うものでも、その人にとっては大切なものだったりする。むしろ、かけがえのないものだからこそ降ろすことができない。だから、模索する。それを背負ったまま生きていく方法を。吉田くんとわたしは互いの荷物を自分の解釈でしか捉《とら》えることができなかったのだ。

それでも、あのこじれた状況にあっても、二人で山に登っていたら……。

もう一度、一緒にトンガリロに行こうと約束できたかもしれない。

噂《うわさ》では、吉田くんは結婚して、来月には父親になるというのに。

柚月さん、と美津子さんに呼ばれた。

「思い込みだったら申し訳ないのだけど、柚月さんって、前にもここに来たことがあるんじゃない？」

「そうですけど……、なんで？」

「帽子よ。革を自分で染めているんでしょ？　私のパッチワークはレッド・クレーターの色でできている。あなたのはあれと同じ色」

美津子さんはエメラルド・レイクを指さした。アラサー女子二人が、本当だ、と驚いている。

「今の私の原点なので。今回は、再確認です」

帽子を外して、湖と見比べてみる。バレるのも当然か。

「私、帰ったら絶対に注文します。っていうか、新婚旅行までに間に合うようにお願いできませんか？」

永久子さんが言った。

「あつかましいですよ」

しのぶさんが永久子さんの袖を引く。が、目に浮かんだ懇願の色はしのぶさんの方が強い。

「でも、お願いできるのなら、私からのプレゼントにしたいな。この先、永久子さんと一緒に登山をすることはないかもしれないけど、帽子は連れていってもらえるわけだし、なんていうか……、いろんなところを見せてもらいなよ、って感じじゃないですか」

いろんなところを見せてもらいなよ、か。

私は永久子さんと、そして、しのぶさんにも帽子を届けることを約束した。この先、ここを何度も訪れる石田さんにも。

私の作った帽子は、私の知らない景色を見ることができる。忙しい毎日から掬《すく》い上げた誰かの自由な時間に寄り添うことができる。

そろそろ私も、新しい景色を切り取りに行こうか。

カラフェスに行こう

上高地バスターミナルに現地集合——。

夜明け前のバスターミナルは、最終週とはいえまだ八月にもかかわらず、半袖Tシャツから出た腕をぶるりと震わせるようなひんやりとした空気が流れている。私と同じ、大阪発のバスから降りてきた人たちのほとんどが、パンパンに膨れたリュックから上着を取り出して袖を通している。雨合羽の上着を着ている人も多く、皆、静寂を破らないよう黙々と準備をしているにもかかわらず、赤、青、黄、といった目立ちやすい原色が、薄暗い広場に活気を出し始めているように感じる。

とはいえ、私の上着は合羽ではない。最近読んだ山の雑誌に、荷物をコンパクト化する工夫として「雨合羽と防寒着を兼ねる」とあったけれど、そんな大勝負に出られるハズがない、と両方をリュックに詰めた。

登山経験はそれほどないが、少ない山行の八割が、私の場合、雨だった。

もともと、山だけでなく、子どもの頃の家族旅行もいつも雨天に見舞われていたため、私と姉という組み合わせが雨をもたらしているのだと解釈していた。実際、三年前の夏、姉と二人で北海道の利尻山《りしりざん》に登った時も大雨だったのだが、その後の単独登山もすべて雨に降られては、もう、自分一人で雨雲を呼んでいるとしか思えなくなった。

だけど、自分が雨女かそうでないか、今はそれほど気にしていない。そういうことではないのだと思わせてくれた人に出会ったのは……、昨年の今頃だ。

カラフェス。ヤマケイ涸沢《からさわ》フェスティバルに参加しようと思ったのは、山友だちを求めるためだった。四十路《よそじ》を目前にして、まさか「友だちが欲しい」と思うようになろうとは、想像もしていなかったが、登山を始めたのもここ数年の出来事なので、仕方がないことでもある。

学生時代にハイキング程度の経験はあったものの、卒業後は三十半ばを過ぎるまで、運動らしいことは何もせずに過ごしてきた。ただ、翻訳の仕事だけで自立するのが難しく、家業であるたまねぎ栽培の手伝いをしていたおかげで、体力だけは人並みか、それ以上にあった。

そんな私を登山に誘ったのは姉だ。旦那に離婚を切り出され、一人でじっくりと考えるために登山をすることにしたが、ブランクが心配で、多少杜撰《ずさん》に扱っても問題ない私を同行者に選んだ。そのひと月後には、姉の娘である姪《めい》っ子も加えて三人で登山をし、私はすっかり登山の楽しさに目覚めたわけだが、以後、姉から誘われることはなかった。

いや、一度声をかけられたがこちらから辞退したのだ。壊れかけた姉の一家は無事修復することができ、今度は姉の夫も一緒に登山をすることになった。そんな場にノコノコと参加できるはずがない。義兄と姪っ子のリクエストで、利尻山にもう一度というのも、未練なく断れる理由の一つだった。

悩み事がなくなった人たちは、他人の世話を焼きたがるものだ。登山中に仲のよさそうなカップルを目撃したが最後、私に、登山ツアーに参加して誰かいい人を見つけてはどうかとか、アウトドア好きの知人を紹介しようかとか、耳が痛くなるような話を延々と聞かされながらの山歩きになることは容易に想像できる。いとこが欲しいな、などと姪っ子も無邪気に参戦するはずだ。

そんな苦行に参加するのはまっぴらだ、とは言わず、家族水入らずで楽しみなよ、と笑顔で断ると、二度と誘われなくなった。昨年の夏はニュージーランドに行ったらしいが、そういうのは誘ってくれてもいいのではないか。

と、愚痴をこぼしても仕方がない。一人で行けばいいのだ。

一人が好きだから教室の片隅で読書をしているのに、友だちがいないとか、社交性がないとか、こそこそとささやかれたり、単にがっつりと肉が食べたいから一人で訪れた（かなり勇気を振り絞って）焼肉屋で、同情と好奇心の混ざった視線を受けたりと、一人イコールかわいそうな人、と見られることが多い世の中だけど、山に限ってはそうではないということが、初めての単独登山で解《わか》った。

人気コースを混雑期に訪れれば、何かあった場合でも誰かが助けてくれるのではないかと、南八ヶ岳《やつがたけ》の縦走をすることにした。登山口に着いた時から小雨はパラついていたが、貸切状態の利尻山の時とは違い、登山者は常に前後、視界に入る距離に誰かしらいた。高齢者の人たちはグループ連れが多かったものの、私と同年代と思われる人は単独行の方が多かった。女性もかなりいた。

私は特別に目立った存在ではない。周囲からかわいそうという視線を投げられることもない。自分のペースで思い切り山を満喫すればいい……、はずなのに、どこか物足りなかった。

孤独ではない。硫黄岳《いおうだけ》の頂上で、隣で昼食を取っていた女性にコーヒーをごちそうになったし、その人と横岳《よこだけ》の鎖場《くさりば》で合流した時には、雨が上がってよかった、などと狭い岩場を歩きながら互いの山の話などもした。それでも、広い道に出ると、じゃあ、と笑顔で片手を上げて先に行かれてしまう。赤岳《あかだけ》頂上山荘で再会し、夕飯を一緒に取りながら、明日の予定が阿弥陀岳《あみだだけ》経由のまったく同じコースだということが解っても、一緒に、という言葉はかけてもらえない。それどころか、食事が終わると、よい夜を、と言われてその場で解散だ。

単独行の人は、一人を楽しんでいる。どうして私は楽しめないのか。

こんな思いを姉に吐露すれば、末っ子気質じゃない？　と、したり顔で言われるかもしれない。思ったことを口にして、その場ですぐに同意してもらいたいという欲求が、どうやら昔から私の中にはある。

山を一人で楽しめる人は、コマクサを見つけても、心の中できれいだなとつぶやいているのだろうけど、私は口に出して、きれいだね、と言い、誰かに、そうだね、と答えて欲しい。ライチョウだ！　と言いたい。お父さん見て、お母さんこっちこっち、お姉ちゃんすごいよ。家族旅行の際、大声を上げているのはいつも私だった。

同行者が欲しいと思っているのは私くらいなのかもしれない。一人を楽しんでいる人の邪魔をしてはいけない。談話室の片隅でコーヒーを飲みながら、これほどまでに自分は一人が苦手だっただろうかと、ぼんやりと窓越しに星空を見つめた。ものすごくきれいだよ、と言いたかった。

しかし、日常生活の中では一人でいることを寂しいとは思わない。むしろ、地元の同級生との飲み会などは面倒臭い。きっと、旅先や山といった非日常の場所で人恋しくなるタイプなのだ。

相手を探せばいいじゃないか。旅行は好きだが山には興味のない父親は、夕飯時、土産《みやげ》に買って帰った野沢菜をポリポリとかじりながら、いともあっさりと言った。二人の娘が成人し、配偶者に先立たれた後は少しばかり旅から遠ざかっていたが、今ではふた月に一度はどこかしらに出かけるようになった。地域の旅サークルに入ったのだ。おまえもそういうところに所属しろ、というアドバイスだ。

しかし、市内にある登山サークルは、会員の平均年齢が六五歳を超えていて、私の求める仲間とは違う。結局、仲間が見つからないのは、自分が若い人の少ない田舎暮らしで、会社などの組織に所属していないからだと、あきらめることにした。

けれど、過ちにすぐに気付くこともできた。自分の生活圏内で探さなくてもいいのではないか。市内在住、最寄駅が同じ人。家に帰るまでが遠足の子どもではないのだから、ある程度の場所までは一人で出て行き、待ち合わせをすればいい。

自分で思いついたのではない。「山女日記」というウェブサイトで知ったのだ。山の雑誌を買うにも車で行かなければならないようなところに住んでいても、ネットなら二四時間情報収集が可能だ。翻訳の仕事も、田舎に住んでいることなどハンデにならない。常々、自分にそう言い聞かせ、父や姉にも豪語していたはずなのに、便利なツールであっても人生の後半戦に登場したものは、なかなか生活習慣のようには定着しない。

「山女日記」という、山好きの女性、通称・山ガール（私はこの呼び名が恥ずかしいのだけど）が集《つど》うサイトを検索したのも、山に関する情報収集や悩み相談のためではなく、友人の柚月《ゆづき》がネット販売している手作りの帽子が、そのサイトで人気だということを知り、果たしてどれほどのものだろうかとささやかな好奇心を抱いたからだった。

帽子はひと月待ちとなっていた。半年待ちだと聞いていたのに、さては人気が落ちてしまったかと心配したのも束の間、スタッフを五人雇ったと最新情報に書いてある。社長じゃないか。友人は手探りで追い始めた夢を着実に叶《かな》えていっているのに……、と情けない気分でいると、「お悩み相談所」というコーナーに目が留まった。

私はこのままでいいのでしょうか。と、クリックして現れたのは、当然、人生相談などではない。山での日焼け対策、高尾山の次に目指す山、子ども連れにおすすめの山、登山靴メーカーの比較、など山に関するものばかりだ。が、その中に一つ、目を引く項目があった。

山友だちを作りたいのですが、どうすればよいでしょうか。

投稿者の二〇代の女性、クマゴロウもまた、私と同じような悩みを持っていた。単独行の人に声をかけてみたいけれど、楽しみに水を差すようでためらってしまう。山を純粋に求めている人に比べ、仲間が欲しいと思う私は、そもそも山を愛していないのではないかと悩む今日この頃です、とまで書いてある。

そこまで思いつめなくても、と思ったが、サイトに集う人は温かい。

山フェスに参加してみたらいかがでしょう？

回答者の四〇代の女性、みっちょんは、自分のフェス体験を解りやすく書いてくれていた。

ワークショップ、ヨガ、ライブ……、ワクワクするような言葉が並んでいる。こんなイベントがあったのか、とクマゴロウに代わってみっちょんにお礼を言いたくなったほどだ。

山フェス、行きます！

そうして昨年夏、大阪から夜行バスで上高地までやってきて、一人、涸沢へと向かった。


大阪発上高地行高速バスの乗客は、六割が登山目的だと解る恰好《かっこう》をしていた。上高地は登山を始めたらやはり一度は目指したい槍《やり》や穂高《ほたか》への入り口であるのはもちろん、焼岳《やけだけ》など日帰りが可能な登山の拠点ともなる場所だ。

しかし同時に、避暑には最適の観光地でもある。フェスの行われる涸沢まで、歩行時間の目安は六時間だが、その三時間分、横尾《よこお》まではほぼ川沿いの平地で、ミニスカートにサンダルという出で立ちで訪れるのも無謀なことではない。が、朝っぱらからそんな優雅な散策をしている人は見当たらず、上着を羽織り、バスの中で履いていたゴムサンダルから登山靴に履き替えて軽く柔軟運動をすると、すぐに山へと向かう道に進んだ。色とりどりのウエアを着た登山者が霧にたゆたう中、異世界へとつながっているように見える森の中の道に、私も吸い込まれていくようだった。

誰もが無言で、聞こえてくるのは水の流れる音と早起きの鳥の鳴き声だけ。いや、夜中起きていた鳥が、おやすみ、と鳴いている声なのかもしれない。ここでは、一人で歩いているから黙っているのではない。もし、同行者がいても互いに口を閉ざしていたはずだ。

いいかい、森の中に入るには口を利いちゃいけない。お日様の気配を感じるまでは黙って歩き続けるんだ。絵本に出てくる魔女とそんな約束をしているように。

頭の中ではリストの「ラ・カンパネラ」がバイオリンとピアノで流れている。先日、バイオリン二人とピアノ一人のユニット、TSUKEMENのライブに行き、一番感動した曲だ。クラシックにはまったく興味がなかったのに、父が知り合いからチケットを買い、急遽《きゅうきょ》、私が行くことになった。知り合いの娘さんが入院することになったからだが、初めから一人で行く予定だったらしく、いざ当日、ホールの席に着いてみると、前寄り八列目中央の席というのは生演奏を聴くにはベストポジションで、ずっと楽しみにしていたイベントだったに違いないと思えた。

ライブが始まると、その思いをさらに確信した。約一時間半、バイオリンとピアノの音色に浸り、終わった頃にはすっかり私も彼らの音楽の虜《とりこ》になっていた。最新のCDを二枚買ってサイン会の列に並び、一つに私の名前を、もう一つに娘さんの名前を書いてもらって、父に届けてもらった。次にまた近くでライブがあれば、今度は一緒に行ってみたい気がするが、これも山と同じ。彼女は好きな音楽を一人で楽しみたいタイプかもしれない。

頭の中に流れる音楽にいつのまにか歩調が合い、明神《みょうじん》まであっというまに到着した。疲れていないが朝食を取るのにちょうどいいテーブルが空いているため、荷物を下ろす。売店から漂うだしの香りに誘われ、おでんの盛り合わせを買った。

お腹を満たし、また歩き出す。脳内BGMは今度は有名なアニメのテーマ曲だ。TSUKEMENが演奏するのはクラシック曲だけではない。故郷をイメージしたオリジナル曲などもあり、彼らがここを歩いたらどんな音楽が頭の中に降ってくるのだろうかと思いを馳せる。

木々の隙間《すきま》から徐々に日が差し始めたのをいいことに、鼻歌を口ずさみ、健全だな、と笑ってしまう。

姉と二人で歩いた時は、私は姉に独身でいることや経済的に不安定な生活を送っていることを責められるのではないかとモヤモヤした気分を抱えていたし、姉は自身の離婚問題について深く悩んでいた。それぞれの答えを探すような思いで急坂ばかりが続く山道を歩いていたのだ。大雨の中を。

山は考え事をするのにちょうどいい。同行者がいても、一列で黙って歩いていると、自分の世界に入り込む。そこで自然と頭の中に浮き上がってくるのは、その時に心の大半を占めている問題だ。自分の足で一歩一歩進んでいると、人生だって、自分の足で進んでいかなければならないものだと、日常生活の中では目を逸《そ》らしていた問題についても、まっすぐ向き合わなければならないような気がしてくる。頂上までこの足で辿《たど》り着けたら、胸の内にも光は差してくるのではないかという期待が背中を押してくれる。そうやって、己と向き合いながら歩くのが登山だと思っていた。

山に登る人には、皆、大なり小なり悩みがあるのではないか、と。

けれど、今の私にはそれほど悩んでいることはない。その証拠に、歩いている最中に楽しかったライブのことを思い出している。仕事や結婚について問題が解決したわけではないが、それは姉や父にとっての不満であって、私自身にとっては、このままでいいとは思っていないが早急にどうにかすべきことでもない。少なくとも、今回のフェスと登山はこの問題に立ち向かうためのものではない。

そもそも、登山に理由付けなど必要ないのだ。山が好き。だから、登る。それでいいじゃないか。ほら、素敵な建物も見えてきた。

徳沢《とくさわ》にある「徳澤園」だ。テレビに影響を受けた家族旅行が多かったからか、旅行にしろ登山にしろ、行先が決まるとなんとなく、そこが舞台になった映画やドラマ、小説がないかと探すくせがある。この「徳澤園」は井上靖の小説で何度も映像化された『氷壁』の冒頭に出てくるホテルの舞台となった場所だ。

出発前に父に教えてあげると、俺も行きたい、と言い出したが、速攻で断った。山フェスに父親と行くのはいかがなものか。そもそも、山友だちができる気がしない。

ホテルと山小屋が併設されているという建物の一階の端はカフェになっていて、そこでコーヒーを飲むことにした。混み合っていれば相席をさせてもらい、そこから、今日はどちらまで？　と話しかけることができるのだろうが、生憎そこまでは混雑してなく、テーブル席に一人で着くことができた。隣のテーブルは男女混合の四人グループで、コーヒーを飲み終えた後に、皆でソフトクリームを注文した。ここの名物だと会話の端から読み取れて、マネをしたと思われないように、彼らのテーブルから視線を逸らしてソフトクリームを買いに行った。

そんなことをしていると、自分のこれまでの人生に似たような場面が何度も登場したことに気付く。仲間に入れてもらいたければ、入れて、と言えばいいだけだし、別のグループの子たちが興味深いことを話していれば、参加させてもらえばいいのに、遠いところから眺めているだけ。それどころか、聞き耳なんて立てていませんよ、と言わんばかりに関係ない本を広げてみたりするような子だった。

大学で少しアウトドアを囓《かじ》ったのは、同じアパートの友だちが誘ってくれたからだ。誘ってくれるのを待つ。声をかけられるまで待つ。待っていませんよ、という顔をして。声をかけられたら嬉しいくせに、仕方ないな、というそぶりをして。そりゃあ、どこの会社にも受かるはずがない。結婚だってできるはずがない。

そんな単純なことに、ここでソフトクリームを食べるまで気付かなかったとは。いや、気付かないフリをしていたのだ。何が、今回は悩みがない、だ。でも、グダグダとは考えない。自分の欠けている部分と向き合い、……山友だちを見つけるのだ。

自分から声をかけて。

カラフェスですか？　この一言でいい。そう決めて歩き出したものの、視界に入る人たちに片っ端から声をかけるのもためらわれる。それに、と自分に言い訳するようなことを思いつく。この言い訳好きの自分は、ドラマのレギュラー登場人物並みに私の中に現れていることにも気付いてうんざりしながら。

槍と穂高の分岐となる横尾までは、声をかけなくてもいいんじゃないか。穂高方面、涸沢に向かう橋を渡ってからの方が、フラれる確率は低い。

そうやって横尾までは鼻歌を道連れにして、分岐から気合いを入れると、今度は単独行の人に出会わない。若い女の子の二人連れ、家族、カップル、皆、こちらが声をかける隙など一分もなさそうな人たちばかりだ。特に若いカップルは、一週間分の荷物が入っているかのような大きなリュックを背負った男子と手ぶらの女子とか、幅の狭い道でまで手をつないでいたい二人とか、彼らの世界を築き上げている。

バスに乗っていた単独行っぽい人たちはどこに行ってしまったのだろうか。槍ヶ岳《やりがたけ》に向かったのだろうか。人見知りをする性格とはいえ、友だちを作るというのはこんなにも難しいことだったか。そもそも自分に、大人になってできた友だちなどいただろうか。しかし、悲観することはない。今日は天気がいい。やはり、姉がいないからだろうか。

どうでもいいことばかり考えながら歩いていると、後ろからリズムのいい息遣いが聞こえてきて、こんにちは、と声をかけられた。私と同年代っぽい女性だ。ついにチャンスが訪れた。

「こんにちは。……カ、カラフェスですか？」

ミッション成功、と胸の内でガッツポーズをとれたのはほんの数秒だった。

「いいえ、奥穂高までです」

涸沢が経由地点でしかない彼女はそう言って、足早に私を追い越していき、あっというまに見えなくなってしまった。一度の失敗で心が折れる。このルートでもまだ、皆がフェスを目指しているとは限らない。むしろ、悩み相談コーナーでは友だちが欲しければフェスに参加しろとあったけど、フェスに一人で参加する人がいるのだろうか、という疑問がわいてきた。

ワークショップもライブも、気の知れた仲間と参加する方が楽しいに決まっている。そんな中で一人ぼっちというのは、一人登山よりも寂しいのではないか。そんな孤独感に気付かれないようにするため、とりあえず参加してみようかしら、といった気取った表情を無理やり作って、会場の隅の方に突っ立っている自分を容易に想像することができる。

いっそ、自分もフェスには参加せず、今日中に奥穂高か北穂高を目指そうかと一瞬考えたが、疲労がたまりつつある足が却下した。平地の続く横尾までは、もう行程の半分まで来たのかと拍子抜けするほどに体力が有り余っていたのに、登りが始まった途端、畑仕事とは使う筋肉が違うのだと思い知らされるような重さを太ももあたりに感じた。涸沢までは、斜面沿いの道を蛇行するように登って行くため、目的地も見えず、本当にあと一時間ほどで着くのだろうかと不安な気持ちまで込み上げてくる。

歩きながら声をかけるのは中止だ。涸沢に着いて、フェスが始まっても一人でいる人がいれば声をかければいい。これが一番確実な方法じゃないか。少し休憩を取り、そう自分に言い聞かせて歩き出したというのに、頭の中に音楽は流れてこなかった。

——自分の老後のことくらい、自分でどうにかするよ。

――三〇代で親に養ってもらってるくせに、六〇代でどうやって一人で生活していくっていうの。あんたの国民年金って、お父さんの年金から払ってもらってるんでしょ。

ぐるぐると回っているのはまたあの不毛な会話だ。実際に姉と交わしたのか、夢の中で、このままではいけないと思っている自分が姉の姿を借りて説教しているのか、もはや判別がつかなくなるくらい、心が弱ると聞こえてくる。その声をかきけすように無理やり音楽を流そうとすると、昼ドラの修羅場のワンシーンのようになり、どうすりゃいいんだと天を仰ぐ思いで視線を遠くにやると、山肌の中央あたりに小屋の屋根が見えた。屋根の先からは数本のロープが伸びていて、色とりどりの四角形の旗がはためいている。

あそこがフェスの会場だ！　なんだかとても楽しそうじゃないか。旗だけで気分が上がって足取りが軽くなった私を、もし姉が見ていたら、いい歳して、と苦笑したに違いない。足が痛いとか疲れたとかすぐにグズるくせに、祭りの会場が見えた途端に走り出すような子どもだった、私は。

涸沢には涸沢ヒュッテと涸沢小屋があり、どちらもフェスの会場となっていた。

予約を入れていた涸沢ヒュッテで受付をした際、今日はどちらの山小屋も満室だと知った。とてもそんなふうには思えなかった。なるほど、と実感するのはそれから約一時間後で、次々と登山者たちが到着した。一人でやってきた女性も多い。テント場にもカラフルなテントが次々と設置され始めた。首からてぬぐいをかけている人がちらほらいて、ちょうど広げたところを見てみると、スタッフTシャツと同じイラストの入ったカラフェスのオリジナルてぬぐいだということがわかった。

どこで買ったのかと一番近くにいた人に勇気を出して訊《たず》ねてみると、徳沢の物販ブースだと教えられた。私が着いた時は、まだテントなどの準備中だったところだ。そうして、気付く。フェスを目指す人とあまり遭遇しなかったのは、皆、バスターミナルで朝食を取ったりしながらゆっくりと出発し、徳沢や横尾でのイベントを楽しんで、涸沢へは午後三時の開会式に間に合うよう逆算して向かっていたからだ、と。

「開会式、始まりますよ」

私の隣で荷物をまとめていた女の子に声をかけられた。そうだ、ぼんやりとくつろいでいる場合ではない。山小屋に着くと、いつもの調子ですっかりゴールした気分でいたけれど、今日はこれからが本番だ。ウエストポーチを下げて慌てて立ち上がり、声をかけてくれた女の子の後に続いた。

「私、初フェスなんです」

女の子は私に振り返り、ワクワクするような表情で言った。

「私も」

そう返したが、ぎこちないトーンになっていたはずだ。おそらく、彼女は私よりひと回りほど年下だろうが、そういった年齢差の人と接したことがなかった。そもそも、姉の子を除けば、自分より年下の人と口を利いたのは、学生時代以来かもしれない。それだって、一つか二つ下なだけで、社会人になれば同い年のようなものだ。果たして、同じ言語を使っているのだろうか、という不安すら込み上げてくる。

それでも、開会式の行われる野営場まで後ろをくっついていくと、いったいいつのまにこれほどの人がと首を二回りさせてしまうほど大勢の人たちが集まっていた。誰が一人で誰がグループなのかと区別できるような状態ではない。

「ワイン、どっちもらいます？」

山にいるのに、初めて東京駅に降りた時のように人の多さにうろたえている私に、女の子は親切に声をかけてくれる。開会式で乾杯をするらしい。山でワインなど飲んだことがなかった。

「あ、赤で」

答えると同時に、透明のプラスティックカップに入った赤ワインを手渡された。

「やっぱりワインは赤ですよね。あ、あそこがよさそう」

女の子は腰掛けるのにちょうどいい岩を指さした。ちょっとすいません、と人ごみを分けながら進んで行き、私たちは仲のいいカップルのように二人で肩を寄せ合って座った。

「ありがとう」

とりあえずお礼を言ってみた。声をかけてくれてありがとうなのか、親切にしてくれてありがとうなのか、解らない。ただ、これ以上、話しかけてくれるのを待っていてはいけないと感じた。女の子は、何が？ というように首をかしげた。

「私、誰かと一緒の方が好きなんだけど、山って、一人が好きな人が多そうだから、どう声をかけていいのか解らなくて」

年下の子を相手に言うのは恥ずかしいことだけど、大自然の一角にできたカラフルな人ごみの中では、気にするほどのことではないように思えた。

「私もおんなじです！」

女の子はパッと顔をほころばせた。自分も山友だちが欲しくてフェスに参加したのだ、と。ほどなくして開会式が始まり、乾杯の合図とともに、私たちは互いのカップを合わせた後、自己紹介をした。

彼女の名前は熊田結衣さん、ネット上ではクマゴロウと名乗っているという。あっ、と上げた小さな声で、彼女も私が「山女日記」のサイトを覗《のぞ》いてここに来たことに思い至ったようだ。

涸沢ヒュッテはおでんが名物らしく、クマゴロウと私はオープンテラスの片隅で温かいおでんを頬張りながら、互いのことを話した。クマゴロウは東京生まれ、東京育ちの二六歳、歯科衛生士をしている。高校時代の友だちに誘われて登山を始めたのは二年前。高尾山に登った後、富士山登頂を果たしてすっかり山好きになったが、友だちはそれで完全燃焼してしまったらしい。

「明日の予定とか決めてますか？」

クマゴロウに訊《き》かれた。

「イベントにも参加したいけど、ここまで来たらやっぱり山に登りたいし、天気がよければ北穂高岳に登るつもり」

涸沢を拠点とした日帰り登山ができるよう、涸沢ヒュッテには二泊分の予約を入れていた。

「私もおんなじ計画です。ご一緒していいですか？」

「もちろん！　……あ、でも、私、雨女だよ」

言わなくてもいいことを口にしたのは、自分に保険をかけたかったからかもしれない。出発前に調べた天気予報では曇りマークが出ていた。もし雨が降って、二人での登山が楽しくなくても、ほら最初に言ったでしょ、と言い訳ができるように。しかし、

「大丈夫、絶対、晴れます」

クマゴロウは元気よく、自信満々な様子で言った。余程の晴れ女なのだな、と、うらやましくもあり、本当に彼女と仲良くなれるだろうかと少し不安にもなった。姉の夫も自称晴れ男だ。努力を怠らない人間には天気も味方をしてくれる、と、いつかの正月に言っていた憶《おぼ》えがある。

「クマちゃんは晴れ女なんだ、うらやましい」

「私はそんなパワー持ってません。でも、ここに来る途中、すっごく気持ちのいい空気を感じる親子に会ったんです。お父さんと息子。息子は私と同い年くらいかな。私、霊感とかまったくないけど、空気みたいなのは時々感じることがあって、これがなかなかあなどれないんですよ。つい本人たちに、いい空気に包まれてますね、って声をかけたら、二人がニッと笑って、母さんが来てるから明日は晴れだな、って嬉しそうに言ったんです。その二人が、明日は北穂高に行くって言ってたんですよ」

正直、なんとなくいいエピソードだなとは思ったが、彼女の言う「空気」というのがいまいち理解できなかった。私から晴れの空気は出ていないのか、と、そちらの方を気にしていたくらいだ。

それでも、二人で参加したキャンドルの灯りの中のサックスライブは心地よく、こういう世界もあったのかと、何か楽器を習ってみたい気分になったところに、クマゴロウが、「私、オカリナの練習をしてみようかな」と言い出し、もしかすると彼女は、私の中に自分と似た部分がたくさんある「空気」を読み取って声をかけてくれたのかもしれない、と嬉しくなった。つい数時間前には顔も知らなかった人が、長年の友だちのように感じるのも、きっと山のマジックなのだろうと思う。

そして翌日、クマゴロウが断言した通り、早朝から青空が広がっていた。ヨガに参加して、北穂高に向かいひたすらまっすぐ登り続けるような道を進みながら、私は自分はそれほど雨女ではなく、やはり姉との組み合わせが雨を呼んでいたのだ、などと悦に入りながら、空を見上げてはイベントで盛り上がっている涸沢を見下ろすのを繰り返していた。

ところが、頂上に着くと辺り一面、白いガスに覆われていた。空の高いところは青いので晴れは晴れであるけれど、奥穂高岳ではなく北穂高岳にしたのは、頂上から槍ヶ岳を見たかったからで、どうしてもがっかりした気分が込み上げてきた。

だけど、それもクマゴロウと山頂の小屋でコーヒーを飲みながら、板チョコを挟んだフランスパンを頬張っていると、まあいいや、と思えてくる。フランスパンは私が持参したものだが、クマゴロウはすっかり気に入ったようで、何を挟むのがベストだろうと、はんぺんだの、きゅうりの浅漬けだのと、パンに合いそうもないものを次々と挙げていった。それが全部、私の好物なのだから、今度一緒に試してみようかと楽しい約束ができ上がる。

いつまでも根を張っているわけにはいかないと荷物をまとめていると、徐々にガスが薄くなっていき、視界の先に槍ヶ岳の頂上が現れた。クマゴロウと手を取り合って喜んでから、再び、頂上の標識の立つ場に向かうと、同じタイミングで親子連れがやってきた。クマゴロウに訊かなくても、気持ちのいい「空気」の人たちだと私でも感じることができた。

強者親子は奥穂高経由でやってきたのだという。カメラを取り出した息子さんにクマゴロウが「シャッターを押しましょうか」と声をかけると、親子は槍ヶ岳を背に肩を組んで並んだ。二人の中央には互いの空いた方の手が添えられた笑顔の女性の写真がある。

ああ、確かに、この晴れ間はこの人たちのものだ。そんなふうに感じた。

親子と別れた後、クマゴロウが言った一言で、私は彼女とまた山に登りたいと思った。年齢も住んでいる場所も職業も関係ない。彼女もまた、気持ちのいい「空気」の人だ。

「晴れのお裾分けですね」

あれから一年経《た》つ。賑《にぎ》やかさの増したバスターミナルに、何台目かの東京からのバスが到着した。眠そうな目をこすりながら降りてきたクマゴロウは、私を見つけて大きく手を振っ

た。私も大きく振り返す。私たちは今日はこれから槍ヶ岳を目指す。天気予報は晴れマーク
だけど、山の天気は解らない。
それでもまた、彼女と登れば、誰かの晴れのお裾分けがもらえるんじゃないだろうか。

解説

KIKI

わたしはここ十年ほど登山を趣味にしてきた。最初は友人に誘われて八ヶ岳へ。初めてなのに山小屋泊で縦走すると聞いて不安になったけれど、山小屋の食事は美味《おい》しく部屋もきれいで、頂上と頂上をつないで歩く縦走は距離こそあるものの達成感がたまらなかった。それからは、北アルプスや北海道、屋久島と、国内を北へ、南へ、海外の山へもヨーロッパ、南米、ヒマラヤと各地へ足を延ばすようになった。山小屋泊だけでなく食料を担いでテント泊をすることも、夏だけでなく雪の季節も山へ向かう。登山の楽しみ方は幅広く、飽きる気配はまったくない。

多くの山に登ってきて、わたしがひとつ確信しているのは、山で過ごす時間は深くこころに残る、ということだ。少し贔屓目《ひいきめ》かもしれないけど、街で過ごす時間よりも色が濃くなる、とも言える。

たとえば、友人と流行《はや》りのレストランへ食事に行く、恋人と映画を見てから洒落《しゃれ》たバーで語らう。そんな街での時間も欠かせないけれど、よほど印象的なことが起こらない限り、それはいずれ曖昧な記憶になってしまう。

ところが、山での出来事は鮮明な記憶としてわたしの中に残っている。なぜだろうか。

六千メートルを超える標高から望んだ、地球の屋根と称されるヒマラヤの銀色の峰々。朝霧のなか圧倒的な存在感で枝葉を宙に伸ばす、樹齢三千年かそれ以上といわれる屋久島の縄文杉。

こうした印象的な風景を見られるからというのは、理由にはならないだろう。非日常の風景の中にいた自分が〝何を考えていたか〟という思考の痕跡が、しっかりと根を張っているから、山の記憶が鮮やかなのではと、わたしは思っている。

もちろん、山では楽しいことばかりではない。わたしも山の思い出は何かと聞かれて真っ先に思い出すのは、目指す山頂に登れたことよりも、悪天候に阻まれて引き返したり、避難小屋に停滞せざるをえなかったこと。アキレス腱が伸びるような急な上り坂では、何度山に行ってもそのつらさに後悔してしまう。

でも、体力的にも、そして思考の中にも、「苦」があるから「楽」もある。だからこそ、山頂へ至る道中の思考をすべて書き出してみたら、わたしなんかの記憶でも、かろうじて短い物語になる気がする。

山登りが一度きりで終わってしまうか、何度も山に足を運ぶようになるか。登山をはじめたばかりの人は、このどちらかに分かれてしまう。

私を含めた後者の人たちは、「楽」も「苦」も含めた印象的な経験をしており、そして多少のトラブルやアクシデントを含めて、物語にしてしまうのだと思う。

『山女日記』に登場する女性たちも後者ばかりだ。山の名前がタイトルについた七編と、文庫化にあたって追加された一編、合計八つの物語は、下手なガイドブックよりも登山の情景を想像しやすく、実際にそれぞれの山に登ってみたいとも思わせる。唯一の海外の山、ニュージーランドの「トンガリロ」には、是非とも行ってみたくなった。登場人物のひとり、帽子デザイナーの柚月は、そこで出会った景色と色を自分のデザインに落とし込んでおり、トンガリロへの旅は創作の原点を探す旅でもあるという。どれだけの場所なのかと、気になって仕方がなかった。

トンガリロの他にも、作品の舞台となるのは、「妙高山」「火打山」と渋い山。ともに深田久弥の「日本百名山」に選ばれている山ではあるけれど、富士山や北アルプスなどのように人気の高い山ではない。登山ブームというけど流行りの「山ガール」の姿なんてどこにもない、と小説の中の山女たちは騙《だま》された気分になる。それもそうでしょう、選んでいる山が渋いからですよ、と言いたくなってしまった。唯一「槍ヶ岳」だけが華々しい北アルプスにあって、山ガールを見ることができるかもしれない。でもそこでも、極楽鳥のようなカラフルな装いで、頂上へ向かう梯子《はしご》に山スカートで取り付いている姿を目の当たりにして、思わず目を覆いたくなると予言しよう。

　ではなぜ、彼女たちは渋い山に向かうことになったのか。そもそも、なぜ山に向かおうと思ったのか。

　主人公たちは、みんな悩みを抱えている。日常と違う環境に身をおけば、その悩みを解決してくれる何かを見つけられるのではないかと期待して、物事を考えるのに適していそうな山を選んでいるのだ。

　彼女たちの行動や思考には、一般的に「山ガール」という言葉から連想されるようなミーハー感はない。山を登っていても、こころは日常の中にあるため、つい足を踏み外して崖から落ちてしまうのではないかというドキドキ感がある。さらに、登るつらさと比例するかのように、思考は悪い方へ進み、さらに妄想が膨らんでいく。

「許せない、許せない、許せない、許せない、許せない――」

「妙高山」に登場するデパートの婦人服売り場で働く律子は、叫ばんばかりに怒りにこころを震わせる。この怒りは、同行する同僚の由美に向けてのものだから、この勢いで崖に突き落としたりしてしまうのではないだろうかと不安になる。しかし、この膨らんだ妄想は手を伸ばせば摑むことができ、大きな風船のように重いからだをぐいぐいと引っ張り上げてくれる。怒りが原動力となって、律子をどんどん登らせるのだ。

恥ずかしいことに、わたしにも似たような記憶がある。

山仲間の女子三人で、八丈島を旅したときのことだ。八丈島の北側には富士山のようなきれいな円錐形をした八丈富士という山がある。けれど、悪天候のためにその秀峰は望めず、霧に覆われた道を歩くばかりだった。どうせ景色も見えないからと、足元に広がる火山帯特有の黒っぽいザラザラの地面をじっと見つめて黙々と歩いていると、ますます視界は狭まっていく。自分ひとりの世界に入り込むと、島に来る直前に恋人から言われた理不尽な言葉をモヤモヤと思い返していた。その怒りが歩くための燃料となったようで、疲れも忘れてグングンと山道を登っていた。

平坦になったところで、かなり遠くにある海岸で砕ける波の音が聞こえて、ハッと我にかえった。振り返ると、すぐ後ろにいるはずの仲間は霧で阻まれて見えない。怒りで膨らんだ風船に引きずられて自分勝手なペースで登ってしまい、仲間の存在を完全に忘れていたのだ。

八丈島を訪れた仲間とはその前後何年間か、本当によく一緒に山に登っていた。彼女たちとの山行で思い出す光景は、雨模様が多いからか、『山女日記』の登場人物たちが、たびたび天候に右往左往している姿が、自分たちと重なった。

主人公として登場する宮川姉妹は、子どものときから家族旅行といったら必ず雨で、運動会のような学校行事もひとりずつのときは大丈夫だったのに、小学校が重なった期間だけは雨が降った。両親姉妹、誰が雨女雨男かわからないけれど、揃うと雨。大人になってもジンクスを引きずっており、久しぶりに姉妹が一緒に出かけた山登りも太陽とは無縁のものになってしまう。

山に行かない人にとっては、雨の中を山に登る人の気持ちは知れないだろう。でも、山では誰もが経験することだ。命が危険にさらされるような天候であれば無理して歩かないけれど、ある程度の雨ならば防水ジャケットを羽織っていくことになる。しかし、フードに当たる雨音に子どもの頃みたいだな、と思い出して楽しいのは、はじめのうちだけ。あまりに雨脚が強くなってくると惨めな気持ちになっていく。夏山の雨というのも、蒸し暑くてジャケットの中が汗でじっとりと湿気て気持ち悪いし、降ったり止んだりというのも、着たり脱いだりの繰り返しが面倒くさい。

そんな良いことなしの雨。だけれど、雨降りの理由が、ただ不運ではなく、誰々が雨女雨男だから仕方ない、というジンクスで片づけることができたら、なんと楽なことか。わたしの仲間うちでも雨が降ったら、「○○さん、やっぱりまた」と笑うだけだ。雨にあったからといって、その山行が残念なものとして終わってしまったらもったいない。

前述した八丈富士でも、しばらくしてから追いついてきた仲間とともに、自分たちが霧の中で濡れ鼠《ねずみ》のようにみすぼらしくなっていることに気づいて、思わず笑ってしまった。気が抜けるのと同時に、なにか憑《つ》きものが落ちたような、すっきりとした気分にもなっていた。島には三日間滞在したけれど、八丈富士の山頂はずっと雲に隠れたままで、その姿は一度も見ることはなかった。それでも、とても印象に残っている登山のひとつだ。

楽しいこともあれば、苦しいこともある。山登りは人生のようだ、というと陳腐にも聞こえるけれど、八編それぞれの主人公たちは、まさに人生を表すような山登りをする。

作品の中の山女たちも、わたしたちも、モヤモヤで膨らんだ風船を抱えて、山に登っている。けれど、風船を抱えたままでは山を下りられない。山に彼女たちの求めた「答え」があったかどうかはわからないけれど、山頂ではその風船を手放して、山を下りてきている。すべてを読み終えると気分が晴れ晴れとすっきりしているのは、そのためであろうと思う。

本書のタイトルにもなっている『山女日記』とは、山好きが集う情報サイトという設定になっている。「山ガール」でなく「山女」とつけたところが、彼女たちの立ち位置と賢さを際立たせているようで気持ちが良い。人生の悩みを解決に向けて、一歩一歩自らの足で進む彼女たちは、やはり「ガール」ではなく「女」なのだろう。

山で時間を過ごすことによって輝いていく女性たちを、この物語が応援してくれている気がする。

そして、最後に一言。この小説は山に登らない人でも十分に楽しめる。湊かなえさんの作品の真骨頂は、山でも、街でも共通する、膨らんだ風船の中身を描くことにあるからだ。

――モデル

Special Thanks
山と溪谷社　神谷浩之氏　柏倉陽介氏

この作品は二〇一四年七月小社より刊行されたものに「カラフェスに行こう」(「山と溪谷」二〇一五年八月号掲載)を追加したものです。

山女日記《やまおんなにっき》

湊《みなと》かなえ

平成28年8月5日　初版発行
令和3年11月25日　16版発行

発行人——石原正康
編集人——袖山満一子
発行所——株式会社幻冬舎
〒151-0051東京都渋谷区千駄ヶ谷4-9-7
電話　03(5411)6222(営業)
　　　03(5411)6211(編集)
振替00120-8-767643
印刷・製本—株式会社 光邦
装丁者——高橋雅之

幻冬舎文庫

ISBN978-4-344-42516-3　C0193　み-23-2